Martin Beyer

Alle Wasser laufen ins Meer

Roman

Klett-Cotta

Dieser Roman erzählt von historischen Personen, er beruht zu einem Teil auf wahren Begebenheiten und authentischen Dokumenten. Was den anderen Teil angeht, so folgt dieser Roman der Maxime: Literatur darf (fast) alles.

Klett-Cotta
www.klett-cotta.de

Printed in Germany
Schutzumschlag: sans serif, Berlin
Gesetzt von r&p digitale medien, Echterdingen
Auf säure- und holzfreiem Werkdruckpapier gedruckt
und gebunden von GGP Media GmbH, Pößneck
ISBN 978-3-608-93609-4

So nah und doch eine fremde Welt.
Wir haben nie gelernt
den anderen zu halten, wenn er fällt.
Wir klammern uns ans Schweigen
wie an einen Hoffnungsschimmer,
und wir tanzen unseren Reigen.

Janus, *Du siehst aus wie immer*

in memoriam Franz Fühmann

Inhalt

Berlin, 22. September 1917

Lieber Georg!
Was geschieht mit uns? Fragst Du Dich das etwa? Fragst Du mich das? Nichts! Das antworte ich Dir. Nichts. Aber dieses Nichts hat eine große Macht, man darf sich nicht täuschen. Ich wüsste niemanden, der das so gut versteht wie Du.

Also sitze ich hier in meiner Kammer und schreibe vom Nichts. Unten klappern die Leute, die Künstler, reden sich in Rage und trinken das Viertel Roten, als wäre es Wasser. Aber ich will heute klar sein. Ich hole mir nur hin und wieder eine Zigarette von unten: »Hast du ein Zigarettl, Waldi?« – »Natürlich, Gretl!« Und: »Grete«, sagen die anderen, »setz dich doch zu uns! Wir spendieren dir einen Schnaps!« Sie wissen genau, dass ich kein Geld habe. Und sie wissen genau, dass sie sich vielleicht zu mir legen dürfen, wenn ich genug intus habe. Die Künstler! Sie vergessen, dass ich selbst eine von ihnen war, aber ich will jetzt nicht stolz sein, Georg.

Und wenn ich diesen Ort hier verlasse, dann nur, um bald bei Dir zu sein. Um Dein spöttisches Gesicht zu sehen und Deine leise Stimme zu hören. Das Haar silberfarben, kurzgeschoren wie immer, Dein Gang entschlossen, als hättest Du ein großes Ziel vor Augen. Da muss ich jetzt beinahe lachen, wenn ich überlege, wie viel Zeit wir unseren kleinen Leben abzwacken, um einem Ziel hinterherzulaufen. Und das Schlimme ist ja, dass jeder denkt, er sei der Einzige, der so ein Ziel hat.

Aber bevor ich hier fertig bin, will ich noch eine kurze Zeit darüber nachdenken, wie das war mit unseren großen Zielen. Georg, das wird wehtun. Aber es muss sein. Ich bin gespannt, was mehr wehtun wird: das Erinnern – oder das Ende, wenn alle Erinnerungen vorbeigezogen sind. Aber vielleicht ist das ganz einerlei, denn beides gehört ja zusammen, ich habe nur nie verstanden, wie es sich genau abspielt. Die Erinnerung, hast Du immer gesagt, die Erinnerung ist ein schlecht erzogener Hund, der bellt, wann er will, und sich hinlegt, wo er will. Und wenn man ihn zwischen den Ohren krault, um ihn zu beruhigen, dann klappt das ein, zwei Mal, aber beim dritten Mal beißt er einen in die Hand. Und trotzdem versucht man, eine Ordnung in das ganze Durcheinander zu bringen. Also die Kindheit muss hinter diese Tür. Und die erste Liebe hinter diese Tür. Und der erste Schmerz, der muss in diese Kammer. Und die erste Leidenschaft in die, und der erste Betrug und immer so weiter. Und dann sagt man sich, sehr schön, sehr schön, diese eine Tür hier, die mache ich nie wieder auf. Ist doch ganz einfach. Und sobald man sich das gedacht hat, fängt der Hund schon zu bellen an, dass man sich die Ohren zuhalten muss. Und da kommt ein Windstoß, und die Tür fliegt wieder auf. Hatte ich nicht abgesperrt? Und so macht man weiter und versucht es wieder, und prompt fliegt eine ganz andere Tür auf, man zündet sich nervös eine Zigarette an, da bellt es auch schon wieder, ja Herrschaften, und dann bricht eine Tür sogar aus den Angeln, die bekomme ich ja gar nicht mehr zu. Und so geht es immer weiter.

Und das nennen wir Erinnerung! Aber ich will es noch einmal durchspielen, von vorne bis hinten, dabei wüsste ich beim besten Willen nicht, wo der Anfang und wo das Ende wäre. Das mache ich uns zuliebe, Georg. Es ist letztlich doch nur mein Stolz, ich weiß. Ich denke, dass das, was wir erlebt, dass das, was wir uns bedeutet haben, einen Wert hat. Zumindest ist es mir so wertvoll, dass ich mich daran erinnern will, auch wenn viele sagen, das sei sinnlos.

Die Zigaretten schmecken mir nicht, die sind mit Menthol oder mit was bestrichen. Ich will ja keine Medizin nehmen. Immerhin, ich schaffe wieder ein Lächeln. Das wäre jetzt in der Tat seltsam, Medizin zu nehmen. Gegen was denn – oder für was? Ist hier jemand gegen die Krankheit oder für die Gesundheit? Oder macht das überhaupt einen Unterschied? Du könntest wahrscheinlich stundenlang darüber nachdenken. Ich sage: Es ist einerlei. Es ist nichts, nichts und wieder nichts. Georg, es tut mir leid, so schnell werde ich hier nicht loskommen. Ich gehe noch einmal runter. Ich brauche noch eine Zigarette.

Teil I
Sommer 1906

Auf dem Kanapee

»Gibst mir einen Schluck?« Ohne auf seine Antwort zu warten, griff sie die Flasche. Georg war zu müde, um sie davon abzuhalten.

»Das ist ja widerlich!«

»Ein ehrlicher Roter ist nie widerlich. Und seinen Zweck erfüllt er allemal.«

Grete verzog das Gesicht. »Und der wäre?«

»Ach, weißt …« Georg winkte ab, er hatte keine Lust, sich zu erklären. Er saß aufrecht, die Beine übereinandergeschlagen, auf dem gelbroten, ausrangierten Kanapee. Auf dem kleinen Tisch vor ihm lagen ein Buch von Dostojewski und eine kleine Holzschachtel. Er hatte gelesen und wäre dabei beinahe eingeschlafen. Als er hörte, dass seine Schwester nach oben kam, hatte er sich aufgerappelt und eine geschäftige Haltung eingenommen. Der Dichter hatte zu arbeiten.

Die Dachkammer wurde von Grete und Georg »das elfte Zimmer« genannt, es war ihr geheimer Ort. Überall standen große Kisten voller hässlicher Erbstücke und unliebsamer Geschenke herum. Unter weißen Tüchern verbargen sich ausrangierte Möbel. Was hier oben abgestellt wurde, durfte in aller Ruhe verrotten. An den mächtigen Dachbalken hingen Spinnennetze, in denen sich viele Insekten verfangen hatten. Georg liebte es, sie in ihrer tödlichen Falle zu beobachten.

Die anderen zehn Zimmer im Haus am Waagplatz bewohnte die Familie Trakl zusammen mit der Gouvernante Marie Boring. Die Firma des Vaters, eine Eisenwarenhandlung, war hier ebenfalls untergebracht, im Keller und im Erdgeschoss. »Alles unter einem Dach«, sagte der Vater immer. »Alles unter einem Dach, das ist das Wichtigste!«

Georg musterte seine Schwester mit halbgeöffneten Augen. Er wollte nicht mit ihr sprechen, er wollte sie viel lieber ansehen. Grete setzte sich an das andere Ende des Kanapees, legte sich ein weißes Kissen auf den Schoß und hielt die Hand unter ihr Kinn, um den Kopf zu stützen. Ihre Nachdenkerpose. Sie hatte noch etwas Kindliches, ihr Gesicht war noch recht rund, wie ein, großer, fragender Mond, und doch schätzten die meisten sie älter ein, als sie war. Grete hatte vorher, um sich abzukühlen, ein Bad genommen, denn es war ein heißer Sommertag. Sie roch nun nach Seife, ihre Haut glänzte. Marie Boring hatte ihr das dunkelblonde Haar gekämmt und gescheitelt, Grete wirkte wie ein neuer Mensch. Aber sie ließ den Kopf hängen, das war eine Spielart ihrer Nachdenkerpose und bedeutete: Melancholie. Georg wusste, wie gerne die Schwester sich in Szene setzte. Sie wollte geheimnisvoll wirken, aber meistens konnte man mühelos erkennen, was in ihr vorging. Sie raffte sich den Rock zurecht, ein weißes Knie kam zum Vorschein, sie hielt noch immer die Weinflasche.

»Das schönste Mädchen, die größte Künstlerin, das seltenste Weib!«, murmelte Georg.

»Was sagst du, Schorschl?«

»Ach nichts. Gib mir den Wein, du sollst nicht so viel trinken. Eigentlich sollst du gar nicht trinken.«

Sie stellte die Flasche vor sich auf den Boden. »Meinst du, wir würden das im Internat nicht auch tun?«

»So, so. Und was macht ihr dabei, wenn ihr trinkt?«

»Na was wohl, wir lachen und benehmen uns wie dumme,

kleine Hühner. Und wir reden den ganzen Abend über die Männerwelt. Bis spät in die Nacht.«

»Was für ein ermüdendes Thema. Die Männlein, die Weiblein, traurige Gesellen.« Georg wischte sich eine Haarsträhne aus dem Gesicht und ordnete seinen Seitenscheitel.

»Tu doch nicht so! Ihr werdet euch nicht immer nur Gedichte vorlesen, wenn ihr im Berger hockt.«

»Für gewöhnlich ist es so, in der Tat.«

»Oha, die Herren Dichter. Ich glaube eher, ihr versucht euch den ganzen Abend Mut anzutrinken. Um ins Bordell zu gehen. Aber dafür reicht es noch nicht, oder?«

»Ach, scher dich doch in dein kleines Internat! Und lass mir gefälligst meine Ruhe mit deinen komischen Phantasien.«

»Der Dichter mag keine Phantasien, hört, hört. Na gut, dann bin ich jetzt still und verzweifle eben ein bisserl an der Welt.« Grete hielt sich das Kissen vors Gesicht, als wollte sie hineinheulen.

Georg winkte wieder ab. Ihm war jetzt alles egal, aber die Anwesenheit der Schwester störte ihn in Wirklichkeit nicht, störte ihn nie. Er nahm das hölzerne Kistchen vom Tisch und fingerte eine Zigarette heraus. Die Streichhölzer hatte er unter dem Kanapee deponiert, er holte sie hervor und zündete sich eine an. Grete sah hinter ihrem Kissen hervor und schnupperte.

»Ist die bestrichen? Ich rieche das doch. Ich will auch eine.«

»Geh nach Wien in deinen Sündenpfuhl. Internat nennst du das, dass ich nicht lache.«

»Gib her!« Grete gab ihre Denkerhaltung auf. Sie schleuderte das Kissen von sich, kletterte halb auf ihren Bruder und reckte sich mit einem Arm zu dem Kistchen. Das war zu viel für Georg. Mit einer heftigen Bewegung stieß er den schmalen Körper seiner Schwester weg. Sie fiel vom Kanapee auf die staubigen Holzdielen. Den Wein hatte sie dabei umgeworfen, die Flasche rollte ein Stück auf dem Boden entlang und hinterließ eine rote Spur. Einige Sekunden blieb Grete so liegen, Georg erschrak. Dann aber schnellte sie hoch und warf sich auf ihren Bruder, der neben ihr wie ein Koloss wirkte. Doch er war ein Künstler und kein Raufer, er scheute die Berührung mehr als alles andere. Grete war nun ganz nah, ihre Haut fühlte sich weich an, ihr Seifengeruch war verlockend. Er könnte sie gewähren lassen, aber wieder stieß er sie weg. Grete hatte Tränen in den Augen. Sie wollte sich unbedingt durchsetzen, das war längst kein kindisches Wollen mehr. Es war eine Machtprobe, die sie zwar körperlich verlor, doch am Ende würde sie bekommen, was sie verlangte. Als er sie ein drittes Mal weggestoßen hatte, diesmal deutlich sanfter, so dass sie auf dem Kanapee blieb, schnappte er mit einer Hand nach dem Kistchen und warf es ihr hin.

»Mach doch, was du willst.«

»Na endlich, Schorschl! Na endlich.«

Vor Anstrengung schnaufend öffnete sie die Schachtel und nahm eine Zigarette heraus. Sie roch erst daran, dann holte sie ein Zündholz hervor.

»Wie es meiner lebenslustigen Schwester beliebt.«

»Ach, tu doch nicht so. Das Rauchen und Trinken macht dich noch nicht zu einem Dichter.«

»Und was dann, wenn ich fragen darf? Das würde mich wirklich interessieren, was einen Dichter ausmacht!«

»Wie ist das eigentlich mit deinem Theaterstück? In ein paar Wochen ist doch die Aufführung, und ich habe immer noch keine Zeile gelesen. Dabei werde ich wieder mehr leiden als du selbst.« Grete blies kleine Rauchwolken in den Raum und sagte: »Aujourd'hui il fait un brouillard!«

Georg liebte den Geruch, er verschaffte Betäubung. Und die hatte er dringend nötig.

»Ich bin nicht hier raufgekommen, um über das Stück zu reden. Ich bin hier, um überhaupt nicht zu reden. Die einsamen Stunden des Geistes, Grete, verstehst du mich?« Er starrte sie an, Grete gab endlich Ruhe. Ihre Augen wurden glasig, sie streckte sich auf dem alten Möbelstück aus. Wieder berührte sie ihn.

»Wie heißt denn noch mal der Gott?«, fragte sie. »Wie heißt denn noch mal dieser Weingott? Mir fällt nur der römische Name ein, Bacchus.«

»Dionysos!«

»Richtig, Dionysos. Da tanzen doch lauter wilde Frauen um ihn herum. Und Dionysos klopft mit einem Stab auf den Boden, immer schneller, immer schneller, und die Frauen tanzen immer wilder und kreischen so laut und reißen jeden Mann, der ihnen zu nahe kommt, mit ihren Messern in Stücke. Ist es nicht so?«

»Auf Bildern, Gretl, auf Bildern vielleicht. Und in deiner blühenden Phantasie!«

»Die spielen einen Streich mit ihm, ich sag's dir, die spielen einen Streich.«

»Mit wem?«

Grete riss die Augen auf und lachte. »Ach, mit niemand. Ich hatte da nur an etwas gedacht.« Sie rückte noch näher an Georg heran, drehte sich auf den Rücken und legte ihm den Kopf in den Schoß. Sie schloss die Augen. Die Zigarette hielt sie von sich weg, beinahe wäre Asche auf den

Dostojewski gefallen. Gretes Mund war vom Rotwein leicht verfärbt, er zeigte nun ein Grinsen, keine Melancholie mehr.

Georg musste nur die Hand ausstrecken, und er würde sie berühren können. Wie viele Männer würden sich eine solche Gelegenheit wünschen? Und als Dichter stünde es ihm erst recht gut zu Gesicht. In seinem Kopf ging alles durcheinander, aber er saß nur da und starrte und rauchte. Und das Schlimme war: Er hatte seine Schwester so weit gebracht, dass sie genau dasselbe tat.

Spiele

Zwei Tage später stolzierte Gretes Klavierlehrer August Brunetti-Pisano wie ein Pfau durch seinen grünen Salon. »Meerkatzengrün ist die Farbe der Jugend und der musischen Schöpfungskraft, ma petite chérie!« Aber von dieser Farbe war nicht mehr viel zu sehen, die Wände hatten sich im Laufe der Zeit stark verfärbt. Brunetti-Pisano hatte seinen Salon zerraucht. Er paffte ohne Unterlass, wenn er nicht spielte, und selbst auf seinem Klavier stand stets ein qualmender Aschenbecher, weil er die Zigaretten nie richtig ausdrückte. Der Raum war um der Akustik willen nahezu leer, nur ein paar Instrumente und Klavierschemel standen herum. In einer Ecke lagen zusammengerollte Fahnen, eine davon trug die Farben des deutschen Kaiserreichs.

Brunetti-Pisano hatte einen dichten, breiten Nietzsche-Schnauzer, was Georg sehr gut gefiel. Der Mann war Komponist, ein Tondichter, wie er sich selbst nannte. Er bestritt mit dem Unterrichten seinen Lebensunterhalt, aber was in seinem Salon passierte, wenn die Schüler weg waren, das war das Eigentliche, wie er zu sagen pflegte. Georg und Grete bewunderten diesen so buntscheckigen Mann, dass er früher einmal den Mut gehabt hatte, aufs Ganze zu gehen, auf die Kunst zu setzen mit allen Konsequenzen. Die Kunst, dieses Wörtchen kam in jedem zweiten Satz des Maestros vor. Brunetti-Pisano war italienischer Abstammung, aber er streute in seine Reden immer ein französisches Kauderwelsch ein, das nicht nur bei den Kindern aus wohlhabenden Häusern sehr beliebt war. Der Klavierlehrer französelte jedoch derart bemüht und unmelodiös, als wolle er dieser Sprache einen großen Schaden zufügen. »Ah, diese kleinen Hände. Ce sont des petites mains, oui, oui. Die Kunst, die Kunst, liebe Grete, braucht solche kleinen Hände, die Großes bewirken können.«

Brunetti-Pisano hatte man eine große Künstlerkarriere vorhergesagt. Er spielte virtuos, noch vielversprechender waren allerdings seine Tondichtungen, die noch ganz in romantischer Tradition standen. Das war wohl auch der Grund, warum er sich nicht durchgesetzt hatte. Er war auf Ablehnung gestoßen, hatte kein glückliches Händchen gehabt. Und jetzt saß er in Salzburg, gab Unterricht und arbeitete an einer großen Oper, die er *Das klagende Lied* nennen wollte. Wenn sie denn einmal fertig würde.

Grete war seine Lieblingsschülerin, seine Meisterschülerin. Seit sie im Internat war und nur noch in den Ferien kam, fehlte seinem Leben etwas. Da waren die Streber, natürlich, die sich mühten und mühten, die richtigen Tasten zu treffen, aber was wussten die schon. Es hätten Trinklieder sein können, nicht einmal die hätten sie erfühlen können. Es war alles aufgesetzt, von oben kam der Befehl, und dem Befehl musste gehorcht werden. Mein Sohn muss ein Instrument spielen, das gehört sich so. Kleine Automaten kamen da jeden Tag angelaufen, und Brunetti-Pisano hasste sich dafür, die Geldscheine aus diesen untalentierten, unbeseelten Patschhänden zu nehmen. Sollten sie doch lieber trommeln, vielleicht hätte das ihre Lebensgeister geweckt.

Bei Grete und Georg war das anders. Der Georg hatte ja keine Ausdauer. Mit ihm hatte er kaum eine Stunde zu Ende bringen können, weil der Schüler immer schnell erschöpft war, ihm schien die Musik zu stark auf das Gemüt zu schlagen. Die Musik faszinierte Georg, das spürte sein Lehrer, aber sie konnte ihn auch derart quälen, dass er sich beinahe die Ohren zuhalten musste. Vor einem Jahr hatte Georg dann aufgehört.

»Ich möchte mich auf das Literarische konzentrieren«, hatte er gesagt.

Das war Brunetti-Pisano durchaus recht, die Kunst hatte den Jungen wenigstens nicht verloren. Und es blieb ihm ja noch die Schwester. Grete nahm alles leichter, sie vertrug es klaglos, eine ganze Komposition von Brunetti-Pisano zu hören. Und in ihren besten Stunden spielte sie göttlich. Er ermunterte sie stets, eigene Noten zu schreiben, was sie nur sehr selten tat. Dabei zeugten ihre wenigen Versuche doch von einem reifen Verständnis für die Kunst – für die Kunst, die ja immer auch das Leben war.

Grete gab an diesem Nachmittag immerhin ein kleines Konzert. Ein eigenes Stück, das sie in Wien im Internat geschrieben und einstudiert hatte. Sie hatte dazu nur ihren Bruder geladen. Der allerdings hatte eine Überraschung parat, er kündigte an, dass auch Erhard Buschbeck kommen werde, sein bester Freund und Gretes großer Schwarm.

»Ich habe ihn in deinem Namen eingeladen, Gretl.«

»Du hast *was?*« Sie errötete, ihre Hände wurden feucht.

Erhard kam ein wenig spät. Er war äußerst elegant gekleidet, groß gewachsen, ein schlaksiger junger Mann, der immer den Eindruck erweckte, er sei geschäftig und in Eile. Das pomadige Haar saß akkurat, der Anzug war gebürstet, er hatte ein schweres Parfum aufgetragen. Als Erhard Brunetti-Pisano die Hand schüttelte, riss er die Augen auf, denn er war der festen Überzeugung, er stehe vor einem großen Künstler. Auch Georg gab er die Hand, mit verengten Augen, Grete winkte er nur flüchtig zu. Das machte sie umso nervöser. Die beiden Freunde nahmen auf Klavierschemeln Platz, Brunetti-Pisano lehnte lässig am Flügel, als würde er zu Gretes Musik eine Arie singen wollen. Grete räusperte sich, dann begann sie zu spielen. Es war ein flottes Stück, das furios begann. Brunetti-Pisanos Augen leuchteten, und er kraulte sich vergnügt und zufrieden den nikotinvergilbten Schnauzbart.

Georg versuchte, sich auf das Stück zu konzentrieren, aber er verlor immer wieder den Faden. Er konnte sich auf nichts mehr einlassen, stets kamen ihm irgendwelche Gedanken dazwischen. Erhard hingegen war ganz bei der Sache, sein Körper wiegte sich in der Musik.

Georg und er waren seit Jahren die engsten Freunde. Dass sie in der Schule gescheitert und vorzeitig abgegangen waren, hatte sie nur noch näher zusammengebracht. Georg hatte es in der siebten Klasse erwischt, Erhard noch früher. Was war das auch für ein Leben gewesen? Das Griechische und das Lateinische waren doch nicht dazu da, um stur auswendig gelernt zu werden. Man hatte es mit ungeheuren Kunstwerken zu tun! Sie hatten die antiken Klassiker gelesen, sie diskutierten, rezitierten, schwärmten. Sie wollten verstehen, richtig übersetzen wollten sie es nicht. Beide hatten schnell einen Ruf weg, galten als Sonderlinge, als Künstler, aber das war ihnen nur recht. Sie waren an ihrem Triumvirat gescheitert, wie sie es nannten: Mathematik, Griechisch und Latein. Georg bereitete sich nun auf sein Pharmaziestudium vor, das einzige Fach, das man ohne Matura beginnen konnte. Erhards Eltern, vor allem der Stiefvater, quälten ihn mit Privatlehren. »Per aspera ad astra«, sagte der Stiefvater immer. Per aspera ad astra.

Und Grete? Erhard bewunderte sie, denn sie war in seinen Augen ein großes Talent, ein noch größeres vielleicht als ihr Bruder. Aber er ängstigte sich auch vor ihr, vor ihrer Direktheit, vor ihrer lauten Stimme, vor ihrem unbändigen Lachen. Sie machte keinen Hehl daraus, dass sie ihn mochte. Doch ihn verwirrte, dass es bei diesem Mögen nicht um sein Wissen, seine Redegewandtheit, seine Scharfsichtigkeit ging. Er wusste gar nicht, dass er mehr war als das. Er wusste gar nicht, dass sein Anzug nicht nur seinen Geist, sondern auch seinen Körper schmückte.

Es war dieser Körper, zu dem sich Grete hingezogen fühlte. Ihr misslang es immer mehr, sich auf ihr Spiel, auf ihre Noten zu konzentrieren. Immer wieder sah sie zu Erhard hin, der da einfach nur saß, die Augen geschlossen hielt und sie aus der Fassung brachte. Zunächst hatte Grete die Klarheit noch durchgehalten, da dominierten kraftvolle, zupackende Töne und strenge Abfolgen, aber es dauerte nicht lange, bis sich alles in einer musikalischen Sackgasse verlor. Grete wusste nicht mehr vor noch zurück.

Brunetti-Pisano konnte sich nicht erklären, woran es lag, alles hatte doch so gut begonnen. Aber er sah ihre Blicke nicht, ihre Blicke, die immer wieder auf Erhard gerichtet waren.

Als Grete merkte, dass ihr das Ende völlig misslang, hörte sie auf und fluchte ein lautes »Merde!«. Sie hielt sich die Hände vor das Gesicht und schluchzte los. Nach einer kurzen Pause begann ihr Lehrer dennoch, enthusiastisch zu klatschen, und lobte sie überschwänglich. Dann sprang er wieder wie aufgezogen durch das Zimmer und redete seinem Schützling gut zu.

»Stell dir den menschlichen Körper vor, Mademoiselle Trakl, er bringt ein perfektes Verhältnis zum Ausdruck, nämlich das Verhältnis zwei zu drei. Und der goldene Punkt, die goldene Grenzlinie dieses Verhältnisses liegt genau dort, wo das Leben gezeugt wird, ma petite chérie, genau dort. C'est incroyable, mais c'est vraiment vrai. Die Kunst ist nicht ein Schutzschild gegen das Leben, ist kein luftiger Zeitvertreib. Die Kunst *ist* Leben. Warum verstehen das die Menschen nicht, wenn es doch so einfach ist?«

Und Brunetti-Pisano ermunterte Grete, nach diesen einfachen Grundverhältnissen zu komponieren, die Ursprache des Lebens von ihren Anfängen her zu verstehen und sprechen zu lernen. »Du musst nach der Schule weitermachen! Du musst nach Wien auf das Konservatorium. Besser noch: nach Berlin! Hier erstickst du mir noch, ma petite!«

Grete nickte. Als sie sich etwas beruhigt hatte und ihre Zuhörer aufbrechen wollten, hatte der Maestro keine Weisheiten mehr parat. Es war die letzte Stunde Gretes in den Ferien. Sie war enttäuscht, und der Klavierlehrer verspürte offensichtlich den Drang, den jungen Leuten noch etwas mit auf den Weg zu geben. Aber ihm fiel nichts mehr ein, schlaff drückte er allen die Hand. Als die drei Gäste aus dem Haus waren, zündete er sich eine Zigarette an. Es würde nicht mehr lange dauern, und die Tapeten im Salon waren völlig vergilbt. Das Meerkatzengrün war verschwunden. Daran konnte auch die Sprache des Lebens nichts mehr ändern.

*

Tobias Trakl klopfte an die Tür zum Privatkabinett seiner Frau. Er war mühsam die Treppe hinaufgestiegen, die von seinen Büroräumen in den ersten Stock des Hauses führte.

Der fast Siebzigjährige spürte sein Alter immer mehr, obwohl er ein Asket war und gesund lebte. Er war hager, ausgemergelt, dennoch eine imposante Erscheinung, was er selbst vor allem seinem langen schlohweißen Bart zuschrieb. Sein Gesicht hatte durchaus freundliche Züge, aber es konnte versteinern, wenn er sich anstrengte, wenn ihn der Ehrgeiz packte. Er arbeitete seine zwölf Stunden am Tag, nur am Sonntag gönnte er sich Ruhe – aus religiösen Gründen, wie er sagte. Der Gipfel des Müßiggangs waren ihm ein Glas Wein und ein Karten- oder Würfelspiel.

Seiner Frau Maria war solche Selbstkasteiung fremd. Sie wollte den Wohlstand leben, den ihr Mann brachte. Sie hatte ein Faible für Antiquitäten, Figürchen und Stoffe aller Art. Es war noch nicht viel, aber in letzter Zeit äußerte sie immer einmal wieder den Wunsch, ein zweites Kabinett für ihre Sächelchen einzurichten. Das Haus sei doch groß genug, und dem ließ sich kaum widersprechen.

Die Trakls waren aus Wiener Neustadt an die Salzach gekommen. Es hatte nicht lange gedauert, bis sie etabliert waren. Tobias führte sein Eisenwarengeschäft mit einigem Geschick, ungeheurem Fleiß und ohne riskante Manöver. Die Kinder durften das Ansehen der Familie mehren: Alle Töchter sollten Internate besuchen, die Söhne ehrenwerte Berufe ergreifen, wobei natürlich auch ein Kaufmann herausspringen sollte. Maria und Hermine waren bereits verheiratet worden – glücklich, wie man nach außen verlauten ließ. Aber die Ehe der jungen Maria war katastrophal verlaufen, nach wenigen Monaten war sie in das Elternhaus zurückgekehrt. Ihr Mann, ein um viele Jahre älterer Privatier, hatte sich als Lüstling entpuppt. Auf seine unorthodoxen Wünsche mochte Mitzi, wie Maria von allen genannt wurde, nicht eingehen, sie war geflohen. Offiziell bestand die Ehe jedoch weiter, »einen Skandal darf es nicht geben«, hatte Tobias gesagt.

Die Gouvernante Marie Boring war zu einer Institution in der Familie geworden, sie lehrte die Kinder Französisch und achtete streng auf ihre Umgangsformen. Tobias Trakl befürchtete, dass sie die Kinder verzog und auf törichte Ideen brachte, aber wenigstens Gustav interessierte sich für das Kaufmännische. Fritz, der Jüngste, war mit seinen sechzehn Jahren bereits auf das Militär aus. Nun gut, sagte sich Tobias, das ist aller Ehren wert. Der älteste Sohn Wilhelm, er stammte noch aus erster Ehe, war ein Weltenbummler und lebte schon lange Jahre im Ausland, in Mexiko und den Vereinigten Staaten von Amerika. Auch er war ein Kaufmann, aber unstet, risikofreudig, ganz anders als der Vater. Das wäre alles erträglich, wenn da nicht Georg und Grete gewesen wären. Und aus dem Grund klopfte er an diese Tür. Es dauerte lange, bis seine Frau öffnete.

Maria Trakl sah etwas angegriffen aus. Ihr aufwendig toupierter hellbrauner Lockenkranz war aus der Form geraten, das Gesicht wirkte fahl und müde. Sie war eine kleine Frau, die früher vor Energie gestrotzt hatte. Doch seit einiger Zeit waren ihre Bewegungen langsamer geworden, die Lippen hielt sie zusammengepresst, als wollte sie sich weigern zu sprechen. Und oft war es so. Sie begrüßte Tobias. An diesem Tag hatten sie sich noch nicht gesehen, Maria schlief häufig in ihrem Kabinett und stand viel später auf als ihr Mann. Es fiel ihr immer schwerer, aus dem Bett zu kommen.

»Auf ein Spiel, Maria«, sagte Tobias.

»Muss das sein? Was machst du hier überhaupt so früh? Gehen die Geschäfte nicht?«

Den letzten Satz überhörte er und wiederholte sein Anliegen. Maria kapitulierte mit einem dahingeseufzten »Ach gut«. Sie gingen in den Salon und nahmen am großen runden Tisch Platz. Maria hatte ihn eigens für dieses Zimmer schreinern lassen, das hatte man jetzt so. Auch im Salon hatte sie sich ausgelebt. An der Decke hing ein goldener, mit kleinen Kristallstäben verzierter Kronleuchter, Bilder mit biblischen Motiven waren nach akribischen Berechnungen symmetrisch an die Wand genagelt worden. Engelsfiguren saßen und standen auf den Kommoden und kleinen Tischen, nackte Engelsfiguren mit blondem Haar und ausgebreiteten Armen.

Der Vater war der Einzige in der Familie, der gerne spielte. Würfeln war ihm Beruhigung und Ausgleich, dementsprechend behutsam leerte er den Becher auf den Tisch. Seine Frau hingegen pfefferte das lederne Behältnis auf die Platte, als ob allein dadurch eine hohe Augenzahl garantiert wäre.

Maria spürte, dass ihrem Mann etwas auf dem Herzen lag, dafür kannte sie ihn lange genug. Wie beiläufig eröffnete er ihr, was er zwei Tage zuvor, unbemerkt, in der Dachkammer gesehen hatte. Georg und Grete. Sie hatten in unzüchtiger Weise auf dem Kanapee getollt, sie hatten getrunken und geraucht. Und er war nicht dazwischengegangen, er hatte es sich nur angesehen.

»Trotzdem, es ist eine Schande, Maria! Und dass du dich mal wieder überhaupt nicht darum scherst, was Georg und Grete treiben, das ist ein Skandal. Immer willst du sie in Schutz nehmen. Du dachtest wohl, ich bekomme das nicht mit!« Er zog und zupfte an seinem Bart.

»Aber das hatten wir doch alles schon, Tobias.«

Der Würfelbecher schlug hart auf dem Tisch auf. Maria

warf eine hohe Augenzahl, sie ging in Führung. Aber Tobias ließ nicht locker.

»Wie kann es sein, dass die zwei so ausscheren? Es gibt immer noch die Ferien, immer wieder gibt es Ferien, in denen sie sich zusammenrotten können. Sie verschwören sich gegen den Rest der Familie. Ach, was sage ich, gegen den Rest der Welt. Es ist ein Skandal!«

Tobias Trakl wurde zornig. Was war denn mit diesen beiden »Künstlern«? Mit den »Talenten«, wie es überall hieß. Dieser Gustav Streicher sagte das, der Georg unter seine Fittiche genommen hatte. Der dafür sorgte, dass Georgs Geschreibsel sogar im Stadttheater aufgeführt wurde. Und dann war da dieser abgehalfterte Brunetti-Pisano. Er prophezeite Grete, sie würde es mit ihrem Klavierspiel in die Metropolen schaffen. In die Metropolen! Und was war dabei herausgekommen? Georg war ein Schulabbrecher, eine Mimose, jetzt saß er seine Praktikantenzeit in der Apotheke aus, um überhaupt studieren zu können. Und es würde nicht so leicht sein, Grete zu verheiraten. So aufbrausend, launisch, wie sie war.

»Es kann nur an deinem Blut liegen, Maria. Es liegt an dir, dass Georg und Grete so unberechenbar sind. Es kann nur an den Müttern liegen, wenn die Kinder Wurschtikusse werden.«

Tobias erinnerte sich an zwei Szenen, da Georg bereits dem Tod ins Auge geblickt hatte. Sie hatten an einem Teich ein Picknick abgehalten. Und der kleine Georg war einfach ins Wasser gelaufen. Ohne einen Ton zu sagen, mit stierem Blick. Der Vater hatte ihn rausgezogen. Ein anderes Mal hatte Georg sich beinahe vor ein Fuhrwerk geworfen. Auch hier hatte ihn Tobias gerettet. Die Fallsucht, Georg musste eine seltene Form der Fallsucht haben, zumindest hatte das ein Arzt gesagt. Die Eltern wussten nicht, dass Georg diese Ereignisse unter seinen Freunden mittlerweile als frühe Selbsttötungsversuche ausgab und damit großen Eindruck machte.

»Wie seltsam, Maria, dass immer ich den Jungen am Leben gehalten habe. Und du behauptest stets das Gegenteil. Auch das ist ein …, ach, was soll das überhaupt.«

Maria knallte den Würfelbecher auf den Tisch. »Nach den Unfällen hast du dich doch überhaupt nicht mehr um Georg gekümmert«, sagte sie. »Er hat dir Angst gemacht. Und Grete hat dir ebenfalls Angst gemacht, deshalb wolltest du sie sofort ins Internat geben. Mit elf Jahren! Und was redest du von vererbtem Blut: Wilhelm ist immerhin nicht von mir, und auch er ist nie deinen Plänen gefolgt. Und wie kann es angehen, dass sich dein Blut nicht gegen das deiner Frauen durchsetzt? Ist es zu dünn, oder ist dein Herz zu schwach?«

Tobias würfelte zwei Fünfen und ging in Führung. Er versuchte, sich zu fassen. Sie spielten verbissen weiter, als ob die Würfel das Gesagte bekräftigen könnten.

»Du verkennst die Situation, Maria! Es fehlt nur noch wenig, und wir haben die Inzucht im Haus! Stell dir diesen Skandal vor! Grete vergöttert Georg doch, sie folgt ihm in allem, was er tut, dabei ist sie noch viel zu jung. Und Georg selbst ist viel zu verwirrt, er weiß nicht, was gut und was schlecht für ihn ist. Und wer sagt mir, dass Grete nicht auch im Internat unter schlechtem Einfluss lebt? Wer sind diese Gören, mit denen sie sich immer abgibt? Ich rechne mit dem Schlimmsten, Maria. Und dich lässt das alles offensichtlich kalt. Oder irre ich?«

»Im Grunde«, sagte Maria, »müssen wir uns selbst den Vorwurf machen, dass sie so zusammenhalten. Wir hätten sie so früh nicht trennen dürfen, einer von beiden hätte schon die Lust am anderen verloren mit der Zeit.«

»Aber im Grunde«, äffte Tobias seine Frau nach, »bist du ja nur stolz, dass du solche Kinder hervorgebracht hast, die so *nutzlose* Talente zeigen.«

»Gratuliere, selbst das hast du ihnen also nicht vererbt.«

Tobias stieß den Würfelbecher mit aller Kraft auf den Tisch, als wollte er nun auch darin seine Frau überbieten. Es war ein glücklicher Wurf, er hatte so gut wie gewonnen.

»Du hast dich doch allem entzogen, Maria, noch viel mehr als ich. Du hast alles der Gouvernante zugeschoben. Die Sache ist doch außer Kontrolle, und wenn Georg die Praktikantenzeit in der Apotheke nicht übersteht, dann ist er so gut wie verloren.«

»Aber er wird es schaffen!«

»Was macht dich da so sicher, um Gottes willen?«

»Weil er ein Trakl ist«, antwortete sie.

»Du meinst wohl, weil er *dein* Sohn ist.«

Aber sie hatte es durchaus versöhnlich gemeint. Mit einem letzten Schwung ließ sie den Würfelbecher auf die Tischplatte krachen. Zwei Sechsen. Sie hatte gewonnen.

»Jetzt entschuldige mich, ich habe noch zu tun.«

Tobias musste laut auflachen. Er griff sich wieder in den Bart und zog kräftig an dem schlohweißen Haar. Es hielt. Der Bart hielt sein Gesicht zusammen.

*

Grete, Georg und Erhard kamen ins Haus, da hatten Maria und Tobias ihr Würfelspiel gerade beendet. Erhard schüttelte Georgs Eltern ehrfürchtig die Hand. Der Vater verabschiedete sich, nachdem er seinen Kindern kurz zugenickt hatte, nach unten ins Büro.

»Mama!«, sagte Grete und ging auf ihre Mutter zu.

»Was ist denn nur?«

»Ich habe mein Konzert gegeben! Stell dir vor, es hat dem Brunetti gefallen.«

»Das ist schön für dich, Kind!« Sie legte kurz die Hand auf Gretes Kopf, wie bei einer Segnung. Dann drehte sie sich wortlos um und kehrte in ihre Gemächer zurück.

»Willkommen im steinernen Haus!«, sagte Georg. Und er verbeugte sich vor Erhard.

Also sprach Zarathustra

Das Berger-Bräu in der Linzer Gasse war nicht der beste Ort, um eine Redaktionssitzung abzuhalten. Es war laut, stickig, fast immer überfüllt. Es hatte auch nichts von einem Wiener Caféhaus, es wirkte rustikal, die dunklen Möbel waren grob gezimmert, der Raum wurde nur spärlich ausgeleuchtet. Der Dichterkreis, den Georg, Erhard und ein paar Schulfreunde gegründet hatten, tagte dennoch immer hier. Sich in Ruhe zu unterhalten und über die Texte auszutauschen war unmöglich, man musste sich fast anschreien. Deshalb war oft nicht zu entscheiden, ob die jungen Literaten und Kritiker sich stritten oder sachlich etwas debattierten.

Heute ging es darum, die *Literarischen Versuche* des Zirkels zusammenzustellen. Ein passender Titel für ein handgeschriebenes, regelmäßig erscheinendes Blatt, das niemand las. Der verantwortliche Redakteur war seit kurzem Erhard, das wechselte von Ausgabe zu Ausgabe. Erhard hatte allerdings angekündigt, er würde heute später kommen – wenn überhaupt. Man solle schon einmal anfangen. Er musste sich mit seinen Privatlehrern abrackern, die ihn täglich bis spät in den Abend peinigten. Aber sein Stiefvater war auf der Hut, er würde es ihm nicht noch einmal durchgehen lassen, die Schule zu vernachlässigen.

Ein schiefmäuliger Junge, den wegen seines Gesichtsausdrucks alle nur Grimm nannten, übernahm also die Federführung.

Georg setzte sich mit verschränkten Armen in eine Ecke und versteckte sich hinter seinem Glas. Er trug seinen elegantesten Anzug, der hochgeschlossene Kragen des weißen Hemdes verbarg den Hals, eine schwarze Krawatte veredelte das Arrangement. Das hellbraune Haar hatte er streng zur Seite gescheitelt, sein Gesicht war mit einer Art Puder bedeckt, der die Spuren der letzten schlaflosen Nächte verbarg. Seine runde, etwas klobige Nase, die auf der einen Seite eine winzige Deformation, eine Art Höcker hatte, stach aus diesem Puderfeld heraus, sie prägte sein Gesicht mehr, als ihm lieb war. Die Augen kniff er zu einem zornigen Spalt zusammen, und auch die Lippen waren zusammengepresst.

»Nun, meine Herren«, eröffnete Grimm, »ich bitte Sie um Ihre Vorschläge für die neue Ausgabe. Herr Trakl, bitte lesen Sie.«

Georg hasste diese Sitzungen. Man las doch nicht vor, um sich danach anhören zu müssen: »Nein, nein, mein Lieber, das ist zwar *interessant*, durchaus, aber doch noch ein wenig unfertig, wie?« Man las, damit der Verstand sich weitete und man sich über die kleinen Lächerlichkeiten erheben konnte: Schule, Matura, Studium. Aber was machten sie? Sie gaben sich freiwillig schon wieder Noten auf ihr Selbstgeschriebenes!

Georg würde laut lesen müssen, um den Lärm im Berger zu übertönen. Er kramte ein Blatt Papier aus der Innentasche seines Jacketts, faltete es auseinander und legte es vor sich auf den Tisch. Dann nahm er noch einen Schluck Wein. Die anderen wurden ungeduldig.

»Darf es jetzt losgehen«, maulte Grimm, »also bitte! Sonst kommt der Buschbeck, und wir haben noch nicht einen Beitrag durchgekaut.«

Georg fing an zu lesen.

Der Mann aber versank in eine schwarze Erinnerung, denn ihm war, als habe er schon einmal in diesem Tal gestanden.

»Lauter, wenn ich bitten darf!«

Georg funkelte Grimm an.

Er las nochmals den Beginn einer Geschichte, in der ein Wanderer in einem Wald auf einen geheimnisvollen Mann trifft, der so hässlich und verwildert ist, dass man ihn kaum von einem Tier unterscheiden kann.

»Das fängt ja gut an!«, sagte Franz Bruckbauer. »Wird das am End eine Mördergeschichte?«

Gelächter.

Georg wurde ungehalten. »Darf ich jetzt fortfahren!«

»Aber bitte, aber gerne!« Grimm gefiel sich in der Pose des Chefredakteurs, von dessen Urteil alles abhing. Erhard kam dieser Funktion viel leiser und zurückhaltender nach. Georg vermisste ihn. Er las weiter:

Da aber wurde die tote Öde laut: Vom Boden auf nämlich quoll es gurgelnd und röchelnd, wie Wasser nachts durch verstopfte Wasserröhren gurgelt und röchelt; und zuletzt wurde daraus eine Menschenstimme und Menschenrede: Die lautete also:

»Mein Herr! Mein Herr! Rate mein Rätsel! Sprich, sprich! Was ist *die Rache am Zeugen*?

Ich locke dich zurück, hier ist glattes Eis! Sieh zu, sieh zu, ob dein Stolz sich hier nicht die Beine bricht! Du dünkst dich weise, du stolzer Herr! So rate doch das Rätsel, du harter Nüsseknacker – das Rätsel, das ich bin! So sprich doch: Wer bin *ich*!«

»Aha, aha!«, unterbrach Grimm erneut den Vorlesenden. Er wollte prahlen. »Die klassische Ödipus-Sphinx-Situation. Wer bin ich also, aha. Keine sehr originelle Idee, aber ich bin gespannt, wie du es auflöst. Mein Votum hast du jedenfalls noch nicht!«

Georg hätte am liebsten das Papier zerknüllt und es Grimm an den Kopf geworfen. Aber er wollte es zu Ende bringen. Er fuhr fort:

> Als aber der Wanderer diese Worte gehört hatte, was glaubt ihr wohl, was sich da mit seiner Seele zutrug? *Das Mitleiden fiel ihn an*; und er sank mit einem Male nieder, wie ein Eichbaum, der lange vielen Holzschlägern widerstanden hat, schwer, plötzlich, zum Schrecken selber für die, welche ihn fällen wollten. Aber schon stand er wieder vom Boden auf, und sein Antlitz wurde hart.
>
> »Ich erkenne dich wohl, sprach er mit einer erzenen Stimme: *Du bist der Mörder Gottes!* Lass mich gehen. Du *ertrugst* den nicht, der *dich* sah, der dich immer und durch und durch sah, du hässlichster Mensch! Du nahmst Rache an diesem Zeugen!«

Georg war fertig, er faltete das Papier wieder zusammen und legte es auf den Tisch. Es herrschte Stille im Dichterkreis. Grimm grinste vor sich hin, ihm gebührte das erste Wort, er schien es genüsslich hinauszuzögern.

»Also, lieber Georg, ein paar Metaphern haben mir schon gefallen, die Sache mit dem Nussknacker und das mit dem Eichenbaum. Aber wie du das Rätsel auflöst, also ich weiß nicht, das erscheint mir doch sehr wirr. Mörder Gottes, also ich weiß nicht.«

Bruckbauer kam Grimm zu Hilfe. »Also, dass Gott tot ist, das wissen wir ja nun. Und das soll der Mörder sein? So ein Haderlump? Willst du damit etwa der Religion wieder auf die Sprünge helfen? Schaut, was aus dem Mörder Gottes geworden ist, ein wirrer, alter, hässlicher Greis?«

Grimms schiefes Grinsen nahm triumphierende Züge an. »Da bin ich völlig deiner Meinung, Franz. Da fällst du dem alten Nietzsche ganz schön in den Rücken, das sollten wir in unserer Zeitung nicht tun, denke ich. Also meine Stimme hast du nicht. Was meinst du denn, Kalmár?«

Kalmár, ein stiller, blasser Junge, war am Vortag erst aus den Ferien zurückgekehrt. Er hatte zu Beginn der Sitzung verkündet, dass er aussteigen werde. Er habe einfach andere Interessen entwickelt, das Literarische liege ihm nicht. Offenbar hatte ihm sein Vater den Kopf gewaschen. »Also ich halte mich da raus, das müsst ihr entscheiden, ich komme da nicht recht dahinter.«

»Entschuldige, Georg«, sagte Bruckbauer nun fast mitleidig, »aber meine Stimme bekommt es auch nicht.«

»Selbst der Erhard kann das Ruder nicht mehr herumreißen!«, sagte Grimm hocherfreut, der den ersten Redakteur gerade zur Tür hereinkommen sah. »Da ist er schon.«

Erhard nahm neben Georg Platz, wie immer, klopfte seinem Freund auf die Schulter und wandte sich dann der Runde zu. »Und, wie weit seid ihr?«

»Trakl hat gelesen. Zwei Gegenstimmen und die Enthaltung unseres abtrünnigen Kalmár.«

»Was, du willst aufhören? Was hat Georg denn gelesen, kann ich mal sehen?«

Georg schob Erhard mit einem süffisanten Grinsen den Zettel hin, das war seine erste Gemütsregung, seit er aufgehört hatte zu lesen. Scheinbar gleichmütig hatte er das Urteil seiner geschätzten Kollegen angehört.

Erhard überflog den Zettel, seine Augen wurden immer größer. »Und mit welcher Begründung haben die Herren abgelehnt?«, fragte er zögernd.

»Na das siehst du doch, Erhard«, sagte Grimm. »Da haben wir es mit einem Sphinx-Rätsel und mit einer ungewollten Nietzsche-Kritik zu tun. Der Mörder Gottes ein hässlicher, dämlicher Rätsel-Großvater. Das ist alles halbgares Zeug – bis auf den Nussknacker!«

Gelächter.

»Wollt ihr mich jetzt veralbern? Habt ihr die Redaktionssitzung bisher so vertrödelt?«

Grimm schien nicht recht zu verstehen. »Wieso veralbern? Was meinst du, Erhard?«

»Aber das ist doch Nietzsche! Nur dass aus Zarathustra immer ›mein Herr‹ gemacht wurde. Denkt ihr denn, ich erkenn das nicht, oder wie? Wollt ihr mich auf die Probe stellen, oder was? Sehr, sehr lustig!«

Grimm lief rot an, Bruckbauer vergrub sein Gesicht in beide Hände, Kalmár grinste, Georg war wieder unbeweglich wie eine Sphinx.

»Trakl, du hältst dich wohl für sehr gescheit! Gibst Nietzsche für dein eigenes Geschreibsel aus? Hat dir das dein Herr Streicher aufgetragen, dass du uns veralbern sollst? Wie? Hältst du dich jetzt für was Besseres?« Grimm war nicht mehr zu halten.

»Ihr hättet es abgelehnt«, sagte Georg, als ginge ihn das alles nichts an.

Erhard verstand jetzt, was Sache war. Er schüttelte den Kopf. »Abbruch für heute, ich habe keine Lust mehr!« Er nahm das Papier und zerknüllte es. Dann sprang er auf, ohne einen Schluck getrunken zu haben, und verschwand.

»Das war ein Vertrauensbruch, Trakl. Das wird Konsequenzen nach sich ziehen, das kannst du mir glauben.« Grimm schlug mit der Faust auf den Tisch, bevor er sich erhob. Sein Gesicht war nun völlig verzerrt vor Zorn.

Die Runde zerstreute sich.

Grimm hatte recht, Georg wollte den Dichterzirkel ebenfalls aufgeben, allerdings aus anderen Gründen als Kalmár. Eigentlich hatte die kleine Inszenierung nur diesen Zweck gehabt. Es würde keine Ausgabe der *Literarischen Versuche* mit seinen Texten mehr geben.

»Ich will nun für mich sein und dichte künftig nur mehr für mich, nicht mehr für andere. Ich kümmere mich nicht mehr darum, ob es euch und überhaupt anderen gefällt, bloß mir selbst muss es gefallen«, sagte er zu Erhard, als er ihn eingeholt hatte.

Erhard stimmte ihm zu, dass sich ein wahrer Künstler wahrscheinlich isolieren und die Einsamkeit suchen müsse.

»Aber wart erst einmal ab, bis wir in Wien sind, Georg! Dort gibt es Künstlerkreise, die wirklich etwas bewegen. Da werd ich uns hinbringen.«

»Ich habe Angst vor Wien. Wenn Salzburg einen schon auffressen kann, was wird dann erst in Wien?«

Georg und Erhard hatten sich geschworen, dass sie eines Tages in die Hauptstadt gingen zum Studieren. Erhard würde noch etwas länger brauchen, weil er sich mit der Matura plagen musste. Aber danach würden sie wieder in der großen Stadt vereint sein, das große Leben wartete auf sie. »Wir werden die Kunst voranbringen!«, sagte Erhard. Dass sie in Salzburg nie etwas erreichen würden, davon waren mittlerweile beide überzeugt.

Als sie nach der bislang kürzesten und wohl auch letzten Sitzung des Dichterkreises bei Erhards Haus angelangt waren, verabschiedeten sich die Freunde per Handschlag.

»Tröste dich, Georg. Du hast immer noch dein Theaterstück.« Erhard klopfte ihm noch auf die Schulter.

»Ein seltsamer Trost!«

»Übrigens«, sagte Erhard, »Grete hat mich für morgen auf einen Spaziergang geladen. Es sei dringend. Weißt du, warum?«

Georg verschränkte die Arme. Dann schüttelte er den Kopf. »Das wirst du schon herausfinden«, sagte er und ärgerte sich, dass man seine Kränkung heraushören konnte. Dann wandte er sich ab.

Erhard betrat das Haus seiner Eltern. Seit dem frühen Tod des Vaters lebte er beim zweiten Mann seiner Mutter, einem Juristen. Der Stiefvater erwartete ihn in der Eingangshalle, er war ein hochgewachsener, kräftiger Mann. Sein Gesicht, seine ganze Erscheinung strahlten eine Sattheit aus, die Erhard jeden Tag aufs Neue provozierte. Offenbar hatte er den ganzen Abend auf ihn gewartet. Erhard hatte sogleich ein ungutes Gefühl, aber es ging so schnell, dass er nicht reagieren konnte. Sein Stiefvater kam näher und schlug ihm mit der flachen Hand ins Gesicht, dass es ein lautes Schnalzen gab. Erhards Kopf fiel zur Seite. Ein brennender Schmerz breitete sich auf der rechten Gesichtshälfte aus. Tränen stiegen ihm in die Augen.

»Wie oft muss ich es dir noch sagen, Erhard, wie oft noch!« Der spinnerte Verein ist für dich gestorben, bis du die Schule absolviert hast!«

Erhard nickte, presste dann eine Hand auf die Wange, er sagte keinen Ton. Er schmeckte Blut auf der Lippe. Dann stieg er, als auch sein Vater nichts mehr zu sagen hatte, die Treppe zu seinem Zimmer hinauf. »Per aspera ad astra«, murmelte er leise in seine blutverschmierte Hand.

*

Auf dem Heimweg erinnerte sich Georg an die Gründungsszene des Dichterkreises. Grimm, Bruckbauer, Erhard und er hatten an einem kleinen Tisch vor dem Gartenhaus der Trakls gesessen, dem Salettl. Hier hatten die jungen Künstler ihre Vorräte gelagert: Bücher und Flaschen und die Kistchen mit den Opiumzigaretten. Der Garten war verdorrt gewesen, es hatte seit Wochen nicht geregnet. Das Laub der Bäume und Sträucher begann sich zu verfärben, als wäre es bereits Herbst. Eine morsche Schaukel aus Kindheitstagen rostete vor sich hin. Es war unerträglich heiß, aber das scherte die jungen Poeten wenig, zumindest merkte man es ihrer beinahe winterlichen Kleidung nicht an. Alle waren nach der neuesten Mode angezogen, keine Nachlässigkeiten, nur Bruckbauer fiel etwas ab, seine Eltern weigerten sich, diesen Popanz zu finanzieren. »Wenn ich einen Pfau sehen will«, sagte sein Vater, »dann muss ich nur im Mirabell suchen, da brauche ich nicht meinen eigenen Sohn dafür. Oder? Dichten, sagst du? Ja bist du denn der größte Wurschtikus aller Zeiten? Ich gebe dir links und rechts dein Dichten, links und rechts. Kommst du mir noch mal mit deinem Dichten, du Gotteslästerer, du sündiger.«

Krawatten trugen die jungen Dichter zum Anzug, an besonderen Tagen eine Fliege. Die Hemdkrägen leuchteten, an den Füßen braune hohe Schnürstiefel oder schwarze Halbschuhe, die Brille, ja, und der Seitenscheitel, ein

Strich in der Landschaft, wie Bruckbauer immer sagte. Comme il faut! Ein Buch in der Rechten und eine Zigarette in der Linken. Stil, die Herren! Sie waren ja schließlich keine kleinen Schulbuben mehr. Einen Vollbart wollte sich allerdings niemand wachsen lassen, der Schnauzer reichte aus. Georg konnte sich nie entscheiden, ob mit Bart oder ohne, meistens blieb er ohne, weil Rimbaud auch keinen getragen hatte. Der Unterschied zwischen den Jungen bestand darin, dass Georg als Einziger so schreiben wollte wie die Vorbilder, während die anderen sich damit begnügten, nur so auszusehen.

»Wenn ich könnte, ich würde alles Bürgerliche tief vergraben und ein sehr schlichtes Kreuz daraufstellen. Und auf dem steht: An Staubvergiftung gestorben. Gestorben am eigenen Staub.« Wenn Grimm seinen schiefen Mund öffnete, dann nicht um zu diskutieren, sondern um Druckfertiges von sich zu geben. Das hatte sich nie geändert. Georg wusste, dass er seine Sätze einstudierte und immer auf eine passende Gelegenheit wartete, sie anzubringen. Und Hohn über das Bürgerliche passte fast immer. Man diskutierte wild, klagte an, polemisierte.

Aber eines Tages würden die Väter kommen und ihre Söhne in die Firma rufen. Dann wäre es vorbei. Danton und Robespierre gäben auf und setzten sich an die Rechenmaschine. Comme il faut, comme il faut. Wie oft hatten Erhard und Georg sich geschworen, dass ihnen das nicht passieren würde.

Er erreichte das mächtige Haus am Waagplatz. Er schlich unbemerkt in sein Kabinett und setzte sich an den Tisch vor dem Fenster, von dem aus er den Mozartplatz sehen konnte. Der Platz war trotz der späten Stunde noch erstaunlich belebt, die Hitze trieb die Leute auf die Straße.

Georg wollte noch ein wenig arbeiten, er durfte jetzt nicht lockerlassen. Dabei war er am Ende seiner Kräfte. Er schrieb die Nächte durch, wenn es sich etwas abgekühlt hatte, wenn ein wenig Wind durch sein Zimmer ging. Er arbeitete an einem Prosastück. Er wollte ein Zimmer beschreiben, ein einfaches Zimmer. Und jedes Möbelstück, jeder Kratzer an der Tapete, jeder Farbtupfer sollten etwas über die Besitzerin des Zimmers aussagen. Die Frau lag still in ihrem Bett, mit einem Gesicht, in dem man nichts lesen konnte. Es war ein Gesicht ohne Alter, es war eigentlich gar nicht zu entscheiden, ob es einem Mann oder einer Frau gehörte. Hatte diese Person jemals gelitten, jemals unerhörtes Glück gehabt? Das würde alles im Dunkeln bleiben, wenn man nicht das Zimmer sah. Denn das Zimmer erzählte von ihrem Glück. Und von ihrem größten Schmerz. Nicht mehr, nicht weniger, eine Fingerübung. Ein einfaches Zimmer. Ein paar Möbelstücke und Farben. Das sollte alles sein. Aber selbst das war so ungenügend, dass er die Seiten im Minutentakt zerriss.

Er fühlte es doch! Beim Lesen ging es ihm so, als würde er zu allem einen unmittelbaren Zugang finden. Als gäbe es nur die nackte Wahrheit. Aber wenn er sein Selbstgeschriebenes las, seine gedrechselte Prosa, seine albernen kleinen Dramen, seine holpernde Lyrik, dann kam ihm das alles kalt und unpersönlich vor. Als würde er die Texte mit fremden Augen lesen. Es grollte der Nietzsche in ihm, da tosten Verlaine-Bäche und zogen Rimbaud-Stürme vorbei. Aber diese Gewalten entweichen zu lassen, das war das Problem. Georg kritzelte stundenlang auf die Papierbögen, den Rotwein trank er direkt aus der Flasche. Diese Nacht waren es zwei. In den Pausen stellte er sich an das Fenster und rauchte. Er konnte sehen, wie die Dunkelheit wich. Es würde wieder ein elend schöner Tag werden. Alles erwachte, er hörte die Geschwister im Haus herumrennen, das Husten des Vaters, ja selbst die leise Stimme der Mutter. Wie brannte das alles in ihm. Sie wussten ja gar nicht, wie sie sich jeden Tag belogen, wie sie sich jeden Tag belügen mussten, um überhaupt aus ihren Betten kriechen zu können! Das Tagewerk ruft! Wie schön sich ein Tag an den anderen reiht, wie auf der Perlenkette seiner Mutter. Wie schön sich Bild an Bildchen reiht, Tag für Tagchen, Jahr für Jährchen. Liebe für Liebchen. Es war alles so schön gedämpft, versüßt mit einem seichten Parfum, das einen umnebelte, ohne dass man es merkte. Aber man wollte es gar nicht merken, man wollte es ja nicht anders haben. Das kam ihm alles hoch, das würgte ihn, er hatte Säure in sich, die hinauswollte.

»Glaubt ihr denn«, murmelte er, »ihr werdet auch noch belohnt dafür, dass ihr euch ein Leben voller Strickstrümpfe und Kalbsbraten gezimmert habt?«

Kotzen, das konnte man nur auskotzen. Und genau das wollte Georg ja: dass da lauter Buchstaben aus seinem vergifteten Mund kommen würden, die wie kleine Flammen auf das Papier fielen. Feuerstempel, die sich einbrannten zu Sätzen, zu Versen, die schonungslos sein würden. Die nichts verschleierten, die frei sein würden von aller peinlichen Ungenauigkeit, von allem Uneigentlichen, vom Herumdrucksen, Herumlavieren um das Wesentliche. Und das Wesentliche war doch: Es gab so viele Menschen, die sich selbst das Brett vor den Kopf nagelten, die sich selbst Körper und Geist verstümmelten und das auch noch Gesundheit nannten. Das war faul, das war verdorrter, stinkender Mist, und genau das musste man in Dichtung bringen, in Verse. Aber es ging ja nicht. Die Buchstaben waren keine brennenden Stempel, sondern verirrte kleine Wölkchen, so kam es ihm vor. Es war zum Verzweifeln. Die letzten Tage war er oft unfähig gewesen, sich überhaupt zu erheben, er hatte zweifelhafte Bilder vor Augen, Gesichtszüge, die entgleisten und sich wiederfanden, ein irres Gelächter, eine Stimme, die ihn ansprach.

»Ja, mein Herr, Sie sind ein Dichter!«, höhnte jemand. Aber es war niemand im Raum.

»Was hast du überhaupt für ein Problem?«, hatte ihn sein Bruder Gustav gefragt, als er vor den Geschwistern wieder einmal gejammert hatte. Über Salzburg, über die Apotheke, über die Kunst. Und das Verblüffende: Ihm war darauf gar keine Antwort eingefallen. Und es ärgerte ihn, dass sein Schreiben ihm nicht half, eine Antwort darauf zu finden. Aber das war wohl ein Teufelskreis. Wenn er nicht ehrlich zu sich sein konnte, würde er nichts Ehrliches produzieren. Und umgekehrt.

Gretes Klavierspiel war jetzt leise zu hören, es beruhigte ihn. Aber er konnte nicht hingehen und zuhören. Vielleicht war Grete die Einzige, die ihn verstand. Vielleicht sollte er sie fragen, ob sie ihm eine Antwort auf Gustavs Frage geben würde. Aber Grete zog es offensichtlich mehr zu Erhard hin. Vielleicht hatte er auch hier versagt. Und als Georg gerade darüber nachdenken wollte, was Grete mit Erhard wohl zu besprechen habe, schlief er an seinem Tisch ein.

»Was ist mit deiner Wange?«, fragte Grete.

Sie musterte Erhard. Seinen ovalen Kopf, die hohe Stirn, die kleinen Entzündungen auf der Gesichtshaut, die ihm stets peinlich waren. Aber jetzt war da eine rote, leicht angeschwollene Fläche hinzugekommen. Erhard betastete die Stelle, aber er ging auf ihre Frage nicht ein. Er sprach wie immer nur über das Dichten, oder er dozierte. Oder es ging um Georg, den beide immer über alles stellten, obwohl halb Salzburg ihn für einen Spinner hielt.

»Der Georg ist raus aus dem Zirkel. Es ist besser, dass er gegangen ist, die anderen hätten ihn nicht mehr mitgetragen.«

»Die sind doch nur neidisch, dass sein Stück bald aufgeführt wird.«

»Das mag sein, aber das ist längst nicht alles. Ich glaube, dass ein wirklicher Dichter in so einem Kreis nicht zur Entfaltung kommen kann. Er muss in gewisser Hinsicht einsam sein.«

»Und bist du denn gerne einsam, Erhard?«

Grete wollte nicht immer über Georg reden, gerade in diesem Augenblick sollte es einmal nur um Erhard und sie gehen. Keine Kunst, kein Dichten, keine Musik, aber das war nicht möglich. Sie gingen durch den Mirabellgarten, es war Abend, im Hintergrund schepperten zwei, drei Musikstudenten auf ihren Instrumenten, sie waren wohl schon etwas angetrunken, denn fast nach jeder Strophe brachen sie in lautes Gelächter aus. »Der Teufel tanzt es mit mir!«, kreischte einer, dann packten sie plötzlich ihre Instrumente ein.

Erhard und Grete kamen an der Helenafigur vorbei, Grete nahm den Arm ihres Begleiters und hielt an.

»Du, Erhard, ich mache eine Wette mit dir.«

»Und zwar?«

»Ich wette Folgendes: Wenn du dir diese Figur anschaust, den Raub der Helena. Also wenn du das in deiner Vergrübeltheit überhaupt noch siehst jedenfalls. Dann denkst du dir, ja Herrschaften, wie konnte bloß wegen einer Frau ein Krieg geführt werden. Wegen einer einzigen Frau. Wir hatten es nämlich gerade in der Schule davon.«

Erhard verzog das Gesicht. »Das stimmt so nicht, aber was soll das überhaupt?«

»Ich frage mich, wie es Helena damit geht! Und ob es für sie nicht ein schönes Gefühl ist, in den Armen des starken Paris. Vielleicht war Menelaos ein formidabler Langweiler. Ein Tyrann. Vielleicht ist sie eingetrocknet mit ihm ... oder unter ihm. Und wenn ich denke, dass nur wegen mir ein Krieg geführt werden würde, also ich weiß nicht. Warum sollte man das als Frau eigentlich für ungehörig halten? Warum eigentlich?«

»Ich glaube gar nicht, dass dieser Krieg wirklich wegen Helena geführt wurde. Das ist die Sage, sicher. Aber ich will dich nicht mit meinen Theorien langweilen.«

»Der Ahnen Marmor!«, sagte Grete.

»Bitte?«

»Der Ahnen Marmor, so nennt Georg diese ganzen alten Überbleibsel. Manchmal spricht er, wie er schreibt.«

Jetzt hatte sie ihren Bruder wieder ins Spiel gebracht, das passierte ihr immer wieder. Sie gingen weiter und erreichten den Pegasusbrunnen. Fliegen surrten durch die Luft, das Wasser war grünlich blau und sah trotz des Durchlaufs brackig aus. Sie waren allein, nur die beiden steinernen Löwen und Einhörner glotzten zu ihnen herüber. Der Ahnen Marmor. Aber Grete lebte nicht in der Vergangenheit, sie wollte es wissen. Sie hatte Erhards Arm nicht losgelassen, bis hierher nicht. Sie blieb wieder stehen, legte diesmal beide Hände auf Erhards Schulter, stellte sich auf die Zehenspitzen und küsste ihn auf die rechte, unversehrte Wange. Seine Augen wurden groß. Er wirkte überrascht, als hätte er keines ihrer Signale bemerkt. Quakende Musik im Hintergrund, die besoffenen Musiker hatten ein neues Plätzchen gefunden, um ihren Lärm zu verbreiten.

»Ich sage es dir ganz klar, Erhard, ich bin ein bisserl in dich verliebt.«

Seine Augen wurden noch größer.

»Und jetzt sag du mir, was du für mich empfindest.« Und sie wusste es ja im Moment der Frage schon: Er hatte doch gar keine Antwort parat. Er hatte ja nichts, gar nichts gesehen bisher. Ich weiß nicht, was soll es bedeuten, das sah sie in seinen Augen. Da wurde sich nächtelang über das Weib Gedanken gemacht, aber die Herren sahen die Frau in Fleisch und Blut vor ihren Augen nicht, weil sie sie nur zwischen den Buchstaben suchten. Erhard brachte keinen Laut heraus, er sagte nichts. Er zuckte nur leicht, sein Körper stand unter Spannung. Diese Spannung schien ihn mehr und mehr nach hinten zu drängen, aber da war der Brunnen, da ging es nicht weiter.

»Du sagst also lieber nichts, mon dieu.« Grete musste lächeln, als sie bemerkte, dass sie gerade »Mein Gott« gesagt hatte. Aber gleichzeitig spürte sie, wie ihr die Tränen in die Augen schossen.

»Aber Grete …« Erhard wusste nicht, wohin mit sich. »Aber Grete, da kann man nicht so einfach antworten.«

»Und warum nicht?« Sie war kurz davor, hysterisch zu klingen, das wusste sie. Warum ging das bei ihr immer so schnell, vielleicht hatten diese ganzen Philosophen doch recht. »Entweder man weiß doch, ob man liebt, oder man weiß es nicht.«

»Aber Grete!«

Er konnte sie ja nicht einmal berühren. In den Arm nehmen. Halten.

»Du ziehst es also vor, Erhard ...« Sie verschränkte die Arme, senkte den Kopf und presste ihr Kinn auf die Brust. Es war Zeit für eine Pose – und für ein Zitat. »Du ziehst es also vor, mir lieber einen Dolch ins Herz zu stoßen.« Sie sah ihn nicht mehr an, sie wandte sich jetzt von ihm ab. Sie rannte davon. Tränen liefen, ihre Nase lief. Nur ein kurzer Blick, ob er nachkäme, aber er stand da wie eine dieser blödsinnigen Figuren, zu nichts zu gebrauchen. Das mit Troja konnte ja gar nicht stimmen, dachte sie sich. Wahrscheinlich stand auch Paris vor Helena und brachte keinen Ton heraus, vielleicht hatte er sie aus Verzweiflung umgebracht und nur ihre Leiche geraubt. Und diesem Menelaos war das völlig gleich, denn auch er bekam keinen Ton heraus. Sie war das alles so leid, der Erhard verstand einfach nichts, wenn es um das Leben ging. Dabei tat er immer so geschäftig und schrieb lauter Briefe überallhin, aber wenn er einer Frau gegenübertrat, fehlten ihm die Worte. Brieffreunde aus China, die tatschten ihn nicht an. Vielleicht dachte er auch, dass es nicht gut wäre, mit der Schwester des besten Freundes. Vielleicht hatte er dann ja, wenn es bei *einer* Trakl schiefging, überhaupt keinen Trakl mehr. Dann traklte es nicht mehr. Was machte er dann bloß? Dann konnte er ja niemanden mehr bewundern.

Grete rannte aus dem Park. Sie wurde immer schneller. Selbst als sie bei den betrunkenen Musikern vorbeikam, wurden ihre Schritte nicht langsamer.

»Ihr Stümper!«, rief sie ihnen so laut wie möglich zu.

Der Urlaub war vorbei. Georg lief durch die Judengasse, er war bereits fünf Minuten zu spät. Der Hinterhuber würde schimpfen.

Wenigstens regnete es, das brachte ihm ein wenig Abkühlung. Überhaupt fühlte er sich eigenartig kraftvoll an diesem Morgen, obwohl er wieder kein Auge zugetan hatte. Das war Salzburg im Regen! Was für eine Stadt. Er sah überall die Anzeichen des Herbstes. Salzburg war für ihn ohnehin eine braune Stadt, durchlebt, morsch, dem Untergang geweiht. Eines Tages würde es nur einen Windstoß brauchen, und alles fiele in sich zusammen.

Die Ferne reizte Georg nur in besonders verzweifelten Momenten, aber er wollte doch wissen, wie es in anderen Städten zuging. In Europa oder gar in Übersee. War das vergleichbar? Vergleichbar mit diesem Moder hier? Mit diesem Verfall? In Salzburg stand alles still. Die Menschen kümmerten sich darum, die Verhältnisse zu bewahren, und sie vermoderten dabei. Das konnte man wunderbar beobachten. Die Verwesung war in vollem Gange. Wie war das in Wien? Wien war eine goldene Stadt. Aber selbst Gold konnte verblassen, wenn es keiner polierte.

Georg hastete weiter, für seine Körpermasse und für sein Temperament unerhört energisch. Er tappte von einer Pfütze in die nächste, es schien, als vollführe er einen seltsamen Tanz. Passanten huschten vorbei, eine Bekannte der Familie grüßte ihn.

»Habe die Ehre!«, antwortete er mit einer schrillen Stimme und erntete immerhin ein Kopfschütteln. Georg tanzte weiter, er bemerkte eine Engelsstatue, die in einem Hausfenster stand. Er stutzte. Dann näherte er sich dem Haus. Es handelte sich um einen schlanken Engel, dessen Flügel sich hinter dem Rücken kreuzten, sie sahen eigentlich eher wie ein langer, weiter Mantel aus. Und das Besondere an dieser Figur: Sie war ganz und gar dunkel. Moosig, beschmutzt, ein unreiner Engel. Ganz anders als im Salon der Eltern, wo sich diese unbefleckten Goldknaben tummelten. Er hatte schon oft Engel gesehen, aber es waren immer dickleibige Putten aus makellosem Stein gewesen, die nicht ein noch aus wussten mit ihrer wonnigen Kinderspeckigkeit. Richtig, man musste sie mit Dreck bewerfen, aber das änderte wohl nichts an ihrem selbstzufriedenen Grinsen.

Georg setzte sich wieder in Bewegung, überquerte die Brücke und bog schließlich in die dunkle Linzer Gasse ein. Der Kapuzinerberg war nahe. »Engel können heute keine reinen Geschöpfe mehr sein«, sagte Georg laut vor sich hin. »Die Menschen haben sie heruntergezogen, einen nach dem anderen. Nicht, um sie mit einem Fußtritt gleich noch tiefer zu befördern, aber in der Vorhölle schmurgeln sollen sie schon etwas.«

Es regnete immer noch. Wie lange hatte er jetzt für den Weg gebraucht? Das kleine Schild am Haus, wie ein Fähnchen. *Apotheke*. Und dann das zweite Schild, *Zum Weißen Engel*. Die Fensterläden im ersten Stockwerk waren wie immer geöffnet – die junge Lisa schaute heraus. Sie freute sich, dass der Georg wieder da war, der Praktikant. Sie hatte sicher schon Angst gehabt, er würde gar nicht mehr kommen. Die Uhren schlugen acht. Eine Stunde zu spät. Das war ihm noch nie passiert. Und das am ersten Tag nach dem Urlaub, dem sogenannten. Georg öffnete vorsichtig die Tür, Magister Carl Hinterhuber stand an der schweren Holztheke und notierte sich etwas auf einem Zettel. Dann sah er hoch, er wirkte nicht überrascht.

»Ah, mein junger Traumulus ist auch wieder da. Aber wie sieht er denn aus? Ganz nass und bleich wie der Tod. Es wird Zeit, dass du wieder einer vernünftigen Arbeit nachgehst, das sehe ich doch auf den ersten Blick. Ab in den Keller mit dir!«

Der Gewölbekeller der Apotheke war ein länglicher, feuchtkühler Raum, an allen Wänden standen Regale, die an die halbrunde steinerne Decke reichten. In der Mitte waren zwei Arbeitstische aufgebaut mit jeweils zwei Sitzböcken davor. Georgs erster Blick fiel auf das kleine Regal rechts neben dem Eingang. Dort hatte er sich ein Fach eingerichtet, das unter seinen Freunden als »der Giftschrank« berüchtigt war. Sie spotteten oft über sein Apothekerdasein, doch wenn Georg sie mit Veronal und kleinen Opiumflaschen beglückte, dann sagten sie: »Was wären wir ohne den Trakl!«

Auch das war jetzt vorbei.

Der Giftschrank war fast leer, er hatte ihn vor den Urlaubstagen geplündert, damit er den Sommer überstünde. Jetzt musste er sehen, dass er wieder an Nachschub kam. Er öffnete eine kleine Schublade am rechten Arbeitstisch, an dem er eigentlich nichts verloren hatte. In der Schublade lag der Schlüssel für den eigentlichen Giftschrank mit den starken Substanzen, die unter Verschluss gehalten wurden. Das geschah nur, um der Form gerecht zu werden. Carl Hinterhuber pflegte einen sehr laxen Umgang mit Drogen, was Georg sehr zupasskam. Die braunen Flaschen waren mit schwarzen Etiketten beklebt, auf die der Apotheker mit einer Art Kreideschrift den Namen der Substanz und zwei Pluszeichen geschrieben hatte. Georg griff zwei Flaschen und ging zu seinem Arbeitstisch. Das Umfüllen in kleinere Gefäße fiel ihm schwer, er hatte keine ruhige Hand, die Knie wurden ihm weich. Er verschüttete etwas, er konnte sich nicht konzentrieren. Dann hörte er Schritte, Hinterhuber kam nach unten. Schnell packte er die Flaschen wieder in den Schrank und sperrte ab. Georg behielt den Schlüssel in der Hand.

»Junger Traumulus, was machst du hier unten eigentlich? Mein Tisch ist nicht aufgeräumt, ich brauche ihn aber spätestens in einer halben Stunde. Frau Vogel will ihre Feuchtigkeitscreme, mit der sie mich noch die nächsten fünfzig Jahre plagen wird.«

Georg erwiderte nichts und lief zu Hinterhubers Arbeitsplatte. Mit der freien Hand fing er an, hektisch Flaschen zusammenzustellen. Hinterhuber kam ebenfalls zum Tisch und kletterte vor ihm auf den Sitzbock. Er fixierte Georg.

Der Magister war in jeder Hinsicht ein lauter Mensch. Seine polternde Stimme füllte jeden Raum aus, sein wohlgenährter Körper verlieh ihm eine erdrückende Präsenz. Und dann war da sein stets lächelndes Gesicht, das einen auf eine unheimliche Weise in den Bann ziehen konnte. Georg konnte ihm nur selten direkt in die Augen sehen, jetzt musste er es. Hinterhubers rötlich blonder Vollbart war gestutzt, sein welliges Haar hatte er zu einem Seitenscheitel gebändigt. Seine Nase war ein kleiner, breiter Fleischhaufen, rot geädert, an schlechten Tagen entlarvte sie den Apotheker als Trinker.

»Mein lieber Traumulus«, fing Hinterhuber an. Georg legte endlich den Schlüssel ab.

»Ich weiß ja um deine Launen.«

Was meinte er damit? Das Schreiben, die Drogen?

»Hör zu, es ist so. Und das versteht natürlich jeder Schulbub. Deine Launen interessieren mich nicht, solange sie deinen Dienst hier in der Apotheke nicht beeinträchtigen. Du kannst im Mondschein spazieren gehen und mit den Wölfen heulen. Meinetwegen. Aber sobald das deinen Dienst einschränkt, fängt die Dummheit an, Georg. Dein Dienst geht von sieben bis sechs. Und selbst in dieser Zeit bist du hier kein Apothekensklave, seien wir doch ehrlich. Du verbringst den halben Tag ja sowieso im Stübl. Aber wenn du deine Arbeit nicht einmal unter diesen Bedingungen schaffst, dann wird es gefährlich für dich, junger Freund. Und für mich, denn ich trage hier die Verantwortung.« Hinterhubers Gesicht kam noch ein Stück näher. Er sah Georg mit einem beschwörenden Blick an. »Hör zu, junger Traumulus! Nur ein dummer Trinker weiß nicht, wann er aufhören muss. Und nur ein dummer Opiumesser weiß nicht, wann er es lassen muss. Ich hoffe, du wirst nicht bald zu den Dummen zählen, Georg. Zu den Trägen, ja, aber nicht zu den Dummen. In einer halben Stunde ist dieser Tisch wieder ein Arbeitstisch, verstanden?«

Georg nickte betreten. Der Magister hatte recht. Obwohl, wenn man es näher betrachtete, so viel Gift war es auch wieder nicht. Und Hinterhuber war doch selbst nicht davor gefeit. Im Gegenteil. Man musste sich doch nur seine Nase anschauen.

*

An ruhigen Tagen verbrachte Georg tatsächlich fast den halben Tag im Stübl. Er gab vor, Präparate und ihre Mischverhältnisse zu studieren und sich auf das Pharmaziestudium vorzubereiten, aber in Wirklichkeit hing er seinen Gedanken nach. Er hatte in den letzten Nächten kaum geschlafen, deshalb fielen ihm jetzt die Augen zu. Und da geschah etwas Seltsames. Er sah, auch mit geschlossenen Augen, immer noch den fensterlosen Raum vor sich, dieses kleine, nur mit einem Tisch und zwei Stühlen möblierte Zimmer. Aber es hatte die Farbe geändert. Es war jetzt in ein schwarzgrünes Licht getaucht, das zeitweise ins Rötliche überging. Und da war der dunkle Engel wieder, er stand auf dem Tisch und wirkte beinahe lebendig, nicht wie eine Statue. Der Engel sah ihn an wie vorhin der Apotheker, mit einem hypnotischen Blick. Georg schlug die Augen wieder auf, der Engel war fort.

Was war denn? Konnte er etwa seine Vorstellungskraft nicht mehr lenken? Er schloss erneut die Augen, er sah das verwandelte Stübl und den beschmutzten Engel, er konnte an nichts anderes mehr denken. Georg bekam Angst, trotzdem hielt er die Augen geschlossen. Im Hintergrund schlug eine Kirchturmuhr. Er hörte die Glockenschläge wie ein nahes Hämmern, als würde der dunkle Engel direkt neben seinem Kopf auf eine Glocke einschlagen. Georg spürte den Schweiß unter seinen Achseln. Er öffnete die Augen, das Hämmern hörte auf, das Stübl war wieder, wie er es kannte. Sah er jetzt schon Dämonen? Nein, das war ihm zu albern.

»Ich habe Nietzsche gelesen!«, rief er laut. »Also bitte!«

Lisa kam herein, mit einem Teller in der Hand.

»Was ist mit dir, Georg?«

Er sah sie ungläubig an. Hatte er laut gesprochen?

»Geht es dir nicht gut? So viel Schwitze auf der Stirn, Georg.«

Lisa war Hinterhubers einziges Kind. Nach ihrer Geburt war es lange nicht sicher gewesen, ob sie am Leben bleiben würde. Sie war viel zu früh gekommen, wie Georg auch, beide waren Siebenmonatskinder. Aber Lisa war zäh, sie klammerte sich ans Leben, nur hatte ihr kleiner Kopf bei ihrem ersten Lebenskampf offensichtlich einen Schaden genommen. Sie verstand vieles, aber sie konnte kaum einen klaren Gedanken ausdrücken. Sie verwendete eine Art Parallelsprache mit vielen seltsamen kleinen Verrückungen. Doch was ihr an Logik und klarem Verstand fehlte, das glich ihr auf Hochtouren arbeitender Gefühlsapparat aus. Kaum eine Stunde verging, da sie nicht in Tränen ausgebrochen wäre oder einen gackernden Lachanfall bekommen hätte. Ins Übermaß gesteigert war auch ihr Mitfühlen, damit hatte Georg von Anfang an nicht umgehen können. Er mochte es nicht, wenn sie ihn berührte, wenn sie an ihm roch, wenn sie sich auf seinen Schoß setzen wollte. Aber Lisa kannte da keine Hemmungen, und sie hatte deswegen einen bestimmten Ruf weg, was ihrem angesehenen Vater oft Kopfzerbrechen bereitete. Lisa würde nie einen Mann finden. Aber es schien, dass sie ihre Sinnlichkeit gerade deswegen ungestüm auslebte. Sie war nicht hässlich, sie hatte zwar ein etwas schiefes Gesicht, aber in den Grundzügen die gewinnende Ausstrahlung ihres Vaters und einen bemerkenswerten Körperbau. Junge Männer, die nicht wussten, wer sie war, pfiffen ihr gelegentlich hinterher. Schlimmer aber waren diejenigen, die Lisas Zustand ausnutzten. Ihr begegneten immer wieder verzweifelte junge Männer. Junge Männer, die sich einer großen, ab einem bestimmten Alter sehr lästigen Unerfahrenheit entledigen wollten. Grimm hatte vor ein paar Monaten im Dichterkreis mit einem kleinen, offensichtlich Lisa gewidmeten Poem auf sich aufmerksam gemacht:

Verschlossen jede Tür.
Durch die Nacht streifst Du, Wanderer, ohne Gespür
Für das prasselnde Feuer, den wärmenden Schoß.
Blind stichst Du in die Nacht, Deine Nöte sind groß.

Die Hände klamm und steif, den Kopf voller Bilder.
Brennende Sehnsucht packt Dich, es wird immer wilder.
Da kommt Dir der erlösende Gedanke!
Im Engelshaus liegt das weiße Mädchen, das schlanke.

Ihr Mund ist fast stumm, aber ihr Herz ist ganz groß.
Bei ihr findest Du, Wanderer, was man nur finden kann.
Und binnen einer Nacht –
Wirst Du vom Jungen zum Mann.

Georgs schwarzer Engel war jedenfalls in dem Augenblick verschwunden, da Lisa durch die Tür kam. Sie schnupperte an seiner Stirn.

»Keine gesunde Schwitze. Wart, ich hab ein Tuch.« Sie wischte ihm mit einem Stück Stoff über die Stirn. »Schorschl ist krank, aber schön, dass er wieder da ist.«

Er nahm ein Brot vom Teller, aber schon nach einem Bissen wusste er, dass er nichts hinunterbekam. »Danke, Lisa, ich ess vielleicht später auf.«

Sie rümpfte die Nase. Dann kam sie wieder näher und wollte sich auf seinen Schoß setzen. Diesmal war Georg zu schwach, um sich dagegen zu wehren. Sie ließ sich auf seinen Oberschenkeln nieder und schlang die Arme um ihn.

In welchem Stübl befand er sich? Hatte er die Augen offen oder geschlossen?

»Immer zu wenig Liebe, Georg!«, sagte sie, ihr Gesicht ganz dicht an seinem. »Kannst du es nicht? Oder wollen die anderen nicht?«

Wieder eine Frage, auf die Georg keine Antwort wusste.

In diesem Moment ging die Tür auf. Es war nicht Magister Hinterhuber, sondern Adolf Schmidt. Der war mit Georg bis zu dessen Abgang in einer Klasse gewesen. Ein Streber, der jede Gelegenheit wahrnahm, um zu einer verquasten Rede anzusetzen. Es ging ihm mindestens um das Schicksal der gesamten Menschheit, alles andere war ihm zu profan. Adolf Schmidt wollte sich zudem den Ruf erarbeiten, ein Helfer der Frauen zu sein. Er wollte sie retten, und Lisa war sein liebstes Opfer, aber auch sein härtester Fall. Denn das Mädchen schätzte zwar dessen Hilfe und Zuspruch, verstand aber nicht, worum es ihm eigentlich ging. Dieser junge Mann, die glühenden Augen verrieten seinen ganzen Eifer, stand nun, vom Regen völlig durchnässt, auf der Türschwelle und schüttelte heftig den Kopf, als könne er es nicht fassen, was er da sah.

»Was macht ihr da? Lisa! Lisa! Georg! Ihr … Ihr seid … Das hätte ich allerdings nicht gedacht!«

Er wollte wohl noch mehr sagen, aber es kam nichts aus ihm heraus. Das war ungewöhnlich. Adolf lief jetzt rot an, wandte sich dann ruckartig ab, und schon war er wieder aus der Tür verschwunden. Nur eine kleine Wasserlache zeugte noch von seiner kurzen Anwesenheit.

»Adolf ist ein Heiliger«, sagte Lisa sofort. Und Georg wusste, was sie damit meinte.

»Wenn Adolf ein Heiliger ist, dann bin ich vielleicht auch einer. Weißt du das überhaupt, Lisa?«

»Nein, nein, so ist das nicht.« Lisa schüttelte energisch den Kopf. Dann hielt sie sich den Finger an den Mund, sie musste nachdenken. »Adolf ist ein Heiliger, du bist nur ein Engel. Aber schwarz, ganz schwarz.« Und Lisa lachte grell auf, verzückt über ihren Satz.

»Du spielst überirdisch, Gretchen! Hoffentlich bleiben wir beide für immer in Wien, damit ich es noch oft hören kann.« Johanna stand neben dem Flügel im Musikzimmer des Internats und lauschte. Grete spielte Mozart. Sie ging auf das Lob ihrer Freundin nicht ein, denn Johanna war völlig unmusikalisch.

»Sag mal, wie ist das eigentlich für dich?«

Grete sah immer noch nicht auf, sie konzentrierte sich auf ihr Spiel. Die Akustik in diesem kleinen Zimmer war eine Schande, noch schlimmer als in Brunettis grünem Salon. Sie scheiterte zum zweiten Mal an einer Passage, eigentlich ein Kinderspiel, aber heute wollte ihr nichts gelingen. »Merde, jetzt habe ich mich verspielt!« Grete hörte auf und erinnerte sich an Johannas Frage. »Quoi? Wie ist was für mich?«

»Na, das mit Mozart. Ich meine, wenn man aus Salzburg kommt.«

»Ach, das. Jeder Musiker, jedenfalls wenn er einen ernsthaften Anspruch hat, bricht mindestens einmal unter der Last Mozarts zusammen. Zumindest behauptet das mein Lehrer in Salzburg. Man muss nur wieder aufstehen können, das ist alles.« Grete legte die Hände in den Schoß und sah ihre Freundin an, die offensichtlich in Posierstimmung war. Stundenlang konnte Johanna vor dem Spiegel stehen, Körperhaltung und Gesichtsausdruck studieren. Jetzt stemmte sie beide Hände in die Hüften, schob ihren rechten Fuß nach vorne und reckte die Nase in die Luft. Ihr langes, schwarzes Haar war eine Pracht, Grete fand sie wunderschön.

»Meinst du, Gretchen, der Wolfgang ist in mich verliebt?«

Grete lachte laut auf. »Du meinst den Mozart?«

»Du spinnerte Gans. Ich meine unseren Latein-Wolfgang.«

»Den? Der stiert doch jeder hinterher.«

»Dir auch?«

»Nein, mir allerdings nicht.«

»Siehst du, ich glaube, er hat es auf mich abgesehen. So, und jetzt erzähl mir alles über dein Techtelmechtel mit diesem Erhard. Wie küsst er?«

»Er küsst gar nicht.«

»Du meinst, er wollte dich nicht küssen?«

»Nein, ich glaube, er lehnt das Küssen generell ab. Aus philosophischen Gründen.«

»Ja, wo gibt's denn so was?«

»In Salzburg. Und ich wette mit dir, in Wien gibt's das auch!«

Grete fühlte sich neben Johanna immer wie ein struppiges und unförmiges Ding, von »Mädchen« oder gar »Frau« wollte sie gar nicht sprechen. Zwar genoss sie im Internat Notre Dame de Sion wegen ihrer Fähigkeiten beim Klavierspiel eine Art Sonderstellung, aber Königin im Haus an der Breiten Straße war eindeutig Johanna. Die bei aller Schönheit noch nicht einmal dumm war. Das war doch eigentlich ein Widerspruch, dachte Grete.

Es war ihr Geburtstag, sie wurde fünfzehn. Sie bekam am Nachmittag ein Stück Torte und beim Abendessen eine doppelte Portion Nachtisch. Mehr nicht, damit man an seinem Ehrentag bescheiden bleibe und an all diejenigen denke, die es schlechter haben. Schwester Elisabeth, von den Kindern die Eiserne Lissi genannt, hatte die Abendaufsicht.

Sie schlug vor dem Essen die Bibel auf und las einen Psalm, der gerade dem Geburtstagskind zu denken geben sollte.

»Margarethe Jeanne! Denk daran, dass man sich das Glück auf dieser Erde verdienen muss. Glück und Gesundheit sind nichts, was einem in die Wiege gelegt wird. Man muss es sich verdienen, die Zeiger auf der Uhr drehen sich schnell, die Flut muss weichen, und es kommt die Ebbe. Dieser Psalm wird dich daran erinnern, und das gilt für alle jungen Damen an diesem Tisch!«

Herr, neige deine Ohren und erhöre mich; denn ich bin elend und arm.
In der Not rufe ich dich an; du wollest mich erhören.
Herr, es ist dir keiner gleich unter den Göttern und ist niemand, der tun kann wie du.
Weise mir, Herr, deinen Weg, dass ich wandle in deiner Wahrheit; erhalte mein Herz bei dem einen, dass ich deinen Namen fürchte.

Nach dem Essen hatten sich Grete, Johanna und ihre Freundin Mina in das gemeinsame Zimmer zurückgezogen. Sie rauchten eine Zigarette, die Grete vor zwei Tagen von Georg bekommen hatte. Es war sein Abschiedsgeschenk gewesen, zum Ende der Ferien.

»Denk an mich, wenn du sie rauchst, an deinem Geburtstag«, hatte Georg unbeholfen gesagt.

Die Mädchen saßen auf dem Boden der schlicht möblierten Kammer und bildeten ein Dreieck. Johanna war der Scheitelpunkt, Grete und Mina die Schenkel. Johanna war schon sechzehn, sie würde in zwei Monaten das Internat verlassen. Ihre Hochzeit stand an. Auch Mina, die ihren Namen angeblich einem Schauerroman verdankte, war schlank und groß gewachsen. Sie hatte blondes, gelocktes Haar, wenn sie lächelte, sah man eine kleine Zahnlücke zwischen den oberen Schneidezähnen. Diese Lücke und das leichte Lispeln, wenn Mina sprach, hatten schon einige Männer um den Verstand gebracht. Das war wohl der Grund, warum Mina lächelnd durchs Leben lief.

Grete fühlte sich den beiden unterlegen. Sie verkannte aber, dass die Königin und die Kronprinzessin des Hauses nicht nur wegen ihres Klavierspiels mit ihr befreundet sein wollten. Johanna und Mina beneideten Gretes dunkle, glühende Augen, die manchmal so traurig wirkten, dass man das Mädchen am liebsten in den Arm genommen hätte.

»Auch ihr Mund ist sinnlich und bestimmt zu allem fähig«, sagte Johanna oft zu Mina, Grete wusste jedoch nichts von diesem Lob. Dass Grete nicht so schlank und groß war wie ihre Freundinnen, schien nicht so wichtig. Allerdings witterten die Erzieherinnen im Internat, vor allem Schwester Elisabeth, deswegen permanente Regelverletzungen bei der jungen Salzburgerin. Wo war die Schokolade unter dem Bett? Wie ist das Kind zuhause wieder gemästet worden, sie wird sich heimlich zum Konditor schleichen!

Die drei Freundinnen saßen also zusammen und rauchten. Mina, die ihre Knie an den Oberkörper gezogen hatte, gab die Zigarette an Johanna weiter. Grete war in Spottlaune. Aber sie war auch nervös, denn heute, an ihrem Geburtstag, war Georgs großer Tag. Sein Stück wurde aufgeführt.

»Neige deine Ohren, Herr, an dieser Stelle muss ich mich immer zusammenreißen wie nur was. Wie groß müssen die Ohren denn sein, damit man sie neigen kann? Das kann ich mir beim besten Willen nicht bildlich vorstellen.«

»Du sollst dir kein Bildnis machen, Grete. Das weißt du

doch.« Johanna nahm einen Zug. Die Zigarette ging an Grete.

»Wisst ihr, was mir in den Ferien passiert ist?«, fragte Johanna.

»Du hast dich entlobt und bist mit einem Müllkutscher ausgegangen.«

»Sehr witzig, Mina. Wirkt das Zigarettl schon, oder? Nein, nein, viel besser. Ich wurde sozusagen ins rechte Bild gesetzt, was die ehelichen Pflichten angeht.«

Grete bekam Rauch in die Lunge und einen Hustenanfall.

»Still, Grete. Sonst kommt noch die Lissi vorbei.«

»Von wem denn?«, fragte Grete. »Von Jay Jay Rousseau? Oder gleich von Immanuel dem Kantigen?«

»Nein, ihr Gänse …«

Grete bekam jetzt einen Lachanfall.

»Wer hat es denn gewagt?«, fragte Mina. »Die Mutter oder der Herr Papa? Oder gleich der Pfarrer?«

»Weder noch, natürlich. Es war die Gouvernante, weil meine Mutter kläglich gescheitert ist. Sie und ich sprachen wieder einmal über die Hochzeit, über Deckchen und Blümchen und Sächelchen, und da habe ich mich getraut zu fragen, was man denn eigentlich unter den ehelichen Pflichten der Frau zu verstehen habe und wie ich mich verhalten solle, wenn mein Mann ein Kind wünsche. Was ja sicher sehr bald geschehen werde.«

Grete gab die Zigarette an Johanna weiter, riss die Augen weit auf und sagte: »Aber Kind!«

Johanna nahm einen Zug.

»Du kannst das wirklich hervorragend, Gretchen. Genau das sagte sie: ›Aber Kind! Aber, aber, aber du weißt doch, die kleinen Kinder kommen …‹ – da habe ich ihren

Anfall von Stotterei unterbrochen. ›Wohl *nicht* mit dem Storch‹, habe ich gesagt.«

»Aber Kind! Woher weißt du das?«, sagten Grete und Mina im Chor.

»Da ist sie schon unsicher geworden und hat nur noch gestammelt und ist ganz rot geworden. Und dann hat sie doch noch etwas zustande gebracht: ›Wenn dein Mann sich ein Kind wünscht, dann musst du es ihm mit deiner ganzen Liebe schenken.‹«

Mina schlug die Hände über dem Kopf zusammen.

»Halleluja! Halleluja!«, sagte sie. »Hört ihr die Glocken, hört ihr die Glocken? Sie baumeln unten am Kirchturm, unten am Kirchturm.«

Grete kicherte und nahm einen letzten Zug, bevor sie die Zigarette auf einer Untertasse ausdrückte.

»Ihr werdet lachen«, fuhr Johanna fort, »aber meine Gouvernante hat es dann später so direkt wie möglich versucht. Sicher hat meine Mutter sie damit beauftragt. Und dann hat sie am Ende gesagt: ›Es tut gar nicht weh, keine Angst, chérie.‹«

»Da hattest du ja ereignisreiche Sommerferien, Johanna.«

»Du doch noch viel mehr, Gretchen, jetzt erzähl schon endlich, wie das war mit deinem Erhard. Mina weiß ja noch gar nichts davon.«

»Er ist ja nicht *mein* Erhard. Also: Wir waren im Mirabell spazieren. Es war eigentlich alles angerichtet. Ich sage ihm, je t'aime, das Wasser plätschert im Brunnen so vor sich hin. Und er? Pas de réaction. Also die denken jetzt alle, zumindest mein Bruder und seine Dichterfreunde, dass sie den Frauen wohl einen Gefallen tun, wenn sie sie in Ruhe lassen.«

»Und wie wollen sie das machen?«, fragte Mina.

»Indem sie nur noch reden, nicht mehr handeln.«

Johanna lachte schrill auf.

»Nicht so laut, Johanna!«

»Geh bitte, sie wollen nur noch reden?«

Mina stand auf, ging zu ihrem Bett und sagte: »Gott wird bald wieder sein Ohr neigen, fürchte ich. Seine Menschenkinder sind ja außer Rand und Band.«

»Wisst ihr, was ich an uns Gänsen so mag?«, fragte Johanna.

»Dass wir schon ganz altklug sind?« Grete schob die Untertasse unter ihr Bett. Johanna ging zum Fenster und öffnete es einen Spalt.

»Genau!«, sagte sie. »Als hätten wir das alles schon hinter uns. Aber das Leben ist hart genug – auch wenn man alles noch vor sich hat.«

*

Grete sah auf die Pendeluhr in der Kammer. Bald war es so weit. Sie sprang auf und ließ ihre verwunderten Freundinnen zurück. Sie lief in das Badezimmer und schloss sich ein. Da hing ein Spiegel an der Wand, sie stellte sich dicht davor. Sie sah ihr Gesicht, die etwas zu große Nase, die sie mit Georg teilte und die sie vom Vater hatten. Die kleinen Schatten unter den Augen. Das aschfarbene Haar, kaum zu bändigen. War sie schön? Lag Erhards Zögern und Zaudern nicht eigentlich daran, dass sie nicht schön genug war? Benutzte er seine Bücher nur als Ausrede?

Grete stellte sich vor, wie es jetzt im Stadttheater in Salzburg sein würde. Sie malte sich aus, sie würde in edler Garderobe, in die Mitte genommen von Erhard und Georg, das Foyer betreten. Die Leute würden sich nach ihnen umsehen, nach diesem eleganten Gespann. Schau an, da war der Künstler. Und diese junge Pianistin. Und dieser geheimnisvolle junge Mann. Salzburg konnte stolz auf sie sein. Ohne Frage. Es war Georgs großer Tag, und was war das für ein magischer Augenblick, wenn der Vorhang aufging und man die Bühne sah. Die ersten Worte fielen, die Musik spielte auf. Und es war der eigene Bruder, der sich das alles ausgedacht hatte.

Wie nervös ich im März war, dachte sie. Georgs erstes Stück auf der Bühne. Sie hatte alles mitgelesen. Den Ibsen und den Dostojewski. Ihr war es fast, als hätte sie an dem Stück mitgeschrieben. Und dann hatte er die Hauptfigur noch Grete genannt, die Heldin.

»Es ist zwar noch zu früh, uns Denkmäler zu bauen«, hatte Georg gesagt, »aber das will ich mir nicht nehmen lassen.« Als die Kritik dann vernichtend war, zeigte er ihr nichts mehr, sie hatte seither keine Zeile von ihm zu lesen bekommen. Es war ihm bestimmt nur um ihretwillen peinlich, denn die Kritik am Stück betraf sie genauso, es war Kritik an ihnen beiden. Wegen ihrer Nähe. Wenn man Georg beschimpfte, beschimpfte man auch sie. Wenn man sie beschmutzte, beschmutzte man auch ihn.

Die zweite Hauptfigur in dem Stück hatte Peter geheißen, Peter war blind. Und auch wenn Georg sich immer wehrte, es war deutlich, dass er sich mit dieser Figur identifizierte. Grete verließ diesen Peter, so wie die echte Grete ihn auch verlassen hatte und nach Wien gegangen war. Gehen musste. In dem Stück lag es an einer Hochzeit, Grete war einem anderen versprochen.

Und als die echte Grete sich in diesem Moment im Spiegel sah, da wusste sie, dass sie Georg immer wieder verlassen würde. Einmal hierhin und einmal dorthin, egal wohin. Nie würde sie da sein können, wenn seine Stücke gespielt wurden. Und irgendwann würde sie tatsächlich heiraten, dann war sie ganz aus dem Spiel.

Vielleicht saß sie dann in Norddeutschland, dachte sie, in Hamburg. Und diese Abschiede waren doch immer wie ein kleiner Tod, das sagte man so, und sie hatte das schon verstanden. Wie ein kleiner Tod.

Aber es half nichts, den Ehemann in spe zu erschießen, wie es Peter in diesem Stück versuchte. Weil ihn die Trennung wahnsinnig machte. Den Erhard würde Georg sicher nicht erschießen, wenn sie ihn heiraten sollte. Das war eine Vorstellung! Der Georg und eine Pistole in der Hand, das würde er nicht schaffen.

Ob es jetzt schon angefangen hatte? Sie stellte sich vor, sie würde nun zwischen Erhard und Georg sitzen. Sie würde beiden die Hand halten, Georgs Haut wäre trocken und rissig wie immer, Erhards Hände wären feucht. Sie flüsterte Erhard etwas ins Ohr, seine Nackenhaare stellten sich auf. Das Stück ging völlig an ihm vorbei, Erhard musste andauernd schlucken vor so viel Sinnlichkeit. Und dann beugte sie sich zu Georg und sagte ihm, wie sie ihn liebe für dieses Stück. Und als Erhard das merkte, zog er sie wieder zu sich. Seine Hand neckte sie plötzlich, und auf der Bühne agierten die Schauspieler, und alles war in dieses dunkle Licht getaucht. Jetzt war Georg der Eifersüchtige, zog sie wieder zu sich und hielt ihre Hand. Salzburg war in diesem Moment die Mitte der Welt. Weil Georgs Stück gespielt wurde, weil sie hier saßen und sich hatten.

»Irgendwann, Georg«, sagte sie leise zu ihrem Spiegelbild, »irgendwann werden sie begreifen, wie genial du bist. Sie begreifen, wie viel Kraft du hast. Wie viel Kraft wir haben! Nous sommes les Trakl. Nous sommes des géants!«

Ob das Stück schon aus war? Wenn sie ihn jetzt rufen würde, würde er dann antworten? Der Wind trug ihre Stimme sicher bis zu ihm.

»Grete, was machst du da?« Mina kam vor das Badezimmer und klopfte an die Tür. Grete öffnete.

»Wenn dich die Schwestern sehen, ist hier die Hölle los.«

»Das macht mir gar nichts, Mina. Heute ist mein großer Tag!« Grete drehte sich zu ihrer Freundin um. »Findest du mich schön, Mina?«

*

Gustav Streicher stand im Foyer des Salzburger Stadttheaters mit dem Direktor der Anstalt, Carl Astner, zusammen. Streicher ordnete beim Sprechen sein nicht mehr so fülliges, aber akkurat frisiertes Haar mit der rechten Hand, in der linken hielt er eine Zigarette. Er war wie immer elegant gekleidet, seine goldene Krawatte leuchtete wie ein kleiner Schatz unter dem dunklen Anzug hervor. Er fiel stets auf, egal wohin er kam.

Georg traute sich nicht recht, die beiden Männer in ihrem Gespräch zu stören, nur langsam näherte er sich seinen beiden Förderern.

»Ah, der junge Dichter!« Streicher erkannte Georg und packte ihn beim Arm. »Wollen Sie mal an meiner Zigarette ziehen? Sie sehen etwas nervös aus. Keine Angst, ich habe nur die Tuberkulose!«

Astner, der neben Streichers Eleganz wie ein Grobian wirkte, lachte laut auf. »Jetzt bin ich ja einmal gespannt«, sagte er, »ob wir Ihr Stückchen zur Zufriedenheit der Salzburger umsetzen werden.« Wieder lachte Astner, als nehme er die ganze Veranstaltung nicht sehr ernst.

Georg flüsterte etwas von Rezensionen, die dieses Mal hoffentlich besser ausfallen würden. Streicher schnippte die Zigarette auf den Holzboden und trat sie aus.

»Sie verzeihen, sie hätte sich in meine Hand gebrannt.« Rezensionen? Habe er gerade dieses Wort gehört? »Warten Sie, lieber Trakl. ›Jugendstreich‹. Ja, das ist es. ›Sich mit diesem Geisteskind auf die Bühne wagen!‹« Streicher brüllte, dass sich das halbe Foyer zu ihnen umdrehte. »Ha, ha, ha. Die Salzburger Chronik wird auch ihre *Fata Morgana* auseinandernehmen. Keine Frage. Allein der Titel gibt einige Vorlagen. Das werden die Rezensenten, man möge sie bekanntlich totschlagen, die Hunde, schon alles geschrieben haben, bevor der Vorhang überhaupt aufgeht.«

Astner assistierte: »Und Sie dürfen nie vergessen, dass Sie erst neunzehn sind. Seit Mozart werden in Salzburg keine jungen Talente mehr gelobt, darauf müssen Sie sich einfach einstellen.«

Georgs Vater trat wie aus dem Nichts zu der kleinen Runde hinzu. Tobias Trakl schüttelte dem Theaterdirektor die Hand, bei Streicher dachte er gar nicht daran.

»Georg!«, sagte der Vater. »Mama lässt sich entschuldigen, sie hat sich in ihr Zimmer zurückgezogen. Ein garstiger Kopfschmerz, weißt.« Und obwohl sein Vater die ganze Sache nicht gutheißen konnte, klang er, als würde er das Fehlen der Mutter tatsächlich bedauern.

Georg, der ohnehin völlig aufgelöst war, traf diese Nachricht schwer. Streicher, der das ahnte, sah über die

Unhöflichkeit des Vaters einfach hinweg und ließ sich in seiner guten Laune nicht stören.

»Ah, da haben wir ja den Erzeuger dieses jungen Talentes. Habe die Ehre. Nun, es werden keine faulen Eier fliegen, so viel kann man nach der Generalprobe wohl sagen.«

»Ich hörte«, sagte Tobias, der Streicher gar nicht ansah, »mein Sohn musste bei der Zensurbehörde vorsprechen. Wie erklären Sie sich das, Herr Astner?«

»Ach, Herr Trakl. Ja das … eine Kleinigkeit. Es ging gewissermaßen um Bekleidungsfragen.«

Tobias schwieg zunächst, er machte eine abfällige Geste.

»Kindereien, Kindereien sind das doch.« Der Vater machte eine Bewegung nach vorne, als wolle er seinem Sohn noch auf die Schulter klopfen oder ihn gar umarmen, dann zuckte er aber zurück und ging, nachdem er ihnen noch zugenickt hatte, in Richtung Bühnenraum. Streicher und Astner sahen ihm etwas erstaunt hinterher. Dann ertönte endlich der Gong. Die Zuschauer strömten langsam in den großen Saal des Theaters, Astner musste hinter die Bühne. Streicher ging neben Georg und flüsterte dem jungen Dichter etwas zu.

»Ich hätte Kleopatra gerne ohne Bekleidung bewundert. Dein Vater sicher auch.«

Georg schaffte es nicht, sich ein Lächeln abzuringen.

Astner trat vor den Vorhang. Es wurde still im Saal, der nur knapp zur Hälfte gefüllt war. Viele tummelten sich noch im Foyer, es machte ihnen nichts aus, das Vorstück zu verpassen.

»Meine sehr verehrten Damen und Herren«, sagte der Direktor, »erlauben Sie mir zu sagen, dass die Ausgangssituation an diesem Abend eine besondere ist. Wir haben hier einen jungen Dichter, dessen kleines Stück wir heute aufführen zu dürfen die Ehre haben. Und das ist heuer schon das zweite Mal. Sie sehen in mir einen Direktor, der sein Publikum zufriedenstellen will. Nur kann es nicht sein, dass dies immer mit dem Bekannten, mit der Wiederholung, mit der Tradition geschieht. Es braucht das Wagnis, es braucht die Novität, meine Damen und Herren. Nicht nur, aber von Zeit zu Zeit. Und das sollte vor allem in einer Stadt gelten, die eines der größten Genies aller Zeiten großgezogen und in die Welt entlassen hat. Mein Wunsch ist es also, dass alles an diesem Abend auf das vortrefflichste zusammenkomme. Das Neue und das Junge sollen jetzt ihre Bühne haben – und ich hoffe, dass Sie, liebe Zuschauerinnen und Zuschauer, diesen beiden Gesellen freundschaftlich und mit Freuden Ihre Hand reichen werden. Und Sie wissen ja, manche Freundschaften halten ein ganzes Leben.«

Astner machte eine kurze Pause, er versuchte die Reaktion des Publikums auf seine Rede abzuschätzen. Aber da war nicht viel.

»Der Worte sind nun genug gewechselt, lasst mich auch endlich Taten sehn! Vorhang auf für das Stück *Fata Morgana* von Georg Trakl in der Inszenierung unseres geschätzten Oberregisseurs Carl Friedhelm.«

Artiger Applaus.

»Gar nicht schlecht, gar nicht schlecht«, flüsterte Streicher seinem Schüler ins Ohr. Erhard, der wie immer zu spät gekommen war, hatte den anderen Stuhl neben Georg in der ersten Reihe eingenommen. Er schüttelte nach den Worten des Direktors den Kopf. Hinter ihnen saßen noch Grimm und Bruckbauer, die beiden hatten Georg beim

Einmarsch in den Zuschauerraum angegrinst. Für sie gab es über den Ausgang dieser Veranstaltung keine Zweifel. Es würde eine Blamage werden.

Der Vorhang ging auf. Die Bühne war mit einem grünen Licht ausgeleuchtet, auf der linken Seite war Sand ausgestreut, offenbar der Rand einer Wüste, in der Mitte, auf der Schwelle zwischen Wüste und dem bewohnten Land, ragte ein schwarzer Felsen aus dem Boden. Rechts wurde durch eine Kulisse eine weiße Stadt angedeutet, in den Fenstern der Häuser flackerten Lichter. Ein Wanderer kam von der linken Seite heran, in abgerissenen, verstaubten Kleidern, auf dem Kopf trug er einen zerfransten Hut, wohl zum Schutz gegen die Sonne. Erschöpft ließ er sich am Felsen nieder.

»So nahe dem Ziel, und doch bedarf es einer letzten Rast, bevor ich den lange ersehnten Ausweg aus dieser Wüstenei finde und mich laben werde an allem, was die Welt der Menschen zu bieten imstande ist. Ich höre das kühle Quellwasser in meinen Ohren rauschen, ich empfinde die Düfte, ich weiß mich von so vielen Menschen beobachtet, von so vielen Dingen belauscht! O dunkle Schatten, die mir das ein ganzes Jahr lang raubten, die mich auf Irrwege führten bis in den trockensten Teil dieser Erde. Aber das ist jetzt vorbei.«

Streicher legte die Hand auf Georgs Oberschenkel und flüsterte dem jungen Dichter wieder ins Ohr. »Schöne Exposition, mein Freund. Da fühlt man sich doch gleich gefangen.«

Georg wandte sich nach links. Er sah, dass sein Freund Erhard gebannt auf die Bühne starrte, in seinen großen Augen spiegelte sich das grüne Licht. Er schien jedes Wort des Wanderers aufzusaugen. Und Georg erkannte in diesem Moment, dass genau hier das Problem lag. Ein falsches Wort konnte den gesamten Eindruck zerstören, man musste jedes auf die Waagschale legen. Man durfte sich mit den Wörtern keine Leichtfertigkeit erlauben, aber wie viel schwieriger war das, wenn man *viele* Wörter gebrauchte! Wenn man Dialoge schrieb oder gleich ganze Romane. Aber das entband den Dichter nicht von der Pflicht, so genau wie möglich zu arbeiten. So genau wie möglich! Er war sich nicht sicher, ob ihm das nur in Ansätzen gelungen war.

Der Wanderer auf der Bühne fiel in diesem Augenblick in einen tiefen Schlaf. So kurz vor seinem Ziel, so kurz vor der rettenden Stadt. Das Licht verdunkelte sich, hatte aber immer noch einen grünlichen Schimmer, dessen Quelle nicht auszumachen war. Der Felsen, der beinahe völlig in der Dunkelheit verschwunden war, wurde plötzlich beleuchtet. Auf dem Steinblock saß nun eine Frauengestalt. Sie war spärlich bekleidet, ihr schwarzes Haar war streng nach hinten gekämmt und glänzte wie mit Wasser benetzt. Das Gesicht war grell geschminkt, auf den roten Lippen lag ein süffisantes Grinsen. Dann öffneten sich diese blutroten Lippen, die dunkle Stimme der Felsendame war zu hören. Kleopatra sprach.

»Komm Lieber! Erwache aus deinem Schlummer! / Höre meine Stimme und vergiss deinen Kummer!«

Der Wanderer erwachte. »Wer spricht?«

»Kleopatra, so werd ich genannt. / Komme aus dunkelster Vergangenheit, aus einem fernen Land.«

»Kleo reimt sich, das ist gut!«, sagte Erhard und wirkte beeindruckt. Streicher tätschelte seinen Schüler. Georg schwitzte in seinem Anzug.

Kleopatra becircte den Wanderer, der sich anfangs noch

wehrte und eine deutliche Ahnung zu haben schien, dass Unheil drohte. Aber die Frau auf dem Felsen spielte ihr teuflisches Spiel. Einmal lockte sie, einmal ließ sie den Wanderer scheinbar gleichgültig ziehen, sie machte ihn sich mehr und mehr gefügig. Dann holte die gespenstige Königin zum entscheidenden Schlag aus.

»Komm Lieber! Feuer fließt mir im Haar / Weiß nimmer, nimmer was gestern war / Blut stickt und würgt mir die Kehle zu / Nun hab' ich keine Nacht mehr Ruh! / Möcht nackend in der Sonne gehn, / Vor aller Augen mich lassen sehn, / Und tausend Schmerzen auf mich flehn / Und Schmerzen dir tun, zu rasender Wut! / Mein Knabe komm! Trink' meine Glut, / Bist du nicht durstig nach meinem Blut, / Nach meiner brennenden Haare Flut? / Hörst nicht, wie die Vögel in der Wüste schrien / Nimm alles, alles was ich bin – / Du Starker – mein Leben – du nimm hin! Was stehst du fern …«

Kleopatra richtete sich auf und fuhr sich mit beiden Händen durchs Haar, das jetzt tatsächlich wie dunkle Flammen aufstand. Der Wanderer war besiegt. Er erklomm den Berg und nahm die Königin in seine Arme. Er küsste sie, vergaß sich und stammelte: »Hier, hier bleibe ich. Hier! Hier!«

Dann brach er erschöpft zusammen, Kleopatra nahm seinen Kopf in beide Hände und verfiel in ein wahnsinniges, triumphierendes Lachen. Dann wurde alles finster, auf der Bühne war nichts mehr zu sehen. Stille.

Georg schloss die Augen, er wollte nichts mehr sehen. Er wollte den Wanderer nicht mehr sehen, der in der Morgenröte erwachte und merkte, dass er die Stadt niemals erreichen würde. Der einen Kampf mit seinen Hirngespinsten begonnen hatte, den er nur verlieren konnte. Die

Bühne schimmerte nun rot, unerbittlich rot. Und dann fiel irgendwann, nach einer entsetzlich langen Zeit, der Vorhang. Dunkelheit und Stille. Stille. Stille. Stille. Georg öffnete die Augen wieder, Streicher nahm die Hand von Georgs Bein und fing an zu klatschen. Erhard setzte mit ein, es schlossen sich andere an. Artiger Applaus, mehr nicht. Georg ertrank in Schweiß und Scham. Es wurde hell, er sah sich um. Streicher sagte, er solle doch aufstehen, er sei schließlich der Künstler. Georg tat es, auch wenn er sich kaum halten konnte. Er blickte wild umher, aber die einzige Person, die ihn jetzt stützen konnte, war nicht da. Der Applaus ebbte ab.

Erhard jedenfalls wich nicht von seiner Seite, er schüttelte ihm die Hand, klopfte ihm auf die Schulter. »Jetzt lass uns zu Madame Thérèse gehen«, sagte er. »Jetzt hast du dir ein Glaserl verdient!«

Bei Madame Thérèse

Das Freudenhaus von Madame Thérèse in der Judengasse war stadtbekannt. Die Möbel im sogenannten Aufenthaltsraum waren sicher weit über ein halbes Jahrhundert alt und aufs Geratewohl zusammengestellt worden. Eine dunkelbraune Rumpelkammer, staubig, gemütlich, in der Regel hielt man sich hier ohnehin nicht lange auf und verschwand in eines der Zimmer.

Draußen war es etwas stürmisch geworden, vielleicht ein Gewitter, es zog und der Wind drang in den verqualmten Raum. Es roch nach einer sehr speziellen Mischung aus Alkohol, Zigaretten und blumigen Parfums. Georg schwitzte immer noch, zugleich fröstelte ihn. Er wirkte angeschlagen, dabei hätte es doch sein großer Tag sein sollen. Der Dichterkreis war gekommen und zollte widerwillig Respekt, alle anderen hatten sich entschuldigt oder entschuldigen lassen, unter ihnen auch Streicher, was Georg besonders schmerzte.

»Sie werden verstehen, dass ein Mann meines Rufes sich nicht mehr ohne Not in ein solches Etablissement begibt. Und schon gar nicht, um nur zu reflektieren.«

Ein Lachen. Aber dann hatte sich die Miene des Künstlers verdunkelt, er schüttelte Georg lasch die Hand und verschwand. Georg war sich sicher, dass er ihn fortan nicht mehr so häufig sehen würde. Förderer wollten auf Dauer Erfolge ihrer Schützlinge sehen, aber er hatte versagt.

»Georg, es geht mich ja nichts an …« Adolf Schmidt, Lisas Heiliger, sprach ihn an. Er sah noch übler aus als sonst.

Mit seiner spitzen Nase hatte er ein blasses Draculagesicht, seine Augen waren gerötet. In ihnen brannte ein Feuer, das ihn zu verzehren schien. Auf seiner Stirn perlten die Schweißtropfen, er wischte im Minutentakt mit seinem Arm darüber. Adolf schien den ganzen Abend nur getrunken zu haben. Im Theater hatte er ihn jedenfalls gar nicht bemerkt. Und das Störende an Adolf war, dass ihn der Rausch aggressiv machte, seine Stimme wurde hysterisch schrill und laut, er bellte wie ein kleiner Köter und fuchtelte unkontrolliert mit den Armen. Er verfiel nicht selten in eine Art missionarischen Übereifer, in eine religiöse Raserei, in der er die anderen um ihn herum bekehren wollte, um jeden Preis. Was vielleicht auch der Grund war, warum Lisa ihn einen Heiligen nannte.

»Obwohl, eigentlich geht es mich *sehr wohl* etwas an!«, fuhr er fort. Er hatte die Eigenart, in jedem Satz das für seine Botschaft wichtigste Wort derart zu betonen, dass er es beinahe buchstabierte. »Du wirst deine Stellung in der Apotheke doch nicht ausnutzen, um der kleinen Lisa den Kopf zu verdrehen und sie am Ende, am Ende *zu verführen*? Also wie ich euch da neulich gesehen, vielmehr, überrascht habe. Also …«

»Ach, das«, sagte Georg gelangweilt. Er hatte beim besten Willen keine Lust, sich auch noch damit auseinanderzusetzen. Wo nur Thérèse war! Sie würde ihn von diesem aufdringlichen Affen befreien.

»Und dann dein Stück heute, ich kam zwar erst später und habe die Hälfte verpasst, aber das hat mir zu denken gegeben. *Zu denken*, Georg! Hier bei Theresa …«, Adolf sprach nie ihren französischen Namen aus, »hier bei Theresa spielst du den Retter der Frauen und schwingst große Reden, aber am nächsten Tag nutzt du Lisas, wie soll ich sagen, Lisas Freimütigkeit schamlos aus, um mit ihr *körperlich* zu werden.«

Georg verschränkte die Arme vor der Brust.

Da der Angeklagte nichts erwiderte, fuhr Adolf mit seinem Monolog fort. »Sie ist *verflucht*, mehr als jede andere Frau. Ihre Sinnlichkeit ist noch viel stärker und ihr Verstand noch viel schwächer als bei allen anderen. Und was ist der Mann für ein Lump, der das schamlos auszunutzen weiß! Bist du denn ein solcher Lump, Georg? Und wenn ja, sei gewarnt! Dieser Fluch wird auf dich zurückfallen, darüber musst du dir *im Klaren* sein!«

Georg wusste gar nicht, was er darauf sagen sollte. Adolf rückte immer näher, beide thronten auf einem schwarzen Sofa, um sie herum hockten die anderen auf einfachen Holzstühlen. Erhard, im Gespräch mit einem Mädchen des Hauses, wandte seinen Blick zum Sofa hin. Er sah ein ungleiches Paar. Da saß Georg, der allein mit seinem robusten Körper einen guten Teil der Sitzfläche einnahm, und neben ihm der dürre Eiferer Adolf, der sich wie eine Klette an seinen Nebenmann heftete.

Der schiefmäulige Grimm bemerkte, dass Adolf kurz vor einem Anfall stand, und sprach Georg direkt an. Allerdings sicher nicht, um ihn vor Adolf zu schützen. »So, da hat sich unser Trakl heute als echter Frauenkenner entpuppt.«

»Jawohl!«, fiel Bruckbauer ein. »Dabei habe ich immer gedacht, der Trakl denkt a bisserl anders. Nun, wie soll ich sagen, ich war in erfreulicher Weise überrascht.« Gelächter. Grimm nahm seinen Faden wieder auf.

»Das war ja nahezu beispielhaft demonstriert, wie gefährlich die Frau in ihrer ganzen sinnlichen Überreiztheit wirklich ist. Da steht dieser Wanderer mit einem Bein in der rettenden Stadt, in der Zivilisation, und da wird er von einem liederlichen Frauenzimmer doch noch daran gehindert.«

»Von der *Imagination* einer Frau!«, korrigierte Georg.

»Was macht das für einen Unterschied?«, fragte Bruckbauer. Schmidt zuckte nervös neben Georg, als würde er jeden Moment platzen.

»Das macht einen riesigen Unterschied, du Musenfreund!«, sagte Erhard und lachte. Er war, im Gegensatz zu allen anderen jungen Männern im Raum, ohne Anspannung und bester Laune. »Diese Lufterscheinung zeigt eben all das, was der Wanderer offensichtlich von einer Frau erwartet. Dass sie eben nur a bisserl dummes Sirenchen spielt. Und es geschieht ihm doch ganz recht, wenn er an dieser Ausgeburt seines restriktiven, engen kleinen Verstandes zugrunde geht.«

Heftiger Widerspruch von Grimm. »Das war doch keine Fata Morgana, Erhard! Wer bestreitet denn hier, dass man die Frau vor ihrer angeborenen Triebhaftigkeit schützen und bewahren muss? Das ist eine Tatsache!«

Erhard zog genüsslich an seiner Zigarette. »Also an einem begrenzten Verstand leidet hier doch nur der Mann. Und da er nicht fähig ist, diesen Mangel zu erkennen, muss er sich einen Luftgeist züchten, auf den er alles schieben kann. Introspektion, meine Herren, Introspektion! Das würde uns allen guttun!«

»Skandal!«, brüllte Grimm. »Willst du uns unser Weltbild in die Jauche ziehen, Erhard?«

Erhard lachte bloß. »Weltbild? Wir sind kaum zwanzig Jahre alt, und du sprichst von Weltbild. Sind wir denn jetzt schon die Philister von morgen? Verschanzen wir uns schon hinter einem Weltbild? Geh zu, bitte!«

»Du nennst uns Philister?«, schrie Bruckbauer. »Jetzt hör aber auf mit deinen dummen Provokationen, sonst, sonst.«

»Sonst was?«

»Warum sitzen wir denn überhaupt hier?«, fragte Adolf plötzlich hysterisch in die Runde. An seiner Spitznase hatte sich ein Tropfen gebildet. »In einem *Bordell*! Doch nicht, um uns der Körperlichkeit hinzugeben, sondern um die Frau, wenigstens an einem Abend, vor ihrem Leidensweg zu bewahren. Wenigstens einen Abend wollen wir sie von ihrem Fluch *erlösen*!«

»Fluch?«, fragte Erhard. »Glaubt ihr denn, dass auch nur irgendjemand da draußen versteht und vor allem glaubt, dass wir hier nur Händchen halten und warme Reden schwingen?«

»Mitnichten!«, brüllte Adolf, der nun aufsprang. Georg tat es ihm gleich und drückte den dürren jungen Mann zurück ins Kanapee. Jetzt konnte Georg nicht mehr an sich halten.

»Totschlagen! Totschlagen sollt' man die Hunde, die behaupten, das Weib sucht nur Sinnenlust! Das Weib sucht seine Gerechtigkeit, so gut wie jeder von uns!«

Kurze Stille. Georg hatte trotz seiner leisen Stimme geschrien. Da sprang Adolf wieder auf.

»Heuchelei! Wir haben ja einen *Judas* in unseren Reihen! Der Trakl ist doch selbst ein großer Verführer. Wie sein neuer Mäzen, dieser Streicher, der Herr Schriftsteller von Welt. Der am liebsten mit kleinen Dirnen vögelt oder gleich mit Knaben. Und da erwische ich den Trakl doch neulich, wie er sich im Stübl in der Apotheke an der Lisa zu schaffen macht.«

Georg drückte Adolf wieder nach unten, dass beinahe das Sofa durchbrach. Aber Adolf stand sofort wieder auf.

»Das war wohl eher umgekehrt!« Erhard hörte nicht auf zu lachen. Ihn brachte nichts aus der Ruhe, offenbar war seine Zigarette mit Opium bestrichen. »Der Georg kann ja nicht einmal eine Statue verführen! Und du, Adolf, der du dich hier als Großinquisitor aufspielst, wer sagt denn, dass du nicht auch, wenn die Gelegenheit günstig ist, deinen kleinen Zipferl irgendwo reinsteckst und den Concubitus exerzierst. Und sei es nur, um einen Nachwuchsprediger in die Welt zu setzen.«

»Verleumdung!«, kreischte Adolf. »Ich werde euch noch beweisen, dass ich bereit bin, alle Konsequenzen zu ziehen, die dieser Kampf erfordert. Alle *Konsequenzen*!«

»Was denn für Konsequenzen?«, fragte Erhard. »Willst du alle Freudenhäuser der Welt aufkaufen und sie in Klöster verwandeln?«

»Arschloch!«, schrie Adolf, der jetzt auf Erhard zuspringen wollte. Georg hielt ihn zurück, Adolf war so leicht, dass ihn das nicht viel Mühe kostete. Er drückte ihn wieder zurück ins Kanapee, doch Adolf stemmte sich gleich wieder hoch. »Lass mich, du Sau!«

Jetzt konnte Georg nicht mehr. Rote Schatten flackerten ihm um die Augen, der Schweiß lief ihm übers Gesicht. Er war viel zu nüchtern. Georg dachte gar nicht darüber nach, schon hatte er Adolf einen Hieb in den Magen versetzt. Die Bewegung kam ihm so natürlich vor, dabei hatte er sich immer geschworen, niemals handgreiflich zu werden, gegen wen auch immer. Er war ein Künstler und kein Raufer. Adolf knickte zusammen und keuchte, er rang nach Luft. In diesem Moment kam Thérèse in den Salon, endlich, dachte Georg.

»Nicht in meinem Haus, ihr Kinder!« Sie griff Georg am Arm und zog ihn von Adolf weg. »Charlotte, kümmere dich um den da!« Ein anderes Mädchen, das mit der Dame des Hauses in das Zimmer getreten war, beugte sich zu Adolf und redete leise auf ihn ein. Adolf konnte sich kaum aufrecht halten, aber er verschwand nach einem eindringlichen Blick in die Runde langsam hinter der Dirne aus dem Zimmer. Auch Georg wurde von Thérèse in ein anderes Zimmer geführt.

»Leg dich dahin und wart auf mich. Du hast ja Fieber!«

Die Hausherrin verschwand und kehrte kurz darauf mit einem nassen Tuch zurück.

Thérèse duldete, dass diese halben Kinder von Zeit zu Zeit in ihr Etablissement kamen und ein Gelage abhielten. Solange sie zahlten. Von ihren Theorien wollte sie nichts wissen, sie verstand auch nichts davon. Es amüsierte sie, dass die Buben vor jeder Berührung Angst hatten, ein Kuss war nahezu undenkbar. Es war unter ihren Mädchen ein kleiner Wettkampf ausgebrochen, wer es zuerst schaffen würde, einen aus diesem Kreis ins Bett zu ziehen. Die Mädchen waren dabei nicht ohne Erfolg geblieben, nur an ein paar wenigen bissen sie sich die Zähne aus. Und die Verführten beschworen sie, es ja niemandem zu verraten, die Mädchen kamen aus dem Lachen gar nicht mehr heraus. An den Trakl durfte allerdings keine ran, das war Sache der Inhaberin. Thérèse ging es nicht um die gesellschaftliche Stellung der Familie. Sie mochte diesen Jungen einfach. Georg war alles andere als ein Schwächling, verhielt sich aber unbeholfen und sprach stets zu leise. Und sie wusste, dass Georg ihre Zuneigung erwiderte. Er überhöhte sie, er sah in ihr etwas Besonderes. Das schmeichelte Thérèse, die tags zum Abschaum zählte und in der Nacht dafür bezahlt wurde, den guten Salzburger Bürgern beizuwohnen. Sie hätten sonst vielleicht überhaupt keinen Kitzel und vielleicht auch keine Freude mehr, dachte sie. Bei diesem Jungen war das anders, er ging gebückt durchs Leben. Wie seine Freunde scheute er vor jeder Berührung zurück. Wenn Georg in ihr Haus kam, war es eher wie Urlaub für Thérèse, wie ein Sonntag, an dem man nicht arbeiten musste.

»Ich will gar nicht wissen, worüber ihr euch gestritten habt. Wahrscheinlich wolltet ihr uns Frauen wieder einmal retten. Besten Dank, dass ihr mir dafür das Mobiliar zerstört.«

»Das war gar nicht so!«, sagte Georg.

Die Dame des Hauses tupfte ihm mit dem feuchten Tuch die Stirn.

»Adolf hat behauptet, dass ich ein Mädchen verführt habe und sie damit ins Unglück treiben wolle.«

»Du?« Sie lachte laut auf.

»Wie gut kennt ihr euch eigentlich? Ihr seht euch jeden Tag, aber bei eurem spinnerten Gerede vergesst ihr ganz, wer ihr überhaupt seid.«

»Das wird wohl so stimmen!« Georg entspannte sich, er spürte seine ganze Müdigkeit nach diesem Abend.

»Haben die Leute geklatscht?«

»Geklatscht?«

»Na, nach deinem Stück, du dummer Bub. Du warst doch heute das Sternchen am Salzburger Himmel.«

»Aus Höflichkeit sind die meisten schweigend gegangen, fürchte ich. Sie hätten mich sonst beschimpft.«

»Das glaube ich nicht. Wahrscheinlich hast du gar nicht darauf gehört, du wolltest es ja gar nicht hören.«

»Wie kommst du darauf?«

»Dummer Kerl, ich habe eben mein Bild von dir. Und das sagt mir, dass du nie mit etwas zufrieden bist.«

Sie fuhr ihm wieder mit dem Lappen über die Stirn, Georg hatte Mühe, wach zu bleiben.

»Du sollst dir kein Bildnis machen«, murmelte er im Halbschlaf. Da flog die Tür auf, Charlotte stand da. Ihr grünes Kleidchen, eher ein Morgenrock, war ganz und gar mit Blut beschmiert. Sie schrie stumm, konnte keinen Laut herausbringen. Thérèse lief zu ihr hin.

»Was hast du, Kindchen? Hat er dich verletzt?« Sie zog dem verstörten Mädchen das Kleid über den Kopf, Georg sah ihr nacktes Fleisch, es war ganz weiß, es hatte keinen Makel. Sie war völlig unversehrt.

»Oh Gott, der Adolf!«, rief er. Er rappelte sich auf und rannte mit Thérèse den Flur entlang, die hintere Tür war offen. Dort lag Adolf auf dem Teppich, in einer Lache aus Blut. Er zuckte nur noch ganz leicht. Neben ihm lagen seine Hose und ein blutiges Messer.

Thérèse schrie um Hilfe.

Georg beugte sich zu Adolf hinunter. Das Blut lief in Strömen aus seinem Unterleib. Er hatte offensichtlich versucht, sich das Geschlecht abzuschneiden, Charlotte hatte ihn aber daran hindern können, es zu Ende zu bringen. So oder so schien er zu verbluten.

Als Georg neben ihm kniete, riss Adolf die Augen auf. Die Flammen waren immer noch nicht ganz erloschen.

»Schau, Georg. Ich *kann* die letzte Konsequenz ziehen. Das wirst du nie können. Verflucht, das ist der große Unterschied.«

Dann fiel er in Ohnmacht.

Berlin, 22. September 1917 (Fortsetzung)

Die Einsamkeit ist wie ein Sarg. Georg. Ich hasse all diese Leute, vor allem die Dichter, die behaupten, die Einsamkeit sei etwas Wunderbares: Die Einsamkeit ist wie ein Regen. Sie steigt vom Meer den Abenden entgegen. Und so weiter. Das ist eine einzige Sauerei. Die Einsamkeit hat ja gar nichts Erhabenes, sie ist schmutzig und elend. Und ich bin sehr einsam ohne Dich, Georg, sehr einsam. Das hat mit Alleinsein gar nichts zu tun, es sind ja immer irgendwelche Menschen um mich. Und das muss auch so sein, damit ich nicht immer daran denken muss, welche Tür in meinem Kopf ich denn am dringendsten zusperren muss, damit ich nicht laut aufschreie. Das Hundegebell macht mich wahnsinnig. Und so plappert man über dies und das, hört sich die kleinen Sorgen und Ängste der anderen an, und wenn es funktioniert, vergisst man die eigenen für ein paar Minuten. Aber die Einsamkeit kann das alles nicht vertreiben. Und manchmal habe ich das Gefühl, dass sie sogar wächst, je näher man jemandem kommt oder je fester die Berührung ist. Ich falle beinahe ins Nichts, wenn sich ein Mann zwischen meinen Schenkeln abmüht und jubelnd zusammenbricht. Berührung ist nur eine Randerscheinung, nein, sie ist nicht einmal das. Es ist alles einfach gar nichts mehr. Ich fühle nichts mehr, und trotzdem tut es weh. Ich rannte noch dem Geld hinterher, aber nur, damit ich mich betäuben kann. Und was ist es überhaupt, was ich da betäube? Es ist ja gar nichts mehr, ich weiß nicht, ob das noch verständlich ist. Mein Leben ist eine einzige Wiederholung, aber das ist keine Regelmäßigkeit, das ist das Chaos. Du hast diese Ruhe, Georg, die mir fehlt. Ich hüpfe immer noch von Schatten zu Schatten, ich bin der Schmetterling, der niemals landet. Und mir bleibt nur diese Nacht, um den Weg hinaus zu finden. Durch die richtige Tür zu fliegen, ohne festen Halt. Wie ein taumelnder Stern, im freien Fall.

Georg! Die Schuld, die haben wir gebüßt. Deshalb ist es jetzt an der Zeit, zum Ende unserer kleinen Geschichte zu kommen. Diese Tür noch auf und diese noch. Hier noch einmal Licht gemacht. »Noch eine Zigarette, Waldi!« – »Genau, Gretl!« Und dann sind wir bald durch damit. Ich ertrage den Schmerz, ich hätte es nicht gedacht. Aber tragen konnten wir beide immer schon viel, nie hat man uns angesehen, wie gekrümmt wir gehen. Da ist mein Stolz wieder, entschuldige bitte, ich bekomme ihn nicht los.

Nun ja, sie quietscht leicht, diese Tür. Auf ihr ist ein Schild angebracht, Wien. In Wien haben wir uns dann wiedergefunden. Und wieder verloren. So könnte man es sagen. Aber hatten wir uns wirklich gesucht? Das mussten wir ja gar nicht, es gab ein stilles Einverständnis zwischen uns, dass sich unsere Wege immer wieder kreuzen mussten. So wie die Dinge standen, konnten wir uns nicht verfehlen. Wir konnten uns aber auch nicht festhalten. Und helfen konnten wir uns gleich gar nicht. Du bist ja auch ohne mich gewachsen, ein richtiger Dichter bist Du geworden, ein ganz Eigener, wie die Leute sagten. Erhard hat immer geschwärmt von Deinen Texten.

Wie hältst Du es mit der Einsamkeit, Georg? Zum Teufel mit den Dichtern, die sie verherrlichen. Die sich in ihr winden wie die Made im Speck. Hinter ihr lauert das Nichts. Und es greift nach mir, ich kann mich nur noch davor retten, indem ich loslasse und fliege. Ohne festen Halt. Wie ein taumelnder Stern, im freien Fall.

Ich weiß nicht, ob das noch verständlich ist.

Teil II
Frühjahr 1910 bis Sommer 1912

Der Komet

1910 stand der Weltuntergang unmittelbar bevor. Grete und Erhard bestiegen eine Gondel des Riesenrads im Wiener Prater, um sich die Menschen von oben anzusehen. Die Menschen, die womöglich ihren letzten Beschäftigungen nachgingen. Panisch die einen, engelsruhig die anderen. Das Riesenrad fuhr an.

»Hast du es mitgebracht, Erhard?«

»Du meinst die Kometenpillen?«

»Jetzt machst du dich wieder lustig über mich!«

»Nicht doch, Grete, nicht doch. Aber ich amüsiere mich über die Angst der Leute. Entweder sie feiern den drohenden Weltuntergang. Oder sie bringen sich lieber gleich um.«

»Die Menschen spielen verrückt. Ich habe heute erst einen Bericht in der Zeitung gelesen, über eine Frau in Amerika. Die hat den Gashahn aufgedreht, weil sie befürchtete, der Komet würde *nicht* kommen.«

»Heute in der Zeitung stand auch eine lustige Geschichte über ein Dorf im Theißtal. Das liegt in Ungarn …«

»Was du nicht sagst, Erhard.«

»Na, ist ja auch egal. Aber was denkst denn du, Grete? Hast du gar keine Angst vor dem Ende?«

»Vor dem Ende der Welt muss man keine Angst haben, Erhard. Vor den Menschen muss man Angst haben, oder vor sich selbst. Aber wenn alles untergeht, könnte das auch eine große Erleichterung sein.«

»So fatalistisch, die kleine Grete.«

»Schicksalsgläubig ja, klein nein. Ich hoffe nur, dass es

dann wirklich mit einem großen Knall zu Ende geht, nicht schleichend, als hätte man ein Gift genommen.«

Erhard presste die Nase an das Fenster der Gondel und sah nach unten. »Schau, Grete, *große* Grete, schau dir Wien an. Die große Stadt, das große Leben. Das wird vielleicht bald alles nicht mehr sein.«

»Ich glaub nicht, dass Gott dem Ganzen auch nur eine Träne nachweinen wird.«

Ihre Gondel hatte nun den höchsten Punkt erreicht, das Riesenrad verlangsamte seine Fahrt, blieb schließlich stehen. Herrliche Aussicht. Über die ganze Stadt, es war ein klarer, warmer Frühlingstag. Auch Grete ließ den Blick schweifen.

»Ich finde die Auenlandschaft wunderschön. Schade, dass die Leute nur noch in den Himmel starren, sie sehen diese Schönheit gar nicht mehr.«

»Du wirst ja geradezu sentimental. Also ich sehe nur die kleinen Menschen, die da unten herumirren, als wäre es tatsächlich der Jüngste Tag. Und ich denk mir, dass es in fünfzig Jahren sicher noch viel mehr sein werden und dann von deinen schönen Auen nicht mehr viel übrig ist.«

Gretes Gesichtszüge verfinsterten sich. Das Riesenrad setzte sich wieder in Bewegung, es ging hinab. Grete spürte einen leichten Schwindel, erst jetzt bemerkte sie das Schwanken des Waggons. Sie legte die Hände in den Schoß, als wolle sie beten. Dann sah sie Erhard wieder in die Augen. Er wich ihrem Blick aus.

Die Entzündungen in seinem Gesicht, die ihn als Jungen gequält hatten, waren abgeheilt und hatten winzige Krater in der Haut hinterlassen. Seine hohe Stirn leuchtete hell, das Haar hatte er sich vollständig nach hinten gekämmt. Es gab nicht viele Menschen, die Grete gerne ansah. Erhard zählte zu ihnen, in seiner Nähe konnte sie alles andere vergessen, sich ganz auf ihn konzentrieren. Es gab noch so viel zu entdecken, in seinem Gesicht, in seinen Gesten.

»Um auf meine Frage zurückzukommen …«

»Ja, ich habe es dir mitgebracht, Grete. Der Giftschrank spuckt immer noch was aus. Aber ich gefalle mir nicht sehr in der Rolle des Giftboten – Georg …«

»Georg soll davon nichts erfahren!«, sagte Grete erregt. »Er passt auf in letzter Zeit. Beinahe hätte ich dem Fährmann schon eine Münze für die Überfahrt in die Unterwelt gegeben. Das hat ihn erschreckt. Aber reden wir nicht mehr über unsere kleinen Betäubungsversuche. Georg fühlt sich schuldig, und du weißt ja, was das bei ihm bedeutet. Er hört nicht auf, sich selbst dafür zu geißeln, und das möchte ich ihm ersparen. Ich mache ihm keine Vorwürfe, es ist ja bekannt, dass wir eine Veranlagung dafür haben.«

»Ich will diese Veranlagung jedenfalls nicht weiter fördern.«

»Aber Erhard, wieso immer so vorsichtig? Ich sehe darin ein verstecktes Zeichen der Zuneigung, das ich mir immer von dir gewünscht habe.«

»Zuneigung kann auch töten.«

»Du gibst es also zu?«

»Ich, ich …« Erhards Augen wurden größer, diesmal hielt er Gretes stechendem Blick stand. Bevor er sich weiter erklären konnte, nahm die Fahrt ein Ende. Ihr Wagen war unten angelangt, ein Aufseher öffnete die Tür. Sie mussten aussteigen.

Sie sahen sich kurz um, dann stürzten sie sich ins Getümmel. Überall bereiteten sich die Menschen auf die Kometennacht vor. Es gab Männer mit Bauchläden, die

Kometenpostkarten und Kometenlikör verkauften. Geschichten und Gerüchte machten die Runde, jeder wusste etwas und alle wussten nichts. Zwei Ballone der k.k. Zentralanstalt für Meteorologie und Geodynamik waren aufgestiegen und schwebten hoch oben über ihren Köpfen, um die Luft zu messen. Ganz Wien war im Fieber. Grete wurde neugierig, sie näherte sich einem Mann, der Postkarten und Klebepapierchen verkaufte. Auf den Aufklebern stand zu lesen: »Dies ist der Halleysche Komet, an dem die Welt zugrunde geht.«

»Ein zeitloser Reim!«, spottete Erhard.

Doch Grete war fasziniert, sie kaufte eine Postkarte. Sie gingen weiter, sie waren mit Georg vor dem großen Lustspieltheater verabredet. Vor dem Kino Stiller am Prater Nr. 77 stand ein schwergewichtiger Mann mit einem gezwirbelten Bärtchen im runden Gesicht und in eine Art Matrosenanzug verpackt. Er lockte die Passanten in die zum Theater umgebaute Schaubude.

»Neueste bewegte Bilder vom Kometen!«, brüllte er. »Das Allerneueste von Halley in kinematographischen Bildern, gnädige Herrschaften! Das dürfen Sie weiß Gott nicht verpassen, bittschön.«

Als Grete am Ausrufer vorbeiging, wurde er leise und sprach sie direkt an. »Die Dame, das dürfen Sie nicht versäumen. Das ganz große Leben in so kleinen Bildern!« Er machte eine entsprechende Handbewegung.

»Gibt es auch irgendwo das kleine Leben in großen Bildern? Das würde mich sicher mehr interessieren«, erwiderte sie. Dennoch zupfte sie an Erhards Jackett. Er zahlte, sie nahm ihn bei der Hand, und sie gingen in den Vorführraum. Auf der Leinwand sah man Menschen in London, die zum Himmel sahen, dann Bilder aus Paris und sogar aus New York. Immer Menschen, die in den Himmel sahen, die sich die Hand an die Stirn hielten, die dunkle Brillen trugen. Die in der Nacht Fackeln aufstellten.

»Wie schön sich Bild an Bildchen reiht!«, sagte Erhard.

»Die bewegen sich aber alle so hastig! Als wären sie aufgezogene kleine Automaten.«

»Sind wir nicht alle kleine Automaten angesichts dieser Naturgewalt, Grete?«

»Ach, Erhard, auch du kannst so sentimental sein. Wenn du nur willst.«

Sie ließ seine Hand nicht los und zog ihn wieder vor die Tür. Einige Schritte weiter sang eine kleine Menschengruppe einen Psalm. Die Männer waren dunkel gekleidet und trugen Vollbärte. Sie machten einen armseligen Eindruck.

Aus der Tiefe rufe ich, Herr, zu dir!
So du willst, Herr, Sünden zurechnen, Herr, wer wird bestehen?
Denn bei dir ist die Vergebung, dass man dich fürchte.
Ich harre des Herrn; meine Seele harret, und ich hoffe auf sein Wort.

»Wie oft habe ich diesen Psalm im Internat schon gehört. Aber ich weiß nicht, ob es richtig ist, ihn zu einem solchen Anlass zu singen«, sagte Grete.

»Wann wäre denn dann ein richtiger Anlass für diesen Psalm?«

»Es sollte wohl keine allgemeine Not sein. Und schon gar nicht eine eingebildete Not. Diesen Psalm darf man vielleicht singen, wenn man ganz allein ist. Es ist dunkel, und man spürt seine Schuld und sein Verderben. Dann darf man rufen: aus tiefer Not. Aber nicht auf einem Jahrmarkt!«

Erhard schien beeindruckt. Das freute Grete, denn er sollte nicht in seine Spöttelei zurückfallen und »kleine Grete« sagen. Er sollte sie doch ernst nehmen! Dieses Überhebliche musste aufhören. Und dennoch ließ er ihre Hand los, aber nur, um ihr im nächsten Moment etwas in die Handfläche zu legen. Es war das Veronal. Sie steckte es wortlos weg. Er hätte es ihr zu keinem ungünstigeren Zeitpunkt geben können. Erhard merkte an ihrer Reaktion, dass sie schon wieder nicht glücklich mit ihm war. Er suchte ein Thema.

»Warum siezt du mich eigentlich in deinen Telegrammen und Briefen, Grete?«

»Weil ein Brief, und sei es nur eine flüchtig hingeworfene Notiz, immer etwas Biederes hat. Direktheit darf hier eigentlich nicht sein, das fällt mir sehr schwer. Deshalb versuche ich immer, mit einem Sie zu beginnen, das ermahnt mich, nicht mit der Tür ins Haus zu fallen.«

»Und ich dachte schon, es wäre der Respekt vor mir!«, sagte Erhard lächelnd.

Sie verzog das Gesicht. »Respekt, Erhard, Respekt ist nicht das, worum es mir mit uns beiden geht. Ich dachte, das hätte ich schon deutlich gemacht.«

Wieder würde er nichts erwidern, das wusste sie. Und Erhard erwiderte nichts. »Sagen Sie mir das Losungswort, mit dem man in Ihre Festung eindringen kann, Herr Buschbeck. Sie wagen gar nichts!« Und wieder nahm sie seine Hand. Ein toter Fisch hing in ihren Händen.

»Wagen heißt nicht gewinnen, Grete.«

»Und deshalb trauen Sie sich lieber überhaupt nichts zu? Das leuchtet mir nicht ein. Zumal Ihnen der Gewinn so nahe vor Augen steht.«

»Die sichersten Gewinne sind die gefährlichsten«, murmelte er.

»Wie viele Lebensweisheiten dieser Art hast du noch parat? Aber gut, ich kann warten. Bevor das hier wieder zu einem Fiasko wird.«

Sie ließ seine Hand los, denn vorne stand Georg in einer schattigen Ecke am Lustspielhaus, einem pompösen, nach barocker Manier gestalteten Prunkgebäude, in dem über sechshundert Sensationslustige Platz hatten. Um Georg herum liefen die Menschen kreuz und quer, sie liefen und liefen, und Georg stand nur da. Ein grauer Fels. Unbeweglich. Sein Hemd durchgeschwitzt. Die Hände hinter dem Rücken verschränkt. Dass er sich überhaupt allein in den Prater getraut hatte, war ein kleines Wunder. Als er seine Schwester und Erhard sah, beugte er sich leicht nach vorn, er schaffte diese würdevollen Bewegungen, auch wenn die Nervosität in ihm brodelte. Aber sie drang nie nach außen, immer bewegte er sich so langsam, dass er davon ablenkte. Es war nur der Schweiß, der ihn verriet, die kleinen Perlen auf seiner Stirn. Der üble Geruch seiner Kleidung.

»Georg!«, rief Erhard, der offensichtlich froh war, der Situation mit Grete entkommen zu sein. Er fand in seine gewohnte, leicht spöttische Tonlage zurück. »Georg! Die Welt geht unter, und die Leute, uns eingeschlossen, fahren Riesenrad und amüsieren sich. Was hältst du von dieser Menschheit?«

»Menschheit, vor Feuerschlünden aufgestellt«, antwortete Georg. Grete griff in ihre Tasche und spürte das kleine Päckchen, das sie von Erhard erhalten hatte. Es beruhigte sie.

*

Für Georg glich Wien zumeist einer Vorhölle, und so war es auch heute. Er verachtete die Großstädter, die ihre Vornehmheit gedankenlos zur Schau trugen, als gäbe es nichts anderes. Und die Eigenheiten der Wiener wurden immer schlimmer, je näher der Komet kam. Nur in wenigen kurzen Momenten fühlte sich Georg prächtig, da hatte er das Gefühl, er könne diesen goldenen Moloch in die Arme nehmen und ihn besitzen wie ein Kind sein wertvollstes Spielzeug. Er war ein paarmal umgezogen, nie war er zufrieden, die Freunde mussten ihm alles bereiten und Botengänge für ihn erledigen. Die Elektrische konnte er meistens nicht nehmen, es ekelte ihn vor der Enge, vor den Leibern, die ständig aneinandergepresst wurden, man hatte da keine Wahl, man konnte nicht ausweichen.

Er schrieb nur noch Gedichte, das Theater hatte er aufgegeben, auch die Prosa. Er konzentrierte sich auf die kleine Form, auf wenige Wörter. Er sagte oft, die Gedichte seien seine Sühne. Seine Sühne für eine Schuld, die keiner verstand. Bis auf Grete vielleicht, an die er sich mit aller Macht klammerte. Sie hatten in alte Verhältnisse, in alte Salzburger Zeiten zurückgefunden, sie waren unzertrennlich. Und sie sagten sich, dass alles ganz anders war. Das konnte doch jeder sehen! Georg bemühte sich im Studium, sie nahm Klavierstunden bei einem renommierten Lehrer. Die Carrière, die Carrière. Und sie sagten sich, dass sie das nur schaffen konnten, weil sie einander wiederhatten. Die Trennung war eine gestockte, verlorene Zeit gewesen. Sie waren *ein* Blut, es war der gleiche kreative Saft, der in ihren Adern floss.

Dass Gretes Herz vor wenigen Tagen beinahe aufgehört hatte, diesen besonderen Saft durch ihre Arterien zu pumpen, hatte allerdings etwas verändert. Sie war fast ihrem

Vater zuvorgekommen, der schwer erkrankt im Haus am Waagplatz lag. Es gab für ihn kaum noch Hoffnung.

Georgs Laune hatte sich seitdem verfinstert, er fühlte eine Schuld, der er nicht entrinnen konnte. Und was war, wenn er seiner Schwester gar nicht half, sondern sie mit in den Abgrund zog? Andererseits: Wenn Georg seine Pläne schmiedete, spielte Grete darin eine tragende Rolle. Und das hatte alles weiß Gott nichts mit Wien zu tun: Er wollte weg, aber mit ihr. Er träumte von einem ganz anderen Leben, aber mit ihr. Irgendwo musste das Glück doch sein. Und wenn er es fand, dann sollte Grete dabei sein. Sie rauchten und tranken zusammen, und Georg schämte sich dafür, dass dies die einzige Möglichkeit war, sie an sich zu binden. Zumindest dachte er manchmal, dass dies der Grund sei, warum sich seine Schwester mit ihm abgab.

Erhard war bereits seit einigen Monaten in Wien, um Jura zu studieren. Das hatte Gretes Glück perfekt gemacht. Jetzt waren sie endlich wieder vereint. Grete wollte fortan immer Erhard mit dabeihaben, bei allem, was sie taten. Das war Georg zusehends ein Dorn im Auge. Aber was konnte er schon gegen die Zuneigung der Schwester zu seinem Freund sagen? Und Erhard bemühte sich eifrig, dass er mit seinen Gedichten irgendwo Aufnahme fand. Einen Gedichtband hatten sie zusammengestellt, Erhard suchte nun nach einem Verleger. Was sollte er also gegen ihn sagen?

*

Sie gingen in Gretes Zimmer, um die Kometennacht zu begehen. Sie setzten sich auf den Boden, die Flasche Wein kreiste. Von den anderen Mitteln nahmen sie vorerst Abstand, sie wollten möglichst klar bleiben. Vielleicht waren das die letzten Minuten auf Erden. Sie erzählten sich, was sie alles tun würden, wenn dieser Komet schadlos an der Erde vorbeiflöge. Grete träumte von einer Karriere als Pianistin in Paris. Erhard sprach von der Kunst und dem Vorankommen des radikal Neuen. Und das in allen Bereichen: in der Musik, in der Literatur, im Tanz.

»Und ich will in die Südsee«, sagte Georg, »auf eine Insel, ein schöner Engel werden. Und ihr beide sollt mitkommen!«

So ging das bis nach Mitternacht, das Weltende war nah, und sie waren bester Laune. Als auch Stunden später nichts geschehen war, sprang Erhard auf und wollte gehen.

»Du willst jetzt fort?«, fragte Grete. »In der Kometennacht? Was ist, wenn wir uns nie wiedersehen?«

»Also nach meinen Berechnungen dürfte jetzt nichts mehr passieren. Es ist an der Zeit für ein bisserl Schlaf. Und morgen setzen wir unsere Pläne in die Tat um.«

Grete und Georg sahen ihn ungläubig an.

»Ich werde mich morgen um eine Schiffspassage kümmern!«, höhnte Georg.

»Und ich nehm den Zug nach Paris!«

»Sehr gut, Kinder, ich bin stolz auf euch!« Erhard salutierte und wankte müde aus der Tür.

Grete sah ihm nach. Wieder hatte sie ihn nicht halten können. Ihr Bruder hingegen freute sich, dass sie wenigstens für den Rest der Nacht allein blieben. Wenn die Welt jetzt unterginge, dann wäre er bei ihr gewesen.

»Ist es nicht so, Schwesterchen? Die Sterne, die wir sehen, sind im Grunde schon längst erloschen. Wir sehen nur den Abglanz von etwas, das es längst nicht mehr gibt.«

»Was willst du damit sagen?«

»Vielleicht gibt es auch diesen Kometen gar nicht! Vielleicht hat er sein Feuer vor Jahrhunderten bereits verloren. Und wir sehen durch das Fernrohr nur ein Trugbild.«

Sie saßen zusammen auf ihrem Bett. Grete ließ ihren Kopf auf seine Schulter sinken. Er spürte die Wärme ihres Körpers.

»Vielleicht ist das so. Was mich nur so wundert, Georg, mich enttäuscht diese Vorstellung irgendwie. Morgen wachen wir auf, als sei nichts gewesen. Und alle Welt ist froh. Was wäre aber, wenn es nun doch passiert wäre? Dann hätten wir hier eine große Stunde zusammen verbracht.«

»Die letzte Stunde, meinst du.«

»Ja, die letzte Stunde muss doch eine große sein …« Ihre Lider hingen schwer, sie war müde. Schließlich fielen ihr die Augen zu. Das Licht des Tages drang langsam in das kleine, staubige Zimmer. Georg starrte in dieses Licht. Dann schloss auch er die Augen. Es gab keinen Grund, Angst zu haben. Nicht vor der Dunkelheit und nicht vor dem Tag. Und nicht vor einem Kometen, dessen Feuer vielleicht schon längst erstorben war. Grete schlief an seiner Seite, er spürte ihren Atem ganz dicht an seinem Ohr. Sie schlief, aber sie würde wieder aufwachen. Ja, es würde ihm nicht noch einmal passieren, dass sie zu lange schlief.

»Die Geschwister traumhaft und verwirrt«, sagte er leise vor sich hin. »Die Geschwister traumhaft und verwirrt!« Das würde vielleicht eine ganz brauchbare Gedichtzeile abgeben.

*

Die Stadt erwachte nur langsam aus ihrem Todesschlaf, die Leute sahen sich müde um. Alles war wie vorher. Die

Wiener, die Menschen der ganzen Welt waren erleichtert. Aber wie viele Seelen gab es, die enttäuscht waren? Georg musste man in seinem Zustand dazuzählen. Grete zählte auch dazu.

Erhard hingegen war froh, dass es weiterging. Dass es weiter *voranging*. Was sollte er jetzt tun? Er wollte, wie er es in der Nacht angekündigt hatte, einem Kulturverein beitreten. Und es gab keinen Grund mehr, dies nicht zu tun. Als er gerade darüber nachdachte, brachte ihm seine Wirtin ein Telegramm. Es war von Grete.

> Mein lieber Herr Buschbeck,
> mein Bruder ist sehr traurig – er hat Sie auch den ganzen Abend vorwurfsvoll angesehen –, nur weil Sie meine Liebenswürdigkeit so schroff abgewiesen haben. Man sollte dem ein für alle Mal ein Ende machen.

Erhard wusste nicht, wie der letzte Satz zu deuten sei. Er hielt es für möglich, dass es ihr durchaus ernst damit war. Wie auch immer, dachte er sich. Er setzte sich an den Tisch, trank einen starken Kaffee und blätterte in einer literarischen Zeitschrift. Er hatte da schon etwas im Auge.

Leutnant Alexander

Nachdem selbst ein Komet ihre Pläne nicht durchkreuzt hatte, feierte Mina einige Tage nach Halleys großem Auftritt Hochzeit. Sie war nach Johanna die zweite des Bundes Notre Dame de Sion, die sich dieser Prüfung unterzog. Und Grete? Bei ihr war nicht einmal ein Mann in Sicht. Erhard zierte sich, und das machte sie zornig. Pas d'amour, keine Hohe Zeit für sie, die Männer sahen sie nicht. Grete wusste nicht, woran es lag. Und manchmal wusste sie es ganz genau.

Die Vermählung fand im Josephsaal in Wiener Neustadt statt, einer passablen Kulisse. Man hatte in der einen Hälfte des Raumes lange, mit rotseidenen Tischtüchern bedeckte Tafeln errichtet. Rosenblätter waren ausgestreut, auf den Tischen, aber auch auf dem Parkett der anderen Hälfte des Saales. Hier würde später getanzt werden, eine Kapelle hatte sich auf einer kleinen Bühne postiert. Die Musiker tranken Rotwein. Grete hatte die große Ehre, am Brauttisch zu sitzen. Mina und ihr Gemahl Oskar Stumm, ein Oberleutnant im kaiserlich-königlichen Heer, saßen ihr schräg gegenüber. Neben ihr hatte ein Offiziersfreund von Oskar Platz genommen, Alexander Eifler, der Wegbereiter für diesen Ehebund, wie es hieß. Er grüßte Grete nur flüchtig. Die Eltern des Bräutigams waren zurückhaltend und fielen kaum auf. Der Vater war Gesandter, ein politischer Schattenmann, der lange in Russland gelebt hatte. Selbst am Hochzeitstag seines Sohnes legte er seine besorgte Miene nicht ab. Ganz anders die Brauteltern, Grete kannte sie von vielen Besuchen im Internat. Sie waren dickliche, stets vorzüglich aufgelegte Kaufleute. Und jetzt eine Heirat in höhere Kreise. Der Vater würde es sich nicht nehmen lassen, eine launige kleine Ansprache zu halten, vielleicht sogar in Reimen. Die Mutter sprach nicht, lachte nur, immerzu lachte sie und füllte damit den ganzen Saal aus. Und Leutnant Alexander, der war auch laut. Er war von einer starken Statur, hatte blondes, strähniges Haar, für einen Soldaten fast zu lang. Die Lippenbürste war hingegen akkurat geschnitten, er war braungebrannt. »Meinen Leibwächter« nannte Oskar ihn immer, wenn seine Eltern die Besorgnis über drohende Gefahren zum Ausdruck brachten.

»Keine Angst, der Alexander passt schon auf mich auf.«

Jedem der engeren Verwandten und Bekannten Minas kam es an diesem Abend zu, irgendetwas zum Besten zu geben. Der Brautvater hielt tatsächlich eine Rede, ungereimt und ermüdend. Die anderen erzählten Anekdötchen, eine Nichte bellte ein Lied. Und dann berichtete Alexander endlich, wie sich das zugetragen hatte mit dem Oskar und der Mina. Damals, auf dem Wohltätigkeitsball in Wien. Denn eigentlich, ja eigentlich war sie ja *seine* Entdeckung gewesen, da er aber viel zu betrunken gewesen war bei jenem Ball, musste er das Feld seinem Freund überlassen. Und als er dann auf einer Wiese neben dem Schloss aufgewacht war, wer saß da gar nicht weit neben ihm auf einem Steine, händchenhaltend? Der Rest war Geschichte.

Grete, die vielversprechende Musikerin, sollte zwischen dem letzten Zwischengang und dem Hauptgang, zwischen den Grießnockerln und dem Rostbraten, etwas spielen. Das war ihr eigentlich zuwider, Musik war keine Beilage, kein Trällern zu Gemüse und Fleisch. Sie war nervös, hatte schon drei Gläser Wein getrunken, nestelte an der roten Tischdecke. Dann war es so weit. Ein Onkel des Bräutigams führte durch den Abend, und jetzt kündigte er Grete als eine der talentiertesten jungen Pianistinnen der österreichisch-ungarischen Monarchie an.

»Zumindest gilt das für Wien.« Kurze Pause. »Und damit ja auch für das gesamte Reich.«

Gespielt empörte Ausrufe und Gelächter. Grete durchmaß unsicher den Raum, sie schritt zum Flügel. Die anderen Musiker lächelten ihr zu. Kann man auf Rosen ausrutschen?, fragte sie sich. Alles war hier in ein rotes Licht getaucht, die Farbe der Liebe. Neunhundert Fenster sollte dieser Josephsaal haben, Grete hatte nicht nachgezählt. Neunzehn waren es vielleicht. Sie hatte überlegt, etwas von Schönberg zu spielen, dessen Noten in Wien wie obszöne Schriften gehandelt wurden und auch zu ihrem Lehrer vorgedrungen waren. Die meisten lehnten Schönberg freilich ab, Erhard hingegen war begeistert von der neuen Musik. Aber sie wollte Minas Hochzeit nicht verderben. Also Mozart. Denn Mina liebte Mozart. Alle liebten Mozart. Das Wolferl.

Sie setzte sich und begann nach kurzem Innehalten zu spielen. Es gelang auch bei Mozart, dass die Musik sie wegführte aus diesem Schlamassel, der ihr Leben war. Es war egal, wie viel Rotwein sie trank, am Klavier bewegten sich ihre Finger sicher, wie im Schlaf. Sie hörte nur noch, und sie sah. Sie sah, was der junge Mozart gesehen haben musste, als er diese Noten schrieb. Das war nichts Feierliches, das war der Schmerz der Enttäuschung, des Verkanntseins, der Ungeduld, aber das war auch die Kraft, das alles zu überwinden, nicht ins Stocken zu geraten. Und das war es, was auch Grete Kraft gab, eine Sicherheit, die sie nur in der Musik fand. Die Musik war erhebend, Grete wusste, was damit gemeint war. Sie wurde getragen, sie musste nicht viel dafür tun. Die Musik war überall, eine Tür, die man nur öffnen, ein Zug, in den man nur einsteigen musste. Und wenn man in diesem Zug saß, dann durfte man sich sicher fühlen. Und wenn die Musik aufhörte zu klingen, dann stand man ganz allein auf dem Bahnsteig und wusste nicht mehr, woher und wohin. Grete hatte oft vergessen, an welchem Ort sie sich befand, wenn sie aufhörte zu spielen. Sie hatte vergessen, dass niemand sie küssen wollte, weil sie ein so lauter Mensch war. Und so launisch. Weil sie immer aussprach, was ihr durch den Kopf ging. Weil sie sich *interessierte*.

Jetzt hatte sie den Faden verloren, sie kam routiniert zu einem Ende. Kurze Stille im Saal, dann tosender Applaus. Die Leute dankten es einem, wenn man es ihnen abnahm, in den Abgrund zu sehen. Und wenn man hineinfiel, hatten sie einen gleich vergessen.

Grete verbeugte sich und ging rasch zu ihrem Platz zurück.

»Aber liebstes Fräulein Trakl, das war ja, das war ja, nun, wie soll ich sagen … das war incroyable.« Minas Vater war schier außer sich. Mina lächelte zufrieden, das war das Wichtigste.

Der Hauptgang wurde serviert. Auf einmal spürte Grete eine Hand auf ihrem Schenkel, versteckt unter der Tischdecke. Eine warme Hand. Es war Leutnant Alexander, der sie vorher kaum beachtet hatte. Nach dem Auftritt änderte sich das Bild, sie war ja jetzt neben der Braut beinahe der Stern des Abends.

»Mon dieu, mon dieuse!«, flüsterte er ihr ins Ohr.

»Wie meinen?«

»Das war ganz formidabel geklimpert«, fuhr er in normaler Tonlage fort. »Muss schon sagen. Ich verstehe ja davon nichts, aber es klang so, es klang so …«

»Na wie denn?«

»So fehlerlos. So perfekt.«

»Es geht nicht um Fehler in der Musik. Aber das verkennt selbst mein Lehrer hier in Wien.«

»Aber worum geht es denn dann? Grete, das war doch Ihr Name?«

»Margarethe.«

»Formidabel, dieser Braten!«

Nach ihrem kleinen Auftritt war Grete froh um die Aufmerksamkeit, die ihr Leutnant Alexander nun schenkte.

»Nun, worum geht es denn dann in der Musik, wenn ich fragen darf. Ist es nicht schon genug, einen Mozart nachspielen zu können, ohne Fehler zu machen?«

»Das ist schon nicht wenig, aber es geht in der Musik vor allem um Ausdruck. Um das Gefühl, um das Leben, verstehen Sie?«

»Das verstehe ich. Wenn uns im Regiment der Marsch geblasen wird, dann fühle ich mich auch so … so mächtig. Jeder Trommelwirbel verstärkt dieses Gefühl. Das klingt vielleicht lächerlich.«

»Überhaupt nicht. Es geht Ihnen durch Mark und Bein. Und Musik geht nun einmal durch Mark und Bein.«

»Wie die Liebe.«

»Das wissen Sie sicher besser als ich, Leutnant Eifler.«

Der Leutnant schien Gefallen zu finden an Grete. Er trank reichlich, aß nur mit der Gabel, das Messer beachtete er überhaupt nicht. Grete hatte schon fünf Gläser intus, sie wurde angriffslustig.

»Und was machen Sie denn in der Armee überhaupt, wenn doch kein Krieg ist?«

»Ich bitt Sie, Grete, lesen Sie nie die Zeitung? Haben Sie schon einmal etwas von den Serben gehört? Und den Russen? Der Balkan tanzt uns auf der Nase herum, das können wir uns nicht bieten lassen.«

»Das heißt, Sie bereiten sich auf einen Krieg vor?«

»Wir sind mitten im Krieg, eigentlich. Kakanien wird bald seine große Stunde haben.«

»Und ich dachte immer, ›k. und k.‹ hieße ›klein und krank‹.«

»Kalauern Sie nicht, Grete. Dafür ist die Lage zu ernst. Ganz Europa hat die Schwindsucht. Man muss es zur Ader lassen, fürchte ich.«

»Sie sind ein Spinner.«

»Küss die Hand, schöne Frau.«

So ging es weiter, bis auch der Nachtisch serviert und verspeist war. Grete fand immer mehr Gefallen an ihrem Tischnachbar, sie genoss seine Blicke, seine Hand unter der Tischdecke. Alexander war jedenfalls niemand, der einfach weglaufen würde. Dann wurden sie unterbrochen. Die Kapelle nahm ihren Dienst auf. Die Hochzeitsgäste bildeten einen Kreis um die weitläufige Tanzfläche. Der Brautwalzer begann. Mina tanzte, drehte sich, mit hochrotem Kopf. Immer im Dreivierteltakt, umtata, umtata. Wie glücklich sie wirkte. Nach dem ersten Walzer kamen die anderen Familienmitglieder hinzu, und später tanzten alle, allesamt, in diesem Saal mit neunhundert Fenstern, hier in Wiener Neustadt. Die Hyazinthe steckte an Gretes Kleid, die Rosenblätter lagen am Boden, rotes Licht überall.

Alexander führte Grete umsichtig durch die wogende

Menge, sie tanzten schwebend im Kreis. Seine rechte Hand lag jetzt beinahe an ihrem Gesäß.

»Und Sie glauben wirklich«, flüsterte Grete, »Sie können allein mit Ihrem Bajonett alles wieder in Ordnung bringen?«

»Wir werden die Löcher schon stopfen, das können Sie glauben!«

Alexanders Hand ging noch tiefer nach unten, sie pendelten, er zwickte sie sacht in den Hintern. Sie fühlte sich leicht, schwerelos.

»Auch wenn Sie es nicht glauben wollen, aber ich liebe Frauen, die ihren eigenen Kopf haben.« Er zog sie ganz nah zu sich.

»Ich dachte eher, Sie mögen keine ungezogenen Pazifistinnen.«

»Ungezogen ist schon mal sehr gut. Aber wissen Sie, es ist doch so: In die Schlacht ziehen letztlich wir Männer, deshalb können die Frauen gerne und lang schwadronieren.«

»Wegen mir müssten die Männer überhaupt nicht gehen.«

»Sehen Sie, was verstehen Sie eigentlich davon? Nichts! Die Welt wird von den Männern gelenkt. Wenn es anders wäre, wären wir längst im Chaos versunken.«

»Kommen Sie mir jetzt nicht mit der Unzuverlässigkeit der Frauen.«

»Sind sie es denn nicht?«

»Ich bitt Sie. Alte Geschichten …«

Der Leutnant sprach nun mit heller Stimme. »Aber schön sehen die Männer in ihren Uniformen allerdings aus.«

»Jetzt werden Sie albern. Und warum? Weil Ihnen schon die Argumente ausgehen, Herr Leutnant.«

»Argumente? Die Argumente stecken in meinem Gewehr, Fräulein Trakl! Das sind die besten Argumente.«

Die Kapelle machte eine Pause. Grete hatte den Saal vergessen.

»Aber als Ihr Vorgesetzter führe ich Sie nun an einen anderen Ort. Die Rangfolge muss eingehalten werden. Kommen Sie, Gretlchen.«

Sie gingen an die Luft. Es war dunkel geworden, Grete fror etwas, aber sie wollte nichts sagen. Es lag ein verwilderter Garten hinter dem Josephsaal. Tauben gurrten in die Nacht, das Mondlicht verlieh allem einen bizarren Schimmer. Sie blieben vor einem Baum stehen. Grete lehnte sich an Alexanders Schulter, er löste ihr das Haar.

»So siehst du also wirklich aus.«

Er nahm die angesteckte Blume von ihrem Kleid und warf sie in die Nacht. Dann küsste er sie unvermittelt. Er drückte seine Zunge in ihren Mund und erkundete das Feld. Sein Barthaar scheuerte an ihrer Oberlippe. Grete ließ ihn gewähren, doch Alexander nahm sie immer fester in den Griff, schob sie gegen den Baum. Der Leutnant vergaß seine guten Manieren, nun wollten auch seine Hände Gretes Körper erkunden. Er war es nicht gewohnt, auf Widerstand zu stoßen. Grete fing an, sich zu wehren. Sie wollte ihn wegdrücken, aber das war unmöglich. Auch seine Zunge wich nicht zurück, er bedrängte sie immer heftiger. Grete bekam Beklemmungen, das wurde ihr zu eng, viel zu eng. Da trat sie mit dem Absatz ihres Schuhs, so fest sie konnte, auf einen seiner schönen Soldatenstiefel. Alexander zog seine Zunge zurück, aber anstatt zu schreien, presste er die Zähne zusammen. Es war ein Reflex, er biss ihr in die Unterlippe, die sofort zu bluten anfing. Es tropfte auf Gretes Kleid. Alexander ließ von ihr ab und humpelte ein Stück zurück. Er war entsetzt.

»Was ist das denn für eine Sauerei, nein wirklich. So kannst du nicht mehr zurück. Das war sehr unvernünftig, aber so sind sie, die Frauen. Was zu beweisen war!« Er nestelte in einer Tasche seines Anzuges und holte ein Stofftaschentuch hervor, das warf er Grete hin. Dann schüttelte er den Kopf, wandte sich ab und verschwand einfach.

Grete hatte Blut an den Händen, sie wischte sie achtlos an ihrem Kleid ab. Dann nahm sie das Taschentuch auf und drückte es auf die geplatzte Lippe. Sie musste trotz der Schmerzen lächeln. Das war eine Schlacht, die geschlagen werden musste. Es war ein Fiasko, aber plein d'amour. Tauben gurrten. Das Mondlicht schien. Es war eigentlich wie im Märchen.

Wenn das jetzt Erhard sehen könnte, dachte sie sich. Wenn er das jetzt sehen könnte.

Die Familie Trakl saß am runden Tisch im Salon. Ein Stuhl würde fortan leer bleiben. Tobias Trakl war gestorben. 18. Juni 1910, 10 Uhr vormittags, im Haus am Waagplatz 3, im Alter von vierundsiebzig Jahren. Herzdegeneration. Am 20. Juni wurde er vom evangelischen Pfarrer eingesegnet, sein Leichnam daraufhin nach Deutschland in ein Krematorium überführt, Einäscherungen waren in Salzburg nicht möglich.

Wilhelm hatte man schon vor Wochen über die schwere Krankheit des Vaters informiert, er war noch rechtzeitig zurück in seine Heimat gekommen. Wilhelm sah trotz der langen Reise gut aus, er war ein kräftiger, kerniger Mann mit einem runden Gesicht. Verziert wurde es von einem dünnen, an den Spitzen nach oben gezwirbelten Schnurrbart, dessen Pflege in letzter Zeit allerdings zu kurz gekommen war. Das war also der Weltenbummler Wilhelm, der sich nun in Österreich einen Namen als Geschäftsmann machen wollte. »Back to the roots, you know!« Das fiel ihm nicht schwer, denn seine jüngste Unternehmung in Mexiko war ohnehin gescheitert, ihm fehlte die Perspektive.

Die Familie Trakl beisammen. Die Schwestern Hermine und Mitzi, die Brüder Fritz und Gustav, und auch Georg und Grete waren aus Wien angereist. Die Mutter freute sich, dass alle gekommen waren, aber sie sah der neuen Situation mit Angst entgegen. Sie hatte immer gehofft, sie würde vor ihrem Mann sterben, aber sie war gesund, ihr kleiner Körper war robuster, als es ihr lieb sein konnte.

Maria hatte etwas Kühles an sich, sie lachte kaum, ihre Stimme klang weder kalt noch warm, ihre Bewegungen waren vorsichtig. Tobias' Tod hatte daran nichts verändert, sie gönnte sich keinen Ausbruch, kein Zeichen von Trauer oder eine sonstige Regung. Ihre Augen versteckten sich beinahe hinter der leicht hervorstehenden Stirn, den Kopf hielt sie gesenkt, ihr mächtiger Haarkranz lastete wie ein Gewicht auf ihr. Im Gespräch schweifte ihr Blick häufig ab und ging ins Leere. Oder sie sprang auf, um etwas zu suchen. Dann rief Maria aus einem anderen Zimmer: »Erzähl nur weiter, ich höre dir noch zu!« Sie selbst konnte keine Geschichten erzählen, von ihrer Vergangenheit wussten die Kinder so gut wie nichts. Ihre Sammlung bestand mittlerweile aus drei Zimmern, vollgestellt mit Antiquitäten, barocken Möbeln, Schubladen mit Stoffen, Figürchen, Seidenschals, alten Postkarten, Porzellan in allen Größen und Variationen. In ihrer Sammlung konnte sie Tage zubringen, Tage, an denen sie sich gänzlich aus dem Familienleben zurückzog.

In manchen Schubladen hatte sie Stoffe aufbewahrt, die sie beruhigten, auch sie hatte ihre kleinen Giftschränke im Haus. Es ist verblüffend, dachte sie, wie viel man vererbt und wie wenig man anerziehen kann. Das hatte ihr Mann nie verstanden. Er sagte immer, man könne einen Einfluss auf den Lauf der Welt und auf die Taten der Menschen nehmen. Aber man müsste schon ein Zauberer sein, um das zu können.

Die Abendsonne schien rot in den ersten Stock, sie hatte kaum noch Kraft. Dunkelrotes Licht, viele Schatten im Zimmer, Hermine zündete ein paar Kerzen an. Auf dem Tisch standen zwei Körbe mit Brot, Wilhelm schenkte Rotwein aus. Die Mutter nahm einen Laib und brach ihn in der Mitte, da musste Georg laut auflachen. Das rote Sonnenlicht fiel ihm ins Gesicht.

»Das ist ja ein umgekehrtes Abendmahl! Jetzt erkenne ich es erst!«, sagte er.

»Jetzt reiß dich zusammen, Schorschl!«, antwortete seine Mutter streng.

Fritz, der es ansonsten immer vermied, sich an einer Familienauseinandersetzung zu beteiligen, ergriff überraschend Georgs Partei. Das Militär hatte ihn bestimmter, selbstbewusster gemacht. »Warum sollten wir uns ausgerechnet jetzt zusammenreißen? Warum lässt du es nicht zu, dass man an diesem Tag seinen Gefühlen freien Lauf lässt? Wann, wenn nicht jetzt? Wir schweigen uns hier noch zu Vater ins Grab.«

»Fritz!«, riefen Hermine und Mitzi im Chor.

Georg hatte sich wieder beruhigt und starrte die kleinen Engelsstatuen an, die um sie herum postiert waren. Sie waren alle weiß und unbefleckt, ein schwarzer war nicht dabei.

Wilhelm war es also zugefallen, die Angelegenheiten der Familie zu regeln. Das Problem war nur: Er kannte seine Familie kaum. Er wusste nichts von den Gepflogenheiten im Haus, den Eigenarten seiner Halbgeschwister. Aber vielleicht war das auch von Vorteil, denn es brauchte jemanden, der ohne Rücksicht auf die traklschen Empfindlichkeiten die Dinge in Angriff nahm. Und Dinge in Angriff zu nehmen, das hatte er immer gekonnt. Er hatte nun die Vormundschaft für seine jüngeren Geschwister übernommen, für Fritz und Georg wollte man jedoch eine vorzeitige Volljährigkeit beantragen, das würde nur eine Formalität sein. Dann blieb nur noch Grete.

»Was macht die Universität, Georg?«, fragte Wilhelm

jovial, er wollte offensichtlich den drohenden Streit abwenden. Er war geübt darin, Konversation zu betreiben, aber er konnte Georg noch nicht recht einschätzen. Sonst hätte er es sicher vermieden, ihm eine solche Frage zu stellen.

»Die Unität, die Unität, die Unitäterätätät!«, sang Grete plötzlich laut vor sich hin, sie hatte schon getrunken.

»Nächste Woche beginnen die Examina, habe ich gehört.«

Georg antwortete nicht.

»Bist du denn präpariert?«

Georg lachte wieder laut auf. »Ja bin ich denn auch schon eine Leiche?«

»Georg!«, sagte die Mutter.

Grete kicherte. Wilhelm ließ nicht locker.

»Welches Fach wird zuerst geprüft?«

»Pharmakognosie!«

»Und was ist dabei zu tun?«

»Man sieht durch ein Mikroskop. Da liegt ein Objekt. Man erkennt es oder man erkennt es nicht.«

»Macht dir diese Arbeit Freude?«

»Welche Arbeit macht auf dieser Welt Freude? Außerdem gibt es andere Arbeiten.«

»Genau, die Kunst!«, sagte Grete.

»Auch die macht keine Freude«, sagte Georg.

»Georg lebt ohnehin in seiner eigenen Universität!«, behauptete Hermine.

»Mir scheint, die Kunst ist dir wichtiger als die Pharmazie, Georg.« Wilhelm musterte ihn, als wäre er Georgs Vater. Und in gewisser Weise war er das jetzt auch.

Sein Halbbruder schwieg.

»Kinder«, unterbrach Maria Trakl. »Es ist nicht der

rechte Augenblick, aber für so etwas gibt es keine Augenblicke. Und wir sind hier alle zusammen. Deshalb wird Wilhelm mir und euch nun erklären, wie es weitergeht. Aber jetzt lasst uns erst einmal beten.«

Grete kicherte. Nach dem kurzen Gebet wandte sie sich Wilhelm zu. »Wilhelm der Eroberer! Jetzt erobert er auch Salzburg! Das wurde auch Zeit. Das Land braucht frischen Wind, hier liegt alles in einer Totenstarre«.

»Grete!«, sagte Mitzi. »Hast du denn gar keinen Respekt? Hat Wien dich denn in all den Jahren so verdorben?«

»Wien, diese Drecksstadt!«, entfuhr es Grete.

»Jetzt beruhigt euch doch«, sagte Fritz. »Es ist nicht einfach, das ist doch keine Frage.«

»Aber auch keine Antwort«, erwiderte Georg.

»Also gut, wenn ihr jetzt mal bitte zuhört.« Wilhelm verlor langsam die Geduld, sein Ton wurde gereizter. »Ich habe mit eurem Vater eine Abmachung getroffen, wie es mit der Firma und der Familie weitergehen soll nach seinem Tode. Wir werden als Erstes die vorzeitige Volljährigkeit von Fritz und Georg beantragen. Die Geschäftsführung der Eisenwarenhandlung werde vorübergehend ich übernehmen, um zu sehen, wie man damit am besten verfahren soll.«

Maria Trakls Gesicht verfärbte sich.

»Was soll das heißen?«, fragte Gustl, der sich bisher aus dem Gespräch herausgehalten und nur hin und wieder den Kopf geschüttelt hatte. Jetzt wurde er neugierig, auch er wollte eine kaufmännische Laufbahn einschlagen.

»Ich bin von Vater bestens über die Lage der Firma informiert worden. Ich muss leider sagen, dass es alles andere als gut um das Geschäft bestellt ist, deshalb ist es umso dringlicher, dass Fritz und Georg auf eigenen Beinen stehen.«

Georg musste an dieser Stelle erneut lachen.

»Kurzum, es ist kein Geld da, um weitere Ausbildungen oder Studien zu finanzieren. Es gibt im eigentlichen Sinne auch kein Erbe, ein Testament wurde nicht gemacht. Ich werde sehen, ob die Firma wieder nach oben kommt oder ob man einen Verkauf erwägen muss. Das betrifft übrigens auch das Haus. Ich würde vorschlagen, zunächst einige Zimmer zu vermieten, um die Kosten zu mindern.«

»Und meine Antiquitäten?« Die Mutter war nun kreidebleich.

»Ich weiß es noch nicht, Maria. Wir werden sehen, ich brauche einen Überblick.«

»Klavier werde ich trotzdem spielen«, sagte Grete.

»Gretl, wir werden sehen, wie gesagt. Jetzt ist es noch zu früh, und jetzt ist nicht der richtige Zeitpunkt.«

»Das stimmt«, sagte Fritz. »Jetzt sollten wir damit aufhören und lieber an Vater denken. Es ist auch so schon schlimm genug.«

»Mit mir hat Vater nämlich auch eine Abmachung getroffen!«, sagte Grete. »Aber alles zu seiner Zeit«, sagte sie. »Jetzt ist wirklich nicht der richtige Augenblick.«

Georg nahm einen Laib Brot und brach ihn mit seinen großen Händen. Er verteilte die Stücke an seine Geschwister, der Mutter gab er nichts. »Nehmt, denn das ist mein Leib. Das ist mein Blut, das Blut des Bundes, das für viele vergossen wird.« Dann stand er auf und verschwand in seinem Zimmer.

*

Es dauerte nicht lange, bis es an seiner Tür klopfte. Georg hatte darauf gehofft. Grete kam ins Zimmer, ihr Gang war bereits ein wenig schwankend, es waren mittlerweile vier Gläser Wein. Georg war verzweifelt, aber vielleicht lag das nur daran, dass er selbst zu wenig getrunken hatte. Er dachte sich, dass jetzt ein Moment der Entscheidung gekommen sei. Nur, wie sollte er das seiner Schwester beibringen? Wie konnte er sie dazu bewegen, überhaupt auf seine Gedanken einzugehen? In der nächsten Sekunde fand er bereits alles wieder lächerlich.

In seinem Zimmer sah es chaotisch aus, überall lagen Papiere und Unterlagen herum, Gedichte und Prüfungsstoff. Auf dem Tisch am Fenster brannten zwei Kerzen, der Raum war ansonsten dunkel. Georg saß auf seinem Bett, er trug ein dunkles Hemd, das ihm aus der Hose hing. Die Füße waren bloß, Schuhe und Strümpfe lagen zwischen den Papieren herum. Er saß nie entspannt, den Oberkörper hielt er aufrecht, die Schultern nach vorne geschoben, den Kopf leicht geneigt, die Hände hatte er im Schoß zusammengelegt. Grete schloss die Tür und lehnte sich an eine Wand.

»Du weißt, ich werd das Studium bald fertig haben, Gretl«, sagte er plötzlich. Man war immer überrascht, wenn er anfing zu sprechen. »Und ich habe den festen Entschluss gefasst, aus Wien fortzugehen. Und nicht nur aus Wien. Aus Europa, ganz weit weg. Ich will mich beim Militär bewerben, und zwar in den Kolonien. Borneo, vielleicht. Die Südsee. Ich will nicht, dass wir irgendwann zusammenstehen … und unsere müden Augen fragen: Was hast du mit deinem Leben getan? Und uns fällt darauf gar nichts ein. Das wäre schrecklich. Meine Schwester, sieh, die Welt ist weit! Erinnerst du dich an die Kometennacht?

Vielleicht hat Erhard doch recht, und man sollte seine Pläne auch in die Tat umsetzen.«

Grete schwieg. Noch schwieg sie und hörte sich alles an. Georg beeilte sich, überschlug sich fast. Er hatte Angst, dass sie ihn unterbrechen würde, denn dann wäre es vorbei. Seine Hände blieben allerdings ruhig in seinem Schoß liegen, nur sein Körper bewegte sich leicht vor und zurück, während er sprach.

»Aber«, sagte er beinahe flüsternd, »ich will nicht allein gehen. Ich will ... weißt, ich will, dass du mitkommst. Stell dir vor, stell dir vor, wie das ist, Gretl, wenn das Meer singt. Und wir sitzen davor, wie goldne Fremdlinge, und hören zu. Das könnte ich nur mit dir. Und das will ich nur mit dir! Was ist, was denkst du?«

Grete ging ein paar Schritte in den Raum, dann lehnte sie sich wieder an die Wand. »Du willst was?«, sagte sie.

»Borneo. Holländisches Militär. Südsee, vielleicht.«

»Du?«, sagte sie. Als sei damit schon alles gesagt.

»Und es ist mein fester Wille, dass du mitkommst.« Seine Stimme zitterte. »Was wollen wir hier noch? Wir können hier nicht atmen, wir ersticken hier. Es brennt um uns herum, und wir atmen nur noch den Rauch ein.« Georg stockte wieder, er musste husten. »Es wird Zeit, dass wir gehen, Gretl. Verstehst du mich?«

Und die aufbrausende Grete, die nicht lange nachdachte, bevor sie ihre Meinung kundtat, sie wirkte ruhig, beinahe gefasst. »Du schleuderst einem die Wörter immer entgegen, Georg, das kann ich dir sagen. Und was für welche! Und was erwartest du jetzt von mir? Was soll ich antworten? Du kannst es dir wohl denken. Denken, denken, denken.« Grete tippte sich mit einem Finger an die Stirn. »Also: Sie werden uns nicht lassen, selbst wenn wir wollten! C'est la vie, mon ami. Sie haben uns doch immer getrennt bisher, das ist doch nichts Neues. Sie haben dich ausgelacht, als du mit dem Schreiben angefangen hast. Sie haben den Kopf geschüttelt, als ich nach Wien wollte. Sie werden es nicht dulden, dass wir zusammenhalten. Borneo, ach Georg, weißt …«

Sie ging auf ihn zu, Georg glaubte in der Dunkelheit zu erkennen, dass sie zornig war. Dieser kindliche Zorn, den er an ihr so liebte. Vielleicht war doch noch nicht alles verloren. Sie setzte sich zu ihm aufs Bett, Grete presste ihr Gesicht an seine Brust. Ihr Körper fing an zu zucken, sie drückte sich mit aller Kraft gegen ihren Bruder. Georg glaubte, dass sie weinte, und auch ihm war danach zumute. Er würde seine Pläne mit ihr aufgeben müssen, aber hatte er jemals etwas anderes erwartet? Es war ohnehin alles lächerlich.

Gretes Zucken wurde immer heftiger, plötzlich stieß sie sich mit ihren Händen von ihm ab.

»Er ist tot!«, sagte sie plötzlich.

Georg sah ihr Gesicht, das vom Kerzenlicht schwach erleuchtet wurde. Sie lächelte, ihre Wangen waren trocken. Da wusste er, dass sie die ganze Zeit über gelacht hatte.

Sie stand auf, kicherte noch einmal und ging schnell aus der Tür.

»Borneo«, hörte er sie durch den Flur rufen. »Borneooo! Fiaskooo!« Sie konnte gar nicht mehr aufhören zu lachen.

Das Telegramm

Diese unerträgliche Hitze! Georg saß vor dem Mikroskop und versuchte sich an der Bestimmung eines Präparats. Pharmakognosie. Fünfzehn schwitzende Prüflinge im Raum. Oder war nur er es, der schwitzte? Auf jeden Fall liefen ihm immer wieder brennende Tropfen von der Stirn in die Augen, er musste absetzen und sie reiben. Aber dann sah er vielleicht Schatten, und das war gefährlich. Was war das für ein Objekt? Jetzt hatte er es. *Genista tinctoria.* Er kritzelte etwas auf den Prüfungsbogen. Die zweite Aufgabe war, Güte und Reinheit des Präparats zu bestimmen. Güte und Reinheit, dachte er sich, was waren das nur für zweifelhafte Begriffe für einen Stoff! Ein Pülverchen! Man müsste sich die Mühe machen, Güte und Reinheit der Menschen zu bestimmen, aber das war Aufgabe der Religion. Bei einem Pulver von Güte zu sprechen, das war ein sprachliches Unding. Er kritzelte wieder etwas auf das Papier, er war sich nicht sicher. Wieder musste er sich das Auge reiben. Ein Blick in den Raum, die meisten waren noch in die Arbeit vertieft, einige lehnten sich schon erleichtert zurück.

Georg war in Verzug, das wusste er. Er hatte erst fünf von zehn Präparaten bestimmt. Nur bei zweien war er sich ganz sicher gewesen, bei den anderen hatte er lediglich Vermutungen gehabt. Er hasste das Mikroskopieren. Chemie würde ihm viel leichter fallen, die theoretischen Prüfungen sowieso. Er legte das nächste Plättchen auf. Wermut! Das war einfach, hier war sogar die Güte und Reinheit keine Schwierigkeit, herzlichen Dank, der Nächste bitte.

Das Hemd unter dem weißen Kittel war durchgeschwitzt, ein unangenehmes, kaltes Gefühl am Rücken, wenn er sich nach unten beugte, um wieder durch das Okular zu sehen. Jetzt bloß keine Schatten, jetzt brauchte es einen klaren Blick. Er hatte seit dem Tod des Vaters vor einer Woche kaum getrunken. Das hatte ihn unruhig werden lassen, aber er traute seiner Wahrnehmung seitdem mehr. Das nächste Präparat, wenn jemand doch nur ein Fenster öffnete.

»Meine Dame, meine Herren! Wenn Sie nun bitte zum Ende kommen wollten. Zu einem für Sie hoffentlich glücklichen Ende, versteht sich.«

Sieben von zehn. Was war das, was war das? Es könnte, nein, Georg kritzelte wieder etwas auf das Papier. Seine feuchte Hand hatte Flecken hinterlassen, diese Prüfungen waren das Tor zur Hölle, das hatte er schon in der Schule gewusst. Güte und Reinheit, Güte und Reinheit. Geraten. Acht von zehn. Der Prüfungsaufseher, Professor Dr. Joseph Möller, mit dem Georg während seines Studiums niemals Schwierigkeiten gehabt hatte, sammelte die Bögen ein. Die Erste war Magdalena, die einzige Studentin der Pharmazie in Georgs Jahrgang. Sie war überhaupt die einzige Studentin in einem naturwissenschaftlichen Fach, die Georg kannte. Sie gehörte zu den besten, sie war eine Lieblingsschülerin des Professors. Franz Schwab und Karl Minnich, mit denen Georg in der Regel zechte, vermuteten, man habe es hier mit einer Lesbierin zu tun.

Jetzt war der Professor bei Georg. Er hatte nichts mehr auf das Blatt geschrieben, es ging nichts mehr.

»Herr Trakl, Sie sind ja gar nicht fertig geworden! Zeit genug hatten Sie doch, weiß Gott. Na geben Sie schon her, wollen mal sehen, was wir daraus machen können.«

Es war bekannt, dass Georgs Vater erst vor kurzem verstorben war. Die Leute hatten jedoch aus dem falschen Grund Mitleid mit ihm. Denn konnte eine Ablehnung, eine Zurückweisung nicht schlimmer sein als der Tod? Und Georg konnte nicht sagen, worunter er mehr litt. Wenigstens wusste er diesmal genau, *woran* er zu leiden hatte. Nur: Einen Fortschritt konnte er darin nicht erkennen.

Georg hatte die Prüfungsvorbereitungen abbrechen müssen, auch die letzten praktischen Übungen bei Professor Möller hatte er verpasst. Es schien so, als ob der Professor ihm helfen wollte. Acht von zehn, die Hälfte davon geraten. Das würde nicht reichen, wenn man nicht nachhalf. Keineswegs würde das reichen. Teufel, was trug Magdalena für ein Grinsen im Gesicht. Sie kam zu ihm.

»Georg, jetzt bin ich aber froh. Das war ja ein Kinderspiel!«

»Auch Kinderspiele enden manchmal tödlich.«

»Ach, jetzt übertreibst du aber. Du weißt doch, dass man beim Möller gar nicht durchfallen kann. Das bringt er ja nicht übers Herz.«

»Ich wusste gar nicht, dass Professoren ein Herz haben!«

Magdalena ließ sich auch damit nicht vertreiben, sie blieb vor Georg stehen und sah ihn fragend an. »Wenn wir schon beim Herz sind, Georg. Findest du die Idee nicht auch herzerwärmend, unseren Teilerfolg angemessen zu feiern? Nur wir beide, zwei artig magistrierende Wesen?«

Georg brach von neuem der Schweiß aus. Er wollte etwas sagen, er suchte nach einer schlagfertigen Antwort. Und je länger er schwieg, desto fragender wurde Magdalenas Blick, und desto heftiger rann ihm die Flüssigkeit aus allen Poren.

Und es war wieder einmal Erhard, der ihm das Leben retten sollte. Er kam herbeispaziert, wie es verabredet war, er sollte Georg nach der Prüfung abholen. Georgs Freund war bester Laune. »Wie ich sehe, wird hier schon einiges nachbereitet. So schwierig kann es also nicht gewesen sein.«

»Ich hatte gerade den Vorschlag gemacht«, sagte Magdalena, »die Nachbereitung in eine kleine Feierstunde umzuwandeln. Aber das bleibt mir verwehrt, wie es scheint.« Sie nickte Erhard mit einer säuerlichen Miene zu und würdigte Georg keines Blickes mehr. Dann drehte sie sich um und lief davon.

»Oho«, sagte Erhard und kicherte. Georg gab einen erbarmungswürdigen Anblick ab. Rot angelaufen, in Schweiß gebadet stand er da und wusste nicht mehr ein noch aus.

»Es ist ein Elend!«, platzte es aus ihm heraus.

»Na, na«, sagte Erhard, näherte sich von der Seite und klopfte Georg von hinten auf die Schulter. Dann hakte er sich bei seinem Freund unter und führte ihn wie einen kleinen Jungen ab.

*

Erhard fasste langsam Fuß im literarischen Leben Wiens. Er war dem Akademischen Verband für Literatur und Musik beigetreten, der sich durch einige Veranstaltungen bereits einen gewissen Ruf verschafft hatte. *Der Ruf* hieß auch die Verbandszeitschrift, alles wehte unter einer avantgardistischen Flagge, und die flatterte gerade recht munter im Wind. Erhard berichtete auf dem Weg von der Universität über die neuesten Veröffentlichungen, Streitereien und Skandälchen des kulturellen Lebens. Er war in seinem Element, er schwärmte und karikierte gekonnt einige Reaktionäre, aber das alles half nichts. Das kulturelle

Leben war Georg in diesem Moment gleichgültig. Er ließ sich von Erhard in sein Zimmer bringen, er wollte die Kleidung wechseln. Später stand eine ausgedehnte Zechtour mit Franz Schwab und Karl Minnich auf dem Programm. Bevor sie aufbrechen konnten, klopfte allerdings jemand an die Tür. Man hörte die Stimme von Georgs Wirtin. Georg öffnete die Tür einen Spalt, damit die gute Frau das ganze Ausmaß der Unordnung in seinem Zimmer nicht sehen konnte.

»Was gibt es?«

Sie schob ihm ein Telegramm durch den Spalt.

»Danke!« Georg knallte die Tür zu. Er überflog das Papier. Von Grete. Er war wie benommen, nachdem er es gelesen hatte, steckte es in eine Hosentasche, riss die Tür wieder auf und stürzte los, Erhard beachtete er gar nicht mehr. Alles war jetzt besser, als in der eigenen Kammer zu bleiben. Er lief, so schnell er konnte, ins Freie. Da gab es Rufe, er vernahm undeutlich seinen Namen, aber dann war er draußen. Er rannte.

*

Georg trug ein Papier mit sich herum. Ein Papierl. Ein paar Zeilen von Grete. »Lieber Bruder.« Das Ursprungsalphabet allen Übels, hier hatte er es schwarz auf weiß. Er ließ sich treiben, er war das Traklchen im Wind. Und er hatte dieses Papier in der Tasche. »Ich habe eine Entscheidung getroffen.« Ja, das hatte sie. Heiß war es, unendlich heiß, die Menschen gingen beinahe nackt umher, Wien, diese Drecksstadt, es war alles hässlich, auch wenn alles leuchten sollte und strahlen in der Hauptstadt. »Ich werde nach Berlin gehen. Wir schaden uns ja doch nur selbst.« Eine

Kirchturmuhr war zu hören, es dröhnte in seinem Kopf, Georg fingerte mit zittriger Hand in der Tasche, verbrannte sich die Hand an dem Papier, fand aber Zigaretten und Streichhölzer. Er steckte eine an. Er sah immer nur Grete vor sich, ihr Gesicht, ganz nah. Ein roter Mund, schwarze Augen. »Lieber Bruder«, sagte sie immerzu, »lieber, lieber Bruder.« Was wäre, wenn sie »Ja« gesagt hätte? Aber er hatte sie vertrieben. Sie hatte keinen Abschluss gemacht, war nicht mehr zum Klavierunterricht gegangen, hatte sich mit ihrem Lehrer zerstritten. Sie behauptete, sie sei eben ein fauler Mensch, aber das stimmte nicht. Wilhelm hatte sie zurückgepfiffen, nachdem er sie in Wien besucht hatte. Sie sah nicht gut aus, und das war allein Georgs Schuld. In ihrem Zimmerchen stank es, da standen leere Flaschen. Wilhelm war außer sich.

»Wie kannst du sie nur so leben lassen, Georg? Du bist der Ältere, du hast die Verantwortung!«

Nur, Georg konnte sich ja nicht einmal um sich selbst kümmern. Ein weinroter Mund, Lippen, die sich bewegten, das Siegel war gebrochen. Er hatte die Schuld in ihr Leben gebracht. Jetzt würde er dafür büßen müssen.

»Guten Tag, Georg!« Er vernahm eine Stimme, sie war ganz nah. »Sag mir, Dichter, was reimt sich auf Kiss? Verstehst du das, Kiss? Das bedeutet im Englischen so viel wie Kuss. Also, hast du eine Idee?«

Es war der schwarze Engel. Georg schloss die Augen. Er stolperte durch die Straßen. Er hatte die Orientierung verloren.

»Da fällt dir wieder nichts ein, was? Aber ja, ich vergaß, der Herr Dichter reimt ja nicht mehr. Das macht man nicht mehr, pfui, pfui. Also, ein Vorschlag meinerseits: Auf englisch Kiss reimt sich englisch Piss. Kiss Piss, ha, ha, ein Reim für die Götter. Da läuft der Nektar die Schenkel runter, so, so.«

Georg lief weiter, immer schneller, er suchte nach einer bekannten Stelle in diesem Moloch. Aber die Stimme verfolgte ihn, und das war nicht das erste Mal. Manchmal half es, wenn er sich Verse aufsagte, an denen er gerade arbeitete. Zwar versuchte der Engel, seine eigenen Obszönitäten dagegenzuhalten, aber das wurde ihm scheinbar auf Dauer zu langweilig, so dass er wieder schwieg.

»Ich will mal wieder eine stechen, Georg! Hörst du, eine stechen. Pfui, pfui. Am liebsten deine kleine Schwester, aber die ist ja nicht mehr da. Das tut mir aber leid, Georg. Schorschl, nicht traurig sein, stechen wir eben eine andere. Es juckt mich schon. Kiss Piss, Görgl. Würde es dir etwas ausmachen, wenn ich dich ab sofort Görgl nennen würde? Und musst du deine Zeit immer mit diesen Mimosen verbringen? Mit diesem Buschibeck und diesem anderen Studentenvolk?«

Georg erkannte in diesem Moment ein Schild, das an einer Hausfassade angebracht war. Es kam ihm bekannt vor. *Zur Schwarzen Katze.* Richtig, hier hatten sie sich für den Abend verabredet. Es war ein Wunder, dass er die Kneipe gefunden hatte. Georg ging hinein und entdeckte tatsächlich Erhard, Karl Minnich und Franz Schwab, die an einem Tisch im hinteren Teil des Raumes saßen. Sie wirkten nicht überrascht, als sie Georg kommen sahen. Bisher hatte er es noch immer zum Wein geschafft.

Georg setzte sich, seufzte, trank Erhards Glas leer und klärte seine Freunde, ohne sonst ein Wort gesagt zu haben, über den Inhalt des Telegramms auf. »Hört ihr, die Gretl zieht weg. Nach Berlin!«

Immerhin, der Engel war verschwunden. Nachdem sich

Georg einigermaßen gefangen hatte, versuchten Karl und Franz es ihrem Freund auszureden, dass er am Untergang seiner Schwester schuld sein sollte.

»Ich weiß gar nicht, was du willst, Georg.« Der kahlköpfige Franz ließ sich nicht aus der Ruhe bringen. Das dürfe er sich als angehender Mediziner auch gar nicht leisten, wie er immer betonte. »Berlin ist ja nicht grad ein Provinznest. Und ihr Lehrer soll eine Berühmtheit sein? Umso besser, umso besser. Wo liegt überhaupt das Problem?«

Nach dieser Frage musste Georg ein weiteres Glas in einem Zug runterkippen. Erhard verhielt sich die ganze Zeit über auffällig still. Und als ob das alles nicht schon genügte, kam noch eine weitere Prüfung auf Georg zu. Ein gewisser Ludwig Ullmann betrat die Schwarze Katze.

»Ah, Georg Trakl! Das ist ja wunderbar, dass ich Sie hier treffe. Eigentlich kann ich fast behaupten, dass ich Sie gesucht habe! Hallo, Erhard, meine Herren!«

Ein junger Mann, den Georg sicher schon einmal gesehen hatte, stand plötzlich am Tisch. Jetzt fiel es ihm ein, um wen es sich handelte. Ullmann war der Vorsitzende des Akademischen Verbandes, bei dem Erhard kräftig mitmischte. Karl und Franz machten sich immer lustig über den Eifer Erhards, sie hielten das alles für Vereinsmeierei. Erhard stellte seinen Mitstreiter vor.

»Karl, Franz, das ist Ludwig Ullmann, Vorsitzender des Akademischen Verbandes für Literatur und Musik. Wir sprachen schon davon. Das hier sind meine Freunde Karl Minnich und Franz Schwab, ein Arzt und ein angehender Rechtsgelehrter.«

Karl und Franz legten ihr breitestes Grinsen auf.

»In der Tat!«, sagte Karl dann. »Wir hatten es schon des Öfteren von Ihrem Verband. Und Ihrem neuen Eleven Erhard Buschbeck.« Er zwinkerte Ullmann mit seinen treuen Augen zu und kraulte sich vergnügt den Schnurrbart.

»Über Erhard kenne ich auch Herrn Trakl«, sagte Ullmann. Er war ein mittelgroßer Mann mit feinen Gesichtszügen. Er trug eine Brille, die er nach jeder Kopfbewegung wieder gegen seine Nase drücken musste, damit sie nicht herunterfiel. »Erhard ist weit mehr als nur ein Eleve, das müssen Sie wissen.«

»Das habe ich mir schon gedacht!«, sagte Franz vergnügt. Erhard gab ihm einen ordentlichen Stoß mit dem Ellenbogen.

»Nun«, fuhr Ullmann fort. Er musste doch den Hohn spüren, der von diesem Tisch ausging. Aber er hatte scheinbar etwas Wichtiges mit Georg zu besprechen. »Nun, meine Herren, ich hatte mit Herrn Trakl vor einem guten Monat ein sehr aufschlussreiches Gespräch über seine Art zu dichten geführt. Herr Trakl hat mir auch die Ehre erwiesen, mir zwei seiner Gedichte zu schicken, die nach dieser besonderen Vorgabe verfasst wurden. Ich weiß nicht, ob Sie damit vertraut sind, meine Herren.«

Karl winkte ab. »Aber freilich, lieber Herr Ullmann. Sie meinen diese besondere Art zu dichten, nach der man sich am liebsten gleich vor einen Zug werfen oder von einer Brücke schmeißen möchte, wenn man die Dinger gelesen hat.«

Franz erstickte fast vor Lachen, Georgs Gesicht wurde fleckig. Ullmann ignorierte diesen Scherz und wandte sich nun direkt an Georg.

»Lieber Herr Trakl, ich halte Ihre Kunst zu dichten, diesen Gedichtaufbau und die Reime, für zeitgemäß und originell. Ach was, für viel mehr als das. Das Feuer brennt in diesen Verszeilen, brandheiß! Und ich fühle eine Verwandtschaft in unseren Arbeiten, die mich hat aufhorchen lassen! Sollte es sich etwa um ein Lebensgefühl handeln, das nun eine ganze Generation von Künstlern betrifft? Und das sich nur in einer ganz bestimmten Form zum Ausdruck bringen lässt? Kurzum, lieber Herr Trakl, ich habe mir erlaubt, selbst einige Gedichte dieser Art zu verfassen – und das meiner Meinung nach gelungenste würde ich Ihnen gerne überreichen.« Ullmann richtete seine Brille und holte dann ein Papierstück aus der Tasche seines Jacketts.

»Lesen Sie doch«, sagte Karl, »aber bitte lesen Sie es doch vor!«

»Ich weiß nicht recht, in diesem Rahmen scheint es mir doch unpassend zu sein.«

»Mitnichten!«, grölte Franz, der seinen Lachkrampf überwunden hatte. »Seien Sie tapfer, Ludwig. Die Avantgarde kennt keine Grenzen!«.

»Und keine Schmerzen!«, ergänzte Karl.

Erhard sah seine Freunde zornig an, aber er schwieg. Georg nickte, auch wenn er am liebsten sofort aufgesprungen und gegangen wäre.

»Also gut, also gut. Bitte hören Sie!«

Ludwig Ullmann las sein Gedicht. Zwischen den Strophen machte er eine lange Pause. Franz und Karl konnten ihn nicht direkt ansehen, sonst wären sie wieder in heulendes Gelächter ausgebrochen. Sie hielten ihre Köpfe gesenkt und stützten sie mit den auf der Tischplatte angewinkelten Armen ab. Georgs Gesicht hingegen war nun vollständig rot angelaufen. Schweißtropfen hatten sich wieder auf der Stirn gebildet, das Hemd war nass. Es war schon das dritte an diesem Tag.

Als Ullmann geendet hatte, sprang Georg auf, stürzte sich fast auf den Vorsitzenden des Akademischen Verbandes, hielt sich dann aber doch zurück. »Sie …«, sagte er beinahe flüsternd. Georg zuckte noch einmal nach vorne, Ullmann wich zurück, dann wandte sich Georg ab und stolperte aus der Schwarzen Katze, ohne einen weiteren Ton gesagt zu haben. Vielleicht war es Ullmanns Brille, die einen Faustschlag verhindert hatte.

Fragende Gesichter blieben zurück. Ludwig Ullmann faltete verschämt das Papier zusammen und steckte es ein. Erhard, Franz und Karl warfen Geld auf den Tisch und sprangen ebenfalls auf. Sie bekamen es dann doch mit der Angst.

Sie holten ihren Freund erst in der Dietrichsteinstraße ein, in der Georg wohnte. Georg blieb plötzlich stehen und sah sich um. Sein Blick ging in die Weite, aber die gab es in einer Stadt wie Wien nicht. Erhard näherte sich Georg und klopfte seinem Freund tröstend auf die Schulter, wie er es immer machte. Georg sprang überrascht zurück.

»Berührt mich nicht!«, kreischte er. Dann kamen ihm die Tränen, er verlor mit einem Mal seine ganze Körperspannung, sackte in sich zusammen und setzte sich an eine Mauer. Jetzt weinte er hemmungslos, wie ein kleines Kind. »Er hat mich berührt!«, stammelte Georg vor sich hin. Franz und Karl packten ihn unterm Arm, stemmten ihn hoch und führten ihn in sein Haus. Die Szene hatte einige Aufmerksamkeit erregt, Lichter waren angegangen, Augenpaare glotzten aus den Fenstern. Lange würde Georg hier nicht mehr wohnen können, denn das war nicht das erste Mal, dass er auffiel.

Nachdem sie Georg auf sein Zimmer gebracht hatten, ließen sie ihn allein, er lag auf seinem Bett, noch angezogen. Georg schloss die Augen, er schlief sofort ein.

*

Am Nachmittag wachte er auf, es war gleißend hell im Zimmer, seine Angstgespenster waren verflogen. Georg erinnerte sich an die Begegnung mit Ludwig Ullmann. Er wurde wieder zornig. Die Verse, die dieser Nachäffer vorgetragen hatte, hatte er beinahe wörtlich aus einem seiner Gedichte entnommen. Es war alles abgekupfert, nur war das Ergebnis trotzdem seelenlos, ein lebloser Körper. Ullmann mochte eine geistige Verwandtschaft verspüren, für Georg war er nicht mehr als ein plumper Nachahmer. Seine Gedichte schrieb er in einem heiligen Ernst, sie waren ihm, so unvollkommen sie ihm erschienen, wichtig. Und er würde sie zu verteidigen wissen, das konnte er sich nicht bieten lassen. Dieser Ullmann, ging es ihm immer wieder durch den Kopf. Dieser Ullmann. Das war unverzeihlich. Und Erhard würde das verstehen, wenn er noch nicht zu sehr im Bann dieses Stümperverbandes steckte.

Das Tageslicht blendete ihn in seiner Kammer, er zog die Vorhänge zu. Georg kniete sich vor das Bett und holte einen alten Koffer hervor, in dem er seine Gifte aufbewahrte. Er griff ordentlich zu, er wollte schlafen. Er wollte einfach nur schlafen. Er nahm Veronal, einige Pillen, er zählte nicht mehr mit. Dann zündete er sich eine Zigarette an, die mit einer Opiumlösung bestrichen war. Das Zimmer verdunkelte sich. Er stieß mit dem Fuß gegen eine Flasche, die umfiel und gegen eine andere stieß. Es schepperte. Aber siehe da, aus einer strömte Rotwein. Langsam beugte er sich herunter und hob die Flasche auf. Er führte sie an seinen Mund. Das Zimmer war nun ganz dunkel geworden, es musste schon wieder Nacht sein. Er setzte sich auf das Bett und starrte die dunklen Wände an. Tag für Tag, dachte er sich. Tag für Tag würde das so weitergehen. Er glaubte nun, eine Bewegung an der Wand gegenüber bemerkt zu haben. Er schaffte es nicht aufzustehen, aber er versuchte, sich darauf zu konzentrieren. Richtig, da war etwas. Es war eine Spinne. Eine große Spinne mit einem erstaunlich dicken Körper und fingerdicken Beinen. Die saß da an der Wand. Und wenn er seinen Kopf etwas nach rechts neigte, konnte er sehen, dass an der anderen Wand gleich zwei Spinnen saßen, die ebenfalls von einer stattlichen Größe waren. Und direkt vor ihm, vor ihm in der Luft, ließ sich eine Spinne an einem Faden von der Decke gleiten. Genau vor seinen Augen.

»Aha!«, sagte er langsam und lächelte. »Sie suchen mein Herz!«

Und es wurden immer mehr Spinnen. Sie kamen von überallher, bevölkerten die Wände, krabbelten über den Fußboden, zwischen den Flaschen und zerrissenen Papierseiten umher. Es wurde immer dunkler, Georg fühlte, dass sie nun seinen Körper erreicht hatten, dass sie auf ihm waren. Es kribbelte in seinem Gesicht, seinen Haaren. Aber er hatte keine Angst, sein Herz raste nicht. Es wurde immer langsamer. Sie suchten sein Herz, und jetzt hatten sie es gefunden. Georg sackte zusammen und fiel kopfüber auf den Boden.

*

Am nächsten Tag klopfte die Wirtin an die Tür. Georg regte sich nicht.

Am übernächsten Tag öffnete die Wirtin die Tür mit einem Ersatzschlüssel. Erhard stand neben ihr. Georg schien gerade aufzuwachen, er zuckte leicht. Er lag immer noch auf dem Boden, in einer Urinlache, neben seinem Gesicht ein kleiner Haufen Erbrochenes. Es stank bestialisch im

Zimmer, mindestens zehn Weinflaschen waren um Georgs Körper postiert. Die Wirtin war entsetzt.

»Aber Herr Magister!«

Erhard kniete sich vor den Freund, hob Georgs Kopf an und wischte ihm mit einem Taschentuch den Mund. Georg hatte die Augen offen, er schien Erhard zu erkennen und sagte: »Mein lieber Buschbeck! Jetzt haben wir sie beide verloren!«

Die Wirtin ging ebenfalls in die Knie, sie inspizierte den großen Rotweinfleck, der die Holzdielen verunstaltete.

»Aber Herr Magister!«, sagte sie. »Das bekomme ich ja gar nicht mehr sauber. Ich fürchte, ich muss Ihnen kündigen.«

In Berlin

»Es ist nicht möglich, ich kann Ihnen kein Zeugnis ausstellen, Gret. Tut mir leid.« Ernst von Dohnányi kramte in einem großen Papierstapel, auf seinem Schreibtisch türmten sich Briefe, Zeitschriften zur Musik und ausgerissene Artikel. Das hatte auf Gret, wie ihr Lehrer sie immer nannte, einen großen Eindruck gemacht, als sie es zum ersten Mal gesehen hatte. Ja, ein berühmter Musiker und Lehrer durfte keinen aufgeräumten Schreibtisch haben, sein Tisch war das Klavier und sein Stuhl war der Drehhocker vor dem Instrument. Mehr brauchte es nicht.

»Ah, hier haben wir es ja. Statuten, Statuten.« Wenn es um die Statuten ging, wurde der Ungar von Dohnányi einsilbig, sein schmaler Mund öffnete sich dann kaum noch beim Sprechen. »Nicht genügend Stunden, Gret, das habe ich vermutet. Sie sind ja erst ein halbes Jahr in Berlin. Nicht ganz ein halbes Jahr! Das ist gar nichts. Und es gab Fehlzeiten, Gret, gerade am Anfang.« Von Dohnányi hatte sich seine Brille aufgesetzt, die er, sichtlich überrascht, unter einem Papier gefunden hatte. Er blätterte in den Statuten der königlich akademischen Hochschule für Musik zu Berlin, für die er im Fach Klavier die Verantwortung trug. Den Verwaltungsaufwand einer solchen Institution konnte er nur mit Widerwillen ertragen, aber wie sollte es einem Künstler auch anders gehen. Von Dohnányi legte mit einer verächtlichen Miene das Papier weg. Er schob die Brille etwas nach unten, bis sie auf der äußersten Spitze seiner Nase hing, und sah über das Gestell hinweg seine Schülerin an. Er duzte sie plötzlich.

»Gret, du bist ein Talent, keine Frage. Aber ich habe keine Argumente, eine Zeugnisausstellung zu rechtfertigen. Das verhindern allein die Fehlzeiten. Es steht geschrieben: Es braucht fünfzig erfolgreiche Einheiten für ein Zeugnis, wir haben es vielleicht bisher auf die Hälfte gebracht. Und die ersten fünf waren ein Abtasten. Ich kann nichts für dich tun.«

»Aber ich werde mir keine weiteren Stunden mehr leisten können. Ich habe Sie ja über die Situation meiner Familie aufgeklärt. Und außer am Klavierspielen liegt mir an nichts.«

Jetzt wurde von Dohnányi wieder förmlicher. »Ihnen liegt zumindest nichts anderes am Herzen. Und es wäre eine Schande, wenn Sie jetzt einfach aufhören müssten, jetzt, wo wir uns zusammengerauft haben und ich Perspektiven sehe. Sprechen Sie noch einmal mit Ihrer Familie. Wenn Sie wollen, werde ich Ihren Bruder Wilhelm über Ihre Möglichkeiten informieren. Das ist alles, was ich Ihnen anbieten kann. Was soll Ihnen das Zeugnis auch helfen?«

»Verstehen Sie, es wäre ein Argument, das mir meine Familie glauben würde. Ein Argument dafür, dass ich eine gute Schülerin bin. Talent zu haben ist doch nur ein Luftgespenst, für das man sein Geld nicht einsetzen will. Aber es schwarz auf weiß zu lesen, dass dieses *Talent* eine Ausbildung beendet hat, und nicht irgendwo, sondern bei Ihnen, das würde sogar meinen Bruder Wilhelm erweichen, der von den Künsten nicht viel hält. Zumindest nicht von meiner Kunst, wenn Sie verstehen.«

»Das kann ich nicht beurteilen. Sprechen Sie mit ihm, sagen Sie ihm, er soll mich um eine persönliche Einschätzung bitten, das kann ich gerne für Sie tun. Und dann sehen wir weiter. Nur nicht die Hoffnung aufgeben, Gret. Nur nicht aufgeben!«

Ernst von Dohnányi reichte ihr die Hand, was für einen Pianisten seines Ranges außergewöhnlich war. Grete drückte fest zu.

»So kleine Hände und so viel Kraft«, sagte er.

»Ce sont des petites mains, oui, oui.«

»Auf Wiedersehen, Gret. Auf Wiedersehen.«

Grete lief von der Musikschule zur nächsten Bahnstation. Sie benötigte jeden Tag etwa eine halbe Stunde, um zu von Dohnányi nach Charlottenburg zu fahren. Und eine halbe Stunde wieder zurück, aber halt, es war natürlich gar nicht jeden Tag nötig gewesen. Nur fünfundzwanzig Einheiten, und das in einem halben Jahr. Fünfundzwanzig Mal die Elektrische genommen, das hätte man auch beinahe in einem Monat schaffen können. Die Fehlzeiten, mais oui, sie hatte das skeptische Gesicht ihres Bruders Wilhelm vor Augen. Er würde nur schwer davon zu überzeugen sein, dass dieser Berlinaufenthalt noch einen Sinn ergab. Grete setzte sich in die letzte Reihe des halbleeren Waggons und zündete sich eine Zigarette an. Der Mensch dachte immer häufiger in Zahlen, das faszinierte sie. Ein halbes Jahr. Sechs Monate. Fünfundzwanzig Einheiten. Es braucht aber fünfzig, liebe Grete. Die Stunde beginnt um neun Uhr dreißig, die Bahn fährt um acht Uhr sieben, um sieben nach acht.

»Ich wecke Sie dann um sechs Uhr dreißig, liebe Grete, wa? Liebe, liebe Grete.«

»Das ist nett von Ihnen, Arthur.«

»Aber ich bitte Sie, Sie müssen doch pünktlich zu Ihrer Stunde kommen. So ein Talent, wa? So ein Talent. Ich sage immer zu meiner Tante, Tante, sage ick, da hast du dir ja ein echtes Sternchen ins Haus geholt. Ein echtes Sternchen. Und dann lächelt se janz stolz. Das Tantchen.«

Sechs Monate, ein halbes Jahr. Vierunddreißig Jahre. Vierunddreißig Jahre älter war er, der Arthur. Was für eine komische Zahl, dachte sie sich. Das war eigentlich gar keine richtige Zahl, denn sie hatte keine Symbolik. Sie sagte nichts aus. Jesus hatte keine vierunddreißig Jünger, nein. Und es gab auch nicht vierunddreißig Todsünden. Es gab die Vierunddreißig eigentlich gar nicht, was sollte das sein? Und war das vielleicht nicht doch ein Zeichen? Ein Symbol?

Sie stieg aus und ging den Rest des Weges zur Pension. Es war ein erbärmlich kalter Februartag, Grete hatte ihre Hände in die Jackentaschen gesteckt, Handschuhe konnte sie sich nicht mehr leisten. Vielmehr, sie hatte ihr Paar verkauft. Der Wind in Berlin war zudem hundsgemein. Er pfiff durch die Straßen, ein kaltes Messer, das kleine Risse in die Wangen schnitt. Man konnte sich gar nicht vor ihm schützen, er lauerte hinter jeder Ecke. Und dann dieses Grau! Berlin war im Winter eine Stadt ohne Farbe. Salzburg war eindeutig braun, Wien eindeutig gelb. Aber Berlin war nur grau. Es war sicher ein Fehler, dachte sie, dass sie nicht im Frühling oder im Sommer hierhergekommen war. Und jetzt würde sie wahrscheinlich gehen müssen. Vielleicht würde sie noch mit Brunetti-Pisano ein wenig in Salzburg klimpern, abends, denn tagsüber würde sie in die Wäscherei gehen. Oder Blumen verkaufen, das hatte wenigstens noch mit Farben zu tun. Aber nur nicht die Hoffnung verlieren, Grete, nur nicht die Hoffnung verlieren.

Georg antwortete nicht mehr auf ihre Briefe. Sie hatte über Erhard erfahren, dass er ihre Entscheidung, nach Berlin zu gehen, nicht verkraftet habe. Sie hatten sich verwundet, in Wien, das war sicher richtig. Aber wenn sie nicht gegangen wäre, hätten sie sich mit der Zeit vielleicht getötet. Auch durch kleine Risse in der Haut konnte man sterben, wenn man sie nicht versorgte. Warum konnte Georg das nicht verstehen? Sie wusste nicht, ob sie ihn überhaupt noch einmal eine längere Zeit würde sehen können. Ob sie überhaupt noch einmal ein ernstes, ehrliches Wort mit ihm sprechen würde. Er fehlte ihr, es war beinahe ein körperlicher Schmerz, ihn nicht in der Nähe zu wissen. Und dieser Schmerz nahm zu, das hatte sie nicht erwartet. Berlin war so weit von Österreich entfernt. Vielleicht war selbst die Südsee noch zu nah, um ihn vergessen zu können, aber er würde es ohnehin nicht bis dorthin schaffen.

Sie erreichte ihre Pension und klopfte an die Tür. Frau Hansen machte ihr auf.

»Aber Kindchen, Sie sind ja janz durch'n Wind!«

Grete hielt kurz inne, schluckte, dann stürmte sie wortlos an Frau Hansen vorbei in ihr Zimmer. Sie warf sich aufs Bett. Tränen liefen ihr aus den Augen, das kam selten vor, auch wenn sie jeden Abend versuchte zu weinen. Sie wollte weinen, immer wollte sie weinen, doch es ging nicht, der Druck in ihr nahm nur immer mehr zu. Sie schlug auf das hölzerne Bettgestell ein. Ich breche sie mir, dachte sie sich. Ich breche sie mir, ce sont des petites mains, dann ist endlich Schluss damit. Sie schlug immer fester, aber dann gab es noch ein zweites Klopfen, das nicht von ihr kam. Es klopfte an der Tür.

»Grete, darf ich?« Arthur Langen stand bereits im Zimmer, ohne eine Antwort abgewartet zu haben. »Aber Grete, was ist denn passiert? Wir machen uns ja Sorgen, mein Tantchen und icke.«

Grete hielt inne und vergrub ihr Gesicht unter einem Kissen. Auch wenn sie jetzt wie ein kleines, trotziges Mädchen wirkte, das seine Süßigkeiten nicht bekommen hatte, aber sie konnte Arthur nicht ins Gesicht sehen. Vielmehr, sie konnte ihn überhaupt nicht ansehen, diesen seltsamen Mann. Arthur Langen verhielt sich in ihrer Gegenwart nahezu ehrfürchtig und versuchte immer krampfhaft, seinen Berliner Dialekt zu verstecken, wenn er mit ihr sprach.

Arthur setzte sich neben sie aufs Bett, das sich unter seinem Gewicht bog. Er legte die Hand auf Gretes Schulter und streichelte sie. Gretes Körper zuckte, sie hörte nicht auf zu weinen.

»War etwas in der Schule?«

Schule nannte er das! Für ihn war das noch eine Schule und sie ein kleines Mädchen. Grete schämte sich vor ihm. Konnte er sie nicht einfach in Ruhe lassen? Sie hatte ihn ja nie um Hilfe gebeten, er hatte sich förmlich aufgedrängt mit seiner Gutmütigkeit. Mein Tantchen und icke. Tatsache war, dass sie mittlerweile dem Tantchen überhaupt kein Geld mehr geben musste, sie wohnte umsonst in der Pension. Und Tatsache war, dass Arthur die letzten zehn Stunden bei Ernst von Dohnányi bezahlt hatte. Grete kam mit dem Geld, das ihr Wilhelm aus Salzburg schickte, immer nur bis zur Hälfte des Monats, sie ging abends zu häufig nach draußen, durch die Gassen, in die Etablissements. Sollte sie etwa hier bei der Teetrinkerin Frau Hansen bleiben? Die allein wegen ihres Namens glaubte, an der Nordsee besser aufgehoben zu sein als in Berlin? »Ja, Gretlchen, ein Hexenkessel ist das!«

Arthurs Hand lag schwer auf ihr, sie drehte sich um und tat das Kissen beiseite. Da war er nun, er hatte seinen gelben Hut, ohne den er nie aus dem Haus ging, an einen der Bettpfosten gehängt. Arthur war ein riesiger Fleischberg, aber sein Gesicht war glatt und zart wie das eines Kindes.

Und das Haar war blond und dünn, er scheitelte es und benetzte es mit einer glänzenden Tinktur, seine Brauen waren ebenfalls blond – Grete vermutete, dass er seine Tinktur auch darauf anbrachte. Er roch nach Rosen, seine großen haarlosen Backen waren rosarot, Grete hatte beinahe laut losgelacht, als sie ihn zum ersten Mal gesehen hatte.

»Das ist mein Neffe Arthur!«, hatte Frau Hansen stolz verkündet. »Arthur Langen.«

Grete hatte sich derart zusammenreißen müssen, dass sie nicht mehr verstanden hatte, welchen Beruf dieser Arthur ausübte. Sie stellte sich ihn von da ab immer in einer Buchhandlung vor, als Verkäufer, und den größten Erfolg hatte er mit Ratgebern, Ratgebern für ein besseres Leben in dieser unseligen Zeit. Arthur strahlte eine Gesundheit aus, die in Österreich ein öffentliches Ärgernis gewesen wäre. In Wien hätte man ihn in einer dunklen Gasse verprügelt und aus der Stadt gejagt, aber in Berlin gab es immer noch viele, die an den Fortschritt glaubten. Was ihn zudem auszeichnete, war eine nicht minder seltene Eigenschaft: Er war von allem beeindruckt. Zumindest von allem, was Grete tat und dachte. Er war außer Rand und Band, als er hörte, sie lerne bei von Dohnányi. Und ihr Bruder dichte, das sei ja unglaublich. Eine echte Künstlerfamilie! Und dass sie noch so jung war, erstaunlich. Und dass sie aus Salzburg kam. Und auch aus Wien, nein, Tantchen, stell dir ditte doch mal vor. Wien, Wien, die goldene Stadt. Und so ging es immer weiter, Grete hatte nie um dieses Interesse gebeten, es war einfach da. Und sie hatte nie um Hilfe gebeten, sie war einfach da. Einem geschenkten Gaul schaut man nicht ins Maul, dachte sie sich. Oder vielleicht nicht einmal das, sie machte sich keine Gedanken über ihre Vermieterin und deren Neffen. Sie nahm an, was man ihr gab. Warum das so war, das spielte erst einmal keine Rolle. Als sie diesen Mann jetzt vor sich sitzen sah, kam ihr ein Gedanke, den sie allein ihrer Verzweiflung zuschrieb. Aber es war vielleicht etwas, woran man noch denken konnte. Jetzt oder später.

»Es ist vorbei!«, sagte sie leise.

Er nahm ihre Hände. »Vorbei womit, Fräulein Trakl?«

»Mit dem Unterricht. Mein Bruder hat mir geschrieben, dass er einem weiteren Aufenthalt in Berlin nicht zustimmt. Und dass er ihn auch nicht mehr bezahlen kann. Zumal es auch noch kein Zeugnis gibt. Er ist nach dem Tod meines Vaters mein Vormund, müssen Sie wissen, ich bin ja noch nicht volljährig.«

»Aber Grete, das ist ja janz furchtbar. Sie können uns doch nicht einfach abhandenkommen!«

Er sagte immer »wir« und meinte immer »ich«. Er versteckte sich hinter seinem Tantchen, das hatte Grete von Anfang an durchschaut.

»Und das Finanzielle, ja das haben wir doch schon so gut wie jeregelt. Wir werden Ihre Ausbildung einfach bezahlen. Damit haben wir doch schon anje-, angefangen. Hören Sie, ich bin der 2. Direktor der Kurfürstin-Oper, ich verdiene mehr als genug, um Ihren Unterricht zu bezahlen.«

»Sie sind … Und warum sollten Sie das tun, Herr Langen?«

»Wegen der Kunst! Und wegen Ihnen, Grete, ich halte Sie für ein großes Talent, das habe ich Ihnen doch schon oft genug gesagt. Als ich Sie damals spielen hörte, ich war ganz außer mir. Das war unglaublich! Bitte gestatten Sie mir, Ihnen zu helfen.«

»Nein, nein. Das ist ganz ausgeschlossen. Ich stehe bereits zu tief in Ihrer Schuld.«

»Mitnichten, Grete, mitnichten. Wenn Sie es anders wollen, dann geschieht es auch anders. Wir haben es ganz in unserer Hand.«

»Sie glauben also nicht an das Schicksal?«

»Nicht, wenn das Schicksal Wilhelm heißt und nichts von Musik versteht.«

Grete musste lachen. Sie rappelte sich etwas auf und wischte sich mit der Hand über das tränennasse Gesicht. Dann lächelte sie Arthur an. »Herr Langen«, sagte sie, »Sie bringen mich da auf eine Idee.«

Grete war nicht mehr da. Erhard hatte deshalb viel Mühe, ihren Bruder bei Laune zu halten. Georg brachte seinen einjährigen Militärdienst in Wien immerhin mit Anstand über die Runden. Und er konnte wieder schreiben, also war alles vielleicht nicht mehr so schlimm. Erhard bemühte sich, Georgs neue Gedichte unterzubringen, einige waren immerhin im *Ruf* erschienen. Georg war vor Freude herumgehüpft, als es sogar ein Honorar gegeben hatte. »Honorar! O süßes, himmlisches Wort!« Das hatte also immerhin für gute Laune und ein paar Gläser Wein gereicht.

Aber wer tröstete ihn? Dass dies überhaupt nötig war, hatte Erhard überrascht. Aber an Abenden wie diesen spürte er, wie Grete mit ihrer Flucht auch ihn getroffen hatte. Ihre Abwesenheit schmerzte ihn, und manchmal kam es ihm so vor, als hätte er dieses Konzert nur für sie organisiert. Um von ihr bewundert zu werden. Aber sie war nicht mehr da.

Der große Musikvereinssaal in Wien war nur etwas mehr als zur Hälfte gefüllt. Es herrschte ein ungewöhnlicher Lärm, ein Murmeln und Scharren, es hielt kaum jemanden auf den Sitzen. Der Abend war mit Musik von Alban Berg eröffnet worden, das hatte die eine Hälfte des Publikums bereits in eine euphorische Stimmung versetzt, die andere Hälfte über die Maßen empört. Die Leute raunten durch den Saal, »Das ist es!« oder »Unsinn, Frechheit, Skandal!«. Viele waren schon gegangen, als der Höhepunkt kam, ein Stück von Arnold Schönberg. Schönberg leitete auch diesen Abend. Der Akademische Verband für

Literatur und Musik, dessen Vorsitz Erhard innehatte, hatte den Komponisten eingeladen. Und das war ein Ausrufezeichen.

Erhard war sichtlich nervös. Er saß in der ersten Reihe, er hatte die Einführung gehalten, er fühlte sich stolz, diesen Abend zu veranstalten, nein, »stolz« war gar nicht das richtige Wort, er fühlte sich in gewisser Weise mächtig. Diese Musik war ein Sturm, nichts anderes! Erhard wunderte sich, dass das Gebäude noch stand, dass die Fenster nicht längst gesprungen waren. Und dann einige Leutchen, die sich die Ohren zuhalten mussten, weil das in ihren Gehörgängen ja nur ein elendes Lärmen war. Der Operettenkomponist Oscar Straus schimpfte im Hintergrund: »Das hat mit Musik nichts mehr zu tun, das ist der Aufstand des Pöbels!« Wie sie sich aufregten, Erhard musste sich immer wieder umdrehen, um diese Gesichter zu sehen. Freundliche Gesichter, mit glänzenden Augen, verzerrte Gesichter, Grimassen. Es war großartig. Nur schade, dass Georg das nicht miterleben konnte, aber er blieb solchen Veranstaltungen immer fern. Und Grete? Grete war nicht mehr da.

Wien ist doch, dachte Erhard, in diesem Moment der Nabel der Welt. Arnold Schönberg – was für eine Revolution. Und das nannte sich immer noch »Moderato«, es war die pure Ironie. Die Violinen waren wie Messer, mit denen in blinder Wut auf das Opfer eingestochen wurde. Und was machte das Cello? Es sagte nicht: »Nein, um Gottes willen, was geschieht hier, seht ihr denn nicht, dass hier ein Verbrechen verübt wird?« Nein, das Cello unterstrich alles mit einem gemütlichen, genüsslichen »Nur zu! Wurde aber auch Zeit!«. Als würde es selbst die Opfer der Violinen verspeisen und mit einem satten Rülpser verdauen. Es war dramatisch, es war völlig unmoralisch. Es würde kein Mitleid geben, keine Vergebung. Und das Schlachten nahm kein Ende, es war ein einziges musikalisches Massaker.

Erhard, der trotz der Krater im Gesicht und der hohen Stirn immer noch etwas Kindliches hatte, fühlte sich in diesem Moment selbst wie ein Verbrecher, wie ein Mörder, der rastlos durch die Gassen läuft. Es war herrlich. Es war ein Triumph der Bewegung, ein Triumph der Avantgarde – und jetzt würden sie, die Unbeweglichen, auf ihn einprügeln.

Die Musik war verstummt. Es gab Applaus, Bravo-Rufe, Pfiffe und Flüche. Ein Tumult brach los.

Erhard stand auf, wischte sich den Schweiß von der Stirn, knöpfte sich die Anzugjacke zu und zog sie gerade, dann war auch schon der Erste bei ihm. Es war der Arzt Dr. Viktor Albert, der sich selbst lieber als Komponist ausgab. Er war einer der Unbeweglichen, aber er konnte scheinbar am schnellsten laufen.

»Sie sind dieser Buschbeck? Haben Sie das hier heute Abend zu *verantworten*?«

»Habe die Ehre.«

»Sie sprechen noch von Ehre? Sie haben heute alles verloren, glauben Sie mir. Sie werden noch geteert und gefedert aus Wien gejagt, das verspreche ich Ihnen!«

Der Schriftsteller Robert Müller, wie Erhard im Vorstand des Akademischen Verbandes, gesellte sich zu ihnen, vielmehr, er stieß Dr. Albert zur Begrüßung ein wenig von Erhard weg. »Sie Freizeitmusikus! Das haben Ihre verschmalzten Ohren wohl nicht verkraftet, was?«

»Der Müller auch noch!«, sagte Oscar Straus, der sich ebenfalls einmischte. »Da kommt mir ja gleich doppelt die Galle hoch.«

Weitere Männer kamen hinzu, einige zogen einen kleinen Halbkreis um Erhard, als stünde gleich ein Ringkampf auf dem Programm. Die anderen, hochroten Kopfes, bauten sich hinter Dr. Albert und Oscar Straus auf. Frauen zerrten an den Anzugjacken der Männer, jetzt führt euch nicht wie Kinder auf, aber es war zwecklos.

»Das kommt also dabei heraus«, blaffte Dr. Albert, »wenn sich junge Kerlchen einbilden, sie seien die größten Genies aller Zeiten: Lärm und nochmals Lärm! So viel Genialität auf einmal, das verkrafte ich nicht. Das ist eine Lausbüberei!«

Mittlerweile war auch Arnold Schönberg gekommen, lächelnd, die Ruhe selbst.

»Sie! Sie Schandfleck! Sie Verräter!« Dr. Albert wurde nun offenbar als Wortführer akzeptiert, die anderen nickten nur oder fuchtelten mit den Armen.

»Mir scheint, ich habe Sie mit meiner Musik etwas in Rage gebracht?«

»In Rage? Ich platze gleich!«

Es kamen immer mehr Leute, sie schubsten und drängelten hinter Dr. Albert, plötzlich gab es einen Ruck nach vorne, der Arzt stolperte und landete auf Schönberg, es sah wie ein Angriff aus.

»Jetzt reicht es aber!«, sagte Erhard und zog Dr. Albert von Schönberg weg.

»Fassen Sie mich nicht an mit Ihren Drecksfingern! Sie Lausbub!« Dr. Viktor Albert stieß nun Erhard zurück, woraufhin Schönberg Dr. Albert zurückstieß. Dann bekam Erhard wieder einen Stoß, seine Hand schnellte, als wäre das ein Automatismus, in Richtung Alberts Gesicht, das schön und satt vor seinen Augen stand, wie durch ein Vergrößerungsglas betrachtet. Es war rot und fleischig, die ideale Zielscheibe. Es gab ein lautes Schnalzen, als Erhards Hand die Wange des sogenannten Komponisten traf.

Stille. Dr. Albert war eine Sekunde perplex, dann wollte er sich auf Erhard stürzen, wurde aber zurückgehalten.

»Ich werde Sie anzeigen, Sie Schwein!«

»Habe die Ehre!«, antwortete Erhard, man merkte ihm die Aufregung kaum an. Schönberg und Müller lachten.

»Sieg auf der ganzen Linie, würde ich sagen!« Robert Müller strahlte, Dr. Albert und sein Gefolge verließen laut fluchend den Saal.

Es war unendlich stickig geworden, aber es lag etwas in der Luft, das Erhard in vollen Zügen einsog, es war der Geruch der Veränderung, der Revolution. Und er stand ganz vorne, wie ein kleiner Danton. Wenn die Kunst so etwas kann, dachte Erhard, dann steht ihr doch alles offen. Dann gibt es bald keine Grenzen mehr. Egal wie man sich nannte und welcher Strömung man angehörte. Und er empfand diesen Tag als den schönsten seines Lebens. Nur eines, eines ging ihm immer wieder durch den Kopf, und dieser Gedanke ließ sich nicht vertreiben: Grete war nicht mehr da.

*

Lieber Erhard,

ich habe von den Vorkommnissen beim Schönberg-Abend gehört. Georg hat mir davon geschrieben (der erste Brief seit Wochen!) und einen Zeitungsausschnitt beigelegt. Ich hörte auch, Sie haben nun eine gerichtliche Klage von Dr. Albert am Hals. Nun glauben Sie mir: Das ist es alles wert! Das ist es wert, für etwas zu kämpfen, woran man glaubt. Und man muss sich glücklich schätzen, dass man überhaupt an etwas glauben kann. Mein Erhard so leidenschaftlich, dass er sich prügelt, ich kann es gar nicht fassen. Und ich mag keinen Hehl daraus machen (Sie kennen meine Offenheit in dieser Sache): Ich habe mir gewünscht, Sie hätten diese Leidenschaft einmal zu anderer Gelegenheit bewiesen. Aber wie oft musste ich schon bemerken, das Fieber brennt nur in Ihnen, wenn es um tote Buchstaben, nicht um lebende Geschöpfe aus Fleisch und Blut geht. Sicher, meine Lehrer haben sich artig bemüht, es mir beizubringen: Die Kunst ist Leben. Aber ich kann es nicht in eins setzen, ich kann es einfach nicht. Es gibt doch immer einen Unterschied, und der will mir gar nicht so gering erscheinen. Ich weiß nicht, Erhard, ich kann es nicht erklären. Es ist ein Gefühl, vielmehr, es ist ein Schmerz, der mich anderes lehrt. Bin ich deswegen eine schlechtere Künstlerin? Oder vielleicht gar keine? Das mag sein, aber dieses Gefühl lässt sich nicht vertreiben, sosehr ich auch daran arbeite. Von Ihrer Ohrfeige in der Zeitung zu lesen hat jedenfalls, ich sage es ganz offen, viele Wunden wieder aufgerissen, auch wenn es lächerlich ist. Hätten Sie doch einmal für mich so gestritten! Wie anders wäre mein Leben verlaufen. Aber es ist müßig, daran zu denken. C'est la vie! Es ist, wie es ist.

Sehen wir uns in Salzburg? Ich werde Berlin für ein paar Wochen verlassen müssen, denke ich. Es würde mich jedenfalls freuen, dem tapferen Kämpfer für die Kunst (und damit auch für meinen Bruder) wieder einmal ins Gesicht sehen zu können. Ich bin gespannt, ob ich darin erste Spuren des Kampfes entdecken werde. An den kämpfenden Schönling mit den kleinen großen Augen also meine ergebensten Grüße aus der großen Stadt (die mir manchmal wie eine kleine Kammer vorkommt).

Ihre Grete (wie immer förmlich in ihren Briefen)

Carl Hinterhuber war ein gebrochener Mann. Zumindest fragte sich Georg, ob der Apotheker jemals wieder zu alter Stärke und Zuversicht zurückfinden würde. Er hätte dagegengewettet, zu diesem Zeitpunkt, es war der Spätherbst des Jahres 1911.

Hirten hatten seine Tochter Lisa gefunden, sie hatte in einem Gebüsch gelegen, nackt, geschunden, geschändet von einem Unbekannten, irgendeinem, dem sie aus einer Verklemmung helfen wollte. Denn sie hatte doch eigentlich nur helfen wollen, das war schon alles. »Hure« hatte der Mörder vor ihr in den Matsch geschrieben, die Polizei rätselte, die Zeitungen rätselten. Aber Carl Hinterhuber schloss seine Apotheke nicht einen Tag.

Georg half ihm für ein paar Wochen, er wartete auf seinen Dienstantritt beim Militär in Innsbruck. Er hatte sich in den vergangenen Monaten als Einjährig-Freiwilliger wieder einigermaßen gefangen. Erhard und Karl hatten ihm geholfen, eine neue Stelle zu finden. Er war für das Garnisonsspital Nr. 10 vorgesehen. Er würde zum Medikamentenakzessisten ernannt werden, sein Probedienst dauerte ein Jahr. Das Militär also, das war nicht das Schlechteste.

Bis dahin humpelte die Zeit so vor sich hin. Er stand im Verkaufsraum, Hinterhuber zog sich meist in den Keller zurück. Georg schwitzte seine Hemden durch, er mochte die Leute nicht, die etwas von ihm wollten, die ihn um Rat fragten. Welchen Rat sollte er ihnen schon geben? In der Wahl Ihrer Betäubung sind Sie, gnädige Dame, völlig frei, völlig frei, gnädiger Herr! Und letztlich lief es doch immer auf Betäubung hinaus, helfen konnte man den Menschen nicht, sie heilen schon gleich gar nicht.

Als Georg an diesem Tag, Lisa war bereits eine Woche tot, in den Keller kam, fand er Hinterhuber auf einem Bock sitzend, der Kopf lag auf der Tischplatte, neben ihm standen einige Gläser mit schwarzen Etiketten. Georg wollte sofort wieder umkehren, doch er bekam es mit der Angst. Er ging einige Schritte auf den Apotheker zu, aber er musste noch näher heran, um zu sehen, ob er noch atmete. Es roch nach Alkohol und Schweiß, Georg kannte diesen Geruch nur zu gut. Er packte den reglosen Körper und richtete ihn vorsichtig auf, jetzt saß der Apotheker, die Augen immer noch geschlossen, und dennoch liefen Tränen. Der Apotheker weinte im Schlaf, und er atmete. Er schlief nur. Er schlief und weinte. Sachte ließ Georg ihn zurückgleiten. Georg schwitzte, als hätte er ihn die Treppe hinauftragen müssen. Es war so misslich, dass man nicht leben konnte, ohne in die privatesten Räume anderer Menschen eindringen zu müssen. Es war in seinen Augen nicht recht, Hinterhuber in diesem Moment zu stören. Georg konnte sich durchaus vorstellen, nie wieder jemanden zu berühren, doch immer wieder musste man Hände schütteln, sich umarmen, und das war ja nur der Anfang.

Lisa hatte es gemocht, jeden zu berühren. Sie wollte unmittelbar erfahren, was sich in den Körpern der anderen regte, wie sie rochen, wie sie ihre Muskeln anspannten. Nackt müssten alle sein, dann hätte Lisa noch mehr verstanden vom Leben. Und wie vielen Männern hatte sie diese Angst vor der Berührung genommen? Es war nichts Böses daran, Georg hatte Lisa immer verteidigt. Aber viele sahen das nicht so, und einer hatte es ihr heimgezahlt. »Berührung ist nur eine Randerscheinung«, murmelte Georg zu sich selbst, »aber sie bringt uns alle um.«

Grete war der einzige Mensch, der ihn je berührt hatte, und das schloss alle Bedeutungen des Wortes ein. Aber das war jetzt vorbei. Zwar hatten sie sich zuletzt wieder Briefe geschrieben, aber es ging beinahe nur noch um Äußerlichkeiten, Erhards Skandal, das Wetter hier, das Wetter dort. Und das war so, weil *er* es wollte. Es wurde Zeit, dass er die Fäden in die Hand nahm. Es wurde Zeit, dass er sich nicht mehr von allem überwältigen ließ, was ihm widerfuhr.

Georg ging wieder die Treppe hinauf, nahm einen Schlüsselbund vom Haken und sperrte die Apotheke zu. Dann begab er sich ins Stübl und dachte nach, in aller Ruhe, der schwarze Engel störte ihn heute nicht. Georg dachte an Lisa, er dachte an sein Gewarte in dieser verfluchten Stadt. Und obwohl er die Fäden ja in die Hand genommen hatte, musste er an Grete denken. Sie war seit gestern wieder in Salzburg, wenn auch unter Zwang. Sie wollte wieder nach Berlin zurück, jemand versprach ihr, die Ausbildung am Klavier zu bezahlen. Wilhelm sträubte sich, er hatte Informationen über diesen Mann eingeholt. Ein gewisser Arthur Langen. Grete zurückzuhalten, auch das war eine Berührung, die ihre Spuren hinterlassen würde.

Georg nahm, um sich abzulenken, einen Papierstoß aus der Tischschublade und breitete die Blätter vor sich aus. Erhard hatte ihm eine Hausaufgabe gestellt: Er solle dringend eine Auswahl seiner Gedichte sortieren, sein Freund hatte vielleicht einen Verleger in Aussicht. Der rührige Erhard gab nicht auf, niemals, aber das würde am Ende doch nichts werden, mit einem Georg Trakl konnte man sich keine goldene Nase verdienen. Georg kritzelte etwas auf ein Papier, änderte eine Verszeile. Die Dämmerung hatte bereits eingesetzt, er konnte kaum etwas erkennen. Wo war nur die verdammte Kerze? Er stand fluchend wieder auf, ging in den Verkaufsraum zurück und holte eine Lampe. Als er das Stübl damit erhellt hatte, machte er sich wieder an das Gedicht. Er sah, dass er das falsche Wort durchgestrichen und ersetzt hatte. Er lächelte. Das würde die Philologen ja in den Wahnsinn treiben, wenn er das jetzt so stehen ließe. Warum, in aller Welt, hat der Dichter dieses Wort durch ein anderes ersetzt? Er malte sich aus, wie ein Professor, ein renommierter, versteht sich, an einem großen Tisch säße, darauf eine Büste des berühmten Dichters Georg Trakl, mit einem Lorbeerkranz geschmückt.

Vor dem Mann lag das Gedicht mit den handschriftlichen Änderungen, der Wissenschaftler brütete über dieses eine Wort, seit Stunden, genau wie Georg stundenlang über ein passendes Wort nachdenken konnte. Aber der Mann kam zu keiner Lösung, er wurde langsam wütend. Er schimpfte laut vor sich hin, dann stieß er mit seinem Arm aus Versehen gegen die Büste, die Georgs Konterfei wirklich geschmackvoll nachbildete. Sie fiel herunter und zerbrach in tausend Scherben, der Professor war außer sich. Jetzt hatte er sein Idol zerlegt.

Georg saß im Stübl, die Lampe flackerte, er sah seinen Schatten an der Wand. Er überlegte kurz. Und dann ließ er es so stehen.

*

Erhard! Erhard! Erhard!
Holen Sie mich zu sich nach Wien! Lassen Sie mich nicht im Stich! Ich sage es Ihnen ohne Umschweife, denn es gibt nur noch zwei Möglichkeiten. Entweder Sie nehmen

mich nach Wien, oder ich gehe mit dem Dicken nach Berlin. Können Sie das verantworten? Er wird kommen, heute schon, und bei Mutter und Wilhelm vorsprechen. Dieser Bock. Ich habe ihn ganz gut unter Kontrolle, aber was soll das für ein Leben geben, wenn – ja wenn ich daran denke, was wir haben könnten! Eine ganze Welt! Und bei ihm ist alles nur ein kleines, ödes Zimmer, in dem die Pflanzen verwelken und der Rauch nicht abzieht. Ich werde ihn hassen lernen, aber wenigstens lässt er mich Klavier spielen. Was wäre denn bittschön die Alternative? Ein Leben in Salzburg unter der Fuchtel von Mama? Ich würde mich in die Salzach schmeißen. Ich tauge nicht zur Eisenwarenhändlerin, das wissen Sie! Und Sie warten und warten und warten. Immer der Zögerliche, der Bedachtsame. Erhard, es ist Zeit zu handeln! Mögen Sie mich denn nicht ein klein wenig leiden? Ich will nicht aus Mitleid genommen werden, das wissen Sie! Und das verbietet mein Stolz. Aber wenn es da einen Funken in Ihnen gäbe, ich würde ihn zu einem gewaltigen Osterfeuer anwachsen lassen, das wäre eine Art Auferstehung für mich. Erhard! Erhard! Erhard! Wie oft rufe ich Ihren Namen, wie oft spuken Sie in meinen Gedanken herum, nachts, wenn ich in meiner Zelle sitze und Wilhelm einfach meine Tür zusperrt, damit ich nicht weglaufe. Es ist nicht leicht, an die kleinen Vergnügungen zu kommen, aber Georg hilft mir immer wieder aus, er arbeitet ja in der Apotheke momentan. Was für ein Gesicht er macht, wenn er mir etwas gibt. Er erträgt es nicht, dabei ist es doch schon viel zu spät für solche Sentiments. Ich bin ja schon groß und stark, und er muss sich weiß Gott nicht schuldig fühlen.

Wenn ich daran denke, dass Langen gleich hier auftaucht. Er wird sie schon bereden, wie er auch mich beredet hat. Darin ist er ganz großartig, kein Zweifel. Er schmäht so ein wenig herum, obwohl er ein Berliner ist, und schon hat er einen um den Finger gewickelt. Habe ich Ihnen erzählt, wie dick er ist? Er erdrückt mich fast. Und er … ach, lassen wir das, ich möchte ja gar nicht an ihn denken. Erhard! Erhard! Holen Sie mich hier raus. Nur Sie können mich retten! Nur Sie wissen, wie das geht. Ich erwarte fiebernd, und das ist kein Scherz, ich erwarte fiebernd eine Nachricht von Ihnen – die mich erlöst. Erhard, sagen Sie nur ein Wort, und wir feiern unsere Auferstehung. Wie ein Phönix komme ich zu Ihnen geflattert, Erhard, nur ein Wort, nur ein Wort!

Ich warte, Erhard, in Liebe,
nur auf Dich (!)
Grete

*

Schnaufend kletterte Arthur Langen die Treppe im Haus am Waagplatz hinauf, in der rechten Hand hielt er seinen gelben Hut, mit der linken zog er sich am Geländer empor, Stufe für Stufe. Maria und Wilhelm erwarteten ihn, sie sahen ein wenig betroffen, wer sich da näherte.

»Jestatten …« Arthur war oben, bekam aber einen leichten Hustenanfall, wegen der Anstrengung. »Arthur Langen, 2. Direktor der Kurfürstin-Oper zu Berlin – und der Verlobte Ihrer Tochter. Juten Abend!«

Wilhelm lief augenblicklich rot an. »Wohl eher der Mann, der meine Schwester in eine Art Abhängigkeitsverhältnis getrieben hat!«

»Wie meinen?«

»Aber Wilhelm, jetzt lass den Herrn doch erst einmal eintreten. Kommen Sie, Herr Langen, wir setzen uns in den Salon.«

Der Salon war noch das größte von vier Zimmern, das den Trakls geblieben war. Die anderen Räume waren vermietet, Maria Trakl hatte ihre Antiquitätensammlung zum größten Teil verkauft. Der Firma ging es weiterhin sehr schlecht, Wilhelm versuchte erfolglos, sie zu retten – und immer wieder kamen diese familiären Geschichten dazwischen, die für Unruhe sorgten.

Arthur setzte sich, er bekam einen Kaffee vorgesetzt, an dem er nippte, er stellte sein süßestes Lächeln zur Schau und sprach mit seiner tiefen, angenehmen Stimme, mit der er Gretes Vormünder in Grund und Boden überzeugen wollte.

»Nun, es ist ja alles in die Wege geleitet, alle Forderungen sind erfüllt. Ich habe mich von meiner Frau jetrennt, ich bin ein freier, gestandener Mann, mit einem juten Verdienst, einer achtbaren Stellung und, das ist das Wichtigste, festen Willens, Grete ein liebender Ehemann zu sein. Ich verstehe, wie schwierig es für die Familie ist, ihr Augäpfelchen zu verlieren, aber das ist ja gar kein Verlust, sie ist ja nicht aus der Welt, sie wird nur eben jetragen von noch einem Arm, und keinem schwachen, dit darf ick sagen.«

Wilhelm hörte sich mit größtem Widerwillen diese hölzern zurechtgelegten Sätze an. Er zwirbelte ungeduldig an seinem Schnurrbart, er bog die Bartspitzen nach unten. Er war ihm schlicht ein Graus, dieser seltsam ungeschlachte und fidele Mann aus Berlin. Zweimal war Wilhelm in die deutsche Hauptstadt gereist, um Grete zu besuchen und um Nachforschungen über diesen Langen anzustellen, zweimal hatte er sie nicht ausfindig machen können. Sie wohnte nicht mehr bei Frau Hansen, und diese gab sich äußerst wortkarg, obwohl sie doch die Tante von diesem Kurfürsten-Operetten-Direktor war.

»Ach, Sie wissen doch, die jungen Leute, sie sind sicher ein paar Tage aufs Land gefahren, hinaus aus dem Großstadtmief. Berlin ist ja ein Hexenkessel, wenn Sie wissen, was ich meine, mich für meinen Teil zieht es ja ans Meer, bei dem Namen auch nicht verwunderlich, ha, ha. *Hansen*, Sie wissen, was ich meine, ha, ha.«

Berlin, Berlin, wenn Wilhelm das nur hörte! Alle Berliner waren immer nur mit ihrer Beschäftigung beschäftigt, als gäbe es auf der ganzen Welt sonst nur Faulpelze und die Provinz. Was Georgs Halbbruder über diesen Arthur Langen herausbekam, war erschreckend, doch er konnte es nicht öffentlich gegen ihn verwenden, es handelte sich letztlich nur um Gerüchte. Aber Wilhelm schenkte jedem Gerücht Glauben, er wollte alles glauben, so sehr war er gegen Langen eingestellt. Jedenfalls fand er an der Oper zwei Männer, die bereitwillig Auskunft gaben über ihren Vorgesetzten, und sie ließen kein gutes Haar an ihm. Langen war alles andere als beliebt, Respekt schien man jedenfalls nicht vor ihm zu haben. So hieß es, dass seine Frau ihn verlassen habe, weil es, nun, wie sollte man es nennen, weil es mit dem Geschlechtlichen nicht mehr so funktionierte. Sie ging mit anderen Männern aus, aber Langen war wohl lange zu feige gewesen, die Ehe offiziell zu beenden, welche Schmach und Schande für einen Mann seiner Stellung. Seine Stellung, da musste Wilhelm immer wieder laut auflachen, wenn er die Briefe las, die wöchentlich von Langen aus Berlin eintrudelten. Er war ein Clown, mehr nicht, doch kein Mann für Grete. Und dann der Altersunterschied. In Berlin hieß es weiter, dass Langens Frau Gemahlin ordentlich auf seine Kosten gelebt habe und er eigentlich vor einem Schuldenberg stehe, von wegen ein jeregeltes Einkommen.

»He is a trickster«, sagte er immer wieder zu seiner Stiefmutter. Er wollte Grete doch nur nehmen, eine junge Pianistin, um sich aus dieser blamablen Situation zu manövrieren, um sich zu rehabilitieren. Ganz Berlin lachte doch über ihn! Und seine Mutter konnte es nicht sehen, obwohl sie das bei Mitzi doch schon alles einmal erlebt hatte. Sie machte es sich so einfach, eine Sorge weniger, dachte sie sich wahrscheinlich, dann musste sie sich um die Ausbildung nicht mehr kümmern. Das war ihr sowieso ein Klotz am Bein. Wie Wilhelm auf sie alle eingeredet hatte. Auf Maria, auf Grete, auf Georg. Ob sie denn blind wären! Aber er konnte es ihnen nicht offen sagen, was er in Berlin herausgefunden hatte. Das war schmutzige Wäsche, und auf dieses Niveau würde er sich dann doch nicht begeben. Er war ein Gentleman, er versuchte mit Würde, diese Familie durch eine äußerste Krisis zu führen. Aber alle liefen durch die Gegend wie aufgescheuchte Hühner und stellten die merkwürdigsten Dinge an. Georg wurde immer mehr zum Einsiedler, einem Sonderling, der sich bei der kleinsten Kleinigkeit schwertat, immer musste man Rücksicht nehmen, nein, er konnte nicht sitzen im Zug, das ging einfach nicht, er konnte nicht telefonieren, er konnte die Musik nicht ertragen, die Wilhelm gerne hörte, immer lief er gleich davon, man bekam ihn nie zu packen. Wie oft hatte er seinem Halbbruder gesagt, er solle Grete keine Mittel aus der Apotheke mehr geben. Sah er denn nicht, was er damit anrichtete? Aber Georg reagierte gar nicht darauf, entweder *wollte* er seiner Schwester schaden, oder ihm war schon alles gleichgültig. Aber wer konnte schon wissen, was in Georg vorging!

»Nun, darf ich jetzt, da alles unter einem juten Stern steht, um Ihr Einverständnis bitten, Ihre Tochter Margarethe heiraten zu dürfen?«

Wilhelm fand wieder zum Gespräch zurück, der dicke Berliner musste die ganze Zeit über schwadroniert haben.

»Wenn es nach mir geht, *niemals!*«, sagte er entschlossen.

»Aber Wilhelm! Du kannst den Herrn doch nicht einfach so abschmettern. Er hat die ganze weite Reise …«

Wilhelm geriet ins Fluchen und damit ins Amerikanische, das niemand der Anwesenden verstand.

»Let me tell you one thing, Maria! This man is a goddamn trickster. Ich war doch zweimal in Berlin, um zu sehen, wen sich Grete da ins Boot geholt hat, beide Male habe ich sie nicht angetroffen. Als hätte dieser gute Mann hier sie weggesperrt. Wo haben Sie sie denn hingebracht? Damit ich das ganze Elend nicht sehe, wie? Das ganze Elend, in das Sie Grete hineinziehen wollen. Vierunddreißig Jahre, Maria, vierunddreißig Jahre älter ist er! Und was man über ihn hören muss in Berlin, das sind wahrhaftig keine Komplimente.«

»Oh, da bin ich aber gespannt, diese Dinge zu erfahren.« Arthur verlor sein Lächeln nicht, aber es gefror ihm langsam.

»Ach lassen Sie mich doch in Frieden damit, Sie wissen genau, was ich meine.«

»Ich fürchte, das weiß ich nicht?«

»He is somehow out of order, believe me.«

»Wie meinen?«

»Mir ist meine Zeit einfach zu schade für solche Sottisen. Ich habe eine Firma zu führen!« Wilhelm sprang auf, sein Gesicht offenbarte eine beeindruckende Zornesröte. Er flog aus dem Salon und warf die Tür hinter sich zu. Stille. Dann ergriff Arthur wieder das Wort.

»Und Sie, liebe Frau Trakl? Wie stehen Sie zu der Sache?«

Maria Trakl zögerte, sie rang um Worte. Sie griff nach einem Kerzenständer, einem ihrer verbliebenen Lieblingsstücke, und dachte kurz daran, es dem Gast über den Kopf zu ziehen. »Ach, Sie müssen Wilhelm verstehen. Er hat die Welt bereist. Er ist sehr ungeduldig, wenn es nicht gleich um das große Ganze geht.«

»Aber für mich geht es um das große Janze, Frau Trakl.«

»Das mag ja sein, das glaube ich Ihnen ja. Nun, ich fürchte, wir müssen uns vertagen, wir können uns ja weiter schreiben, wenn es Ihnen recht ist.«

»Das ist mir keinesfalls recht, ich habe keine Zeit zu verlieren. Und Grete will es doch auch unbedingt!«

»Sind Sie da ganz sicher?«

In diesem Moment kam Grete die Treppe hinauf. Tränen in den Augen, das Haar hing ihr wirr um den Kopf. Sie konnte sich kaum aufrecht halten, dennoch zuckte sie zurück, als sie Arthur da sitzen sah.

»Aber Grete, da bist du ja«, sagte Maria.

»Aber was ist denn in dich gefahren?«, fragte Arthur fast in demselben mütterlichen Tonfall.

»Ich hasse ihn!«, schrie Grete, dann lief sie davon und schloss sich im Nachbarzimmer ein.

Maria Trakl, die immer noch den Kerzenständer in der Hand hielt, stand auf, stellte leicht zitternd das gute Stück auf den Tisch zurück, dann zeigte sie mit der nun freien Hand zur Tür. Jetzt zitterte ihr ganzer Arm. »Wenn ich nun bitten darf!«, sagte sie voller Ungeduld.

Arthur stand auf, griff nach seinem Hut, den er an die Stuhllehne gehängt hatte.

»Sie hören von mir, Frau Trakl. Ich werde Ihnen beweisen, dass ich der beste Mann für Ihre Tochter bin. So wahr ich Arthur Langen heiße.«

»Schreiben Sie, schreiben Sie. Aber nun, wenn ich ...«

»Ich gehe, aber Sie hören von mir, ganz bestimmt.«

Der Mann aus Berlin stampfte die Treppe hinunter, wieder hielt er sich am Geländer fest. »Sie hören von mir, verlassen Sie sich drauf!«

Maria Trakl ging in den Salon zurück und sperrte die Tür ab. Sie wollte jetzt niemanden mehr sehen. Sie wollte am liebsten überhaupt niemals mehr irgendjemanden sehen. Sie öffnete den Sekretär und holte eine Schachtel heraus. Ihr Arm zitterte immer noch. In der Schachtel lagen Zigaretten. Sie steckte sich eine an, nahm einen Zug, paffte zwei, drei weiße Kringel in den Raum. Ihr Mann Tobias hatte es immer gehasst, wenn sie in den Zimmern rauchte. Noch ein Zug, das Zittern ließ nach.

»Solange das mit dem Rauchen noch funktioniert«, sagte sie sich, »kann ich hier noch ein paar Tage weitermachen. Aber wenn es nicht mehr geht, dann gnade mir Gott. Dann gnade mir Gott.«

*

Erhard lag in einem jämmerlichen Zustand auf dem Kanapee. Er hatte sich das Bein gebrochen, kurz nach seiner Ankunft in Salzburg. Natürlich war er vor allem wegen Gretes dramatischer Post gekommen, aber er hatte auch zu tun, er arbeitete am *Ruf*. Erhard wollte sehen, wen er in Salzburg dafür gewinnen konnte. Brunetti-Pisano vielleicht oder Irma von Troll-Borostyáni, eine Streiterin für die Rechte der Frauen, gekleidet wie ein Mann. Bei ihrem Anblick blieben den Salzburgern die Nockerln im Halse stecken. Aber was wollte Grete überhaupt von ihm? Ihren Briefen nach ging es um Leben und Tod. Liebe nannte sie das, aber was sollte das denn bedeuten? Sie sahen sich doch kaum, und wenn, dann tat Grete immer so, als wären sie schon seit Jahren ein unzertrennliches Paar, als gäbe es da gar nichts zu hinterfragen. Immer musste er also zurückweichen, relativieren – andererseits hatte er sie vermisst. Und er überlegte oft, was passieren würde, wenn er alles einfach zuließ. Wenn er zuließ, dass sie Besitz von ihm ergriff.

Erhard ahnte jedenfalls, dass wieder einmal eine große Szene bevorstand, nach der Grete ihm die Freundschaft auf ewig kündigen würde, um dann nach einer Woche wieder ein Telegramm zu schreiben. Diese Trakls! Und mitten in diesem plagenden Gedanken rutschte er auf offener Straße aus und stürzte mit einer unglücklichen Beinverrenkung. Das Bein brach, ohne einen größeren Widerstand zu leisten. Es war an einer Straßenecke passiert, die beinahe den ganzen Tag über im Schatten lag, hier war das Regenwasser der letzten Nacht gefroren. Wie oft war er diese Straße entlanggegangen, wie viele kalte Tage, immer hatte er diese Stelle gemieden. Aber es reichte offenbar schon, an Grete und Georg *zu denken*, und alles geriet aus den Fugen.

Es war, sagte der Arzt, wohl kein komplizierter Bruch, das Bein würde wieder heilen, er würde wieder normal laufen können. Aber es würde dauern! Und das war für

Erhard beinahe schlimmer als der Schmerz und die Beeinträchtigung. Es gab so viel zu tun, die Kunst machte so viele Fortschritte, Wien und Berlin waren die Zentren einer neuen Ära! Erhard verweigerte sich regelmäßig den Schlaf, weil es so viel zu planen, anzukurbeln, auszuarbeiten gab. Kontakte mussten geschlossen und gepflegt werden, Zeitschriften konzipiert, Künstler gefördert. Er wollte alles verbinden zu einer unüberwindlichen Macht der Kunst. Unterschiedliche Strömungen, Streitigkeiten, das war ihm alles egal. Er sah hinter allem das große Ganze einer unaufhaltsamen Bewegung. Und jetzt würde er für Wochen nur eingeschränkt arbeiten können, und, schlimmer noch, er hing in Salzburg fest, an eine Reise war vorerst nicht zu denken.

So lag er auf dem Kanapee seines Elternhauses, das Bein, eingeschient und dadurch völlig unbeweglich, hatte er auf der Armlehne abgelegt. In Händen hielt er die Korrekturbögen des neuen *Ruf*-Heftes. Da trat Grete ein. Die Stunde der Wahrheit, schoss es Erhard durch den Kopf, aber er meinte es wohl anders als Grete.

»Erhard! Erhard! Erhard!« Grete schwebte nahezu, ihr Ton war eine Spur zu schrill.

»Jetzt kannst du endlich nicht mehr vor mir weglaufen. Nein, entschuldige, mein Mitleid ist dir gewiss.« Grete sang ihre Worte fast, sie kam an das Kanapee und beugte sich zu Erhard hinunter, der sich seinerseits versuchte aufzurichten. Ihr Gesicht kam immer näher, da nahm Erhard den Grund ihrer hervorragenden Laune wahr, sie hatte offensichtlich getrunken. Sie küsste ihn auf die Wange, Erhard verzog das Gesicht.

»Oh Erhard, nicht, was du denkst. Nur ein Glaserl oder zwei, denn es ist doch, nun ja, denn es ist doch wichtig.

Lass dich umarmen, armer kranker Mann.« Sie beugte sich wieder zu ihm, diesmal umklammerte sie ihn mit einer eigentümlichen Kraft, es tat ihm fast weh.

»Grete, bitte!«

»Oh entschuldige, wenn ich etwas stürmisch bin. Aber ich bin so aufgeregt, Langen wird nachher kommen, und zuvor muss ich doch unbedingt alles klären, unbedingt alles klären mit dir. Meine Briefe, du hast nicht geantwortet. Aber dass du gekommen bist, das zeigt mir doch, dass es dir ernst ist, dass es kein Scherz für dich ist. Und dann die Sache mit dem Bein, ja, ist das nicht ein schöner Wink, du sollst bei mir bleiben, oder vielmehr, du sollst mich dann mitnehmen, wenn du wieder genesen bist. Aber mit dir würde ich ohnehin überall bleiben, sogar hier in Salzburg, sogar in einem eiskalten Verließ, denn …«

»Grete, bitte!« Erst jetzt legte Erhard die Bögen aus der Hand.

»Ja, Erhard?«

Er sah sie an, sie war in einem erschreckenden Zustand. Das Haar offen, zerzaust, fettig, auf ihren Wangen rote Flecken. Sie war für das winterliche Wetter viel zu luftig gekleidet, sie hatte nur ein schlichtes weißes Kleid an, beinahe ein Unterhemd, darüber trug sie eine Jacke, die sie jetzt abstreifte und achtlos zu Boden fallen ließ. Erhard merkte, dass es ihr auf ihre seltsame, kindliche Art ernst war. Sie würde hinter allem, was er jetzt von sich geben würde, ohnehin nur das »Nein« hören, deshalb wollte er es ihr möglichst direkt sagen.

»Grete, was du da in deinen Briefen von mir verlangst, das ist unmöglich, und das weißt du.«

Grete stutzte. Es verging keine Sekunde, da liefen ihr Tränen über das Gesicht. »Wie meinst du das?«

»Ich kann dich nicht nach Wien mitnehmen, wirklich nicht. Wir können nicht zusammenleben, denn ich liebe dich nicht. Wir haben eine ganz unterschiedliche Art, ein ganz unterschiedliches Temperament, ich kann dir auf deinen Wegen nicht folgen und du mir nicht auf meinen. Wir würden uns nur immer gegenseitig vorhalten, dass es die falschen wären. Natürlich gibt es Berührungspunkte, ich schätze dich wirklich sehr und dein Talent und fast schon dein Genie, aber das ist es eben auch, was uns voneinander trennt.«

»Mein Talent? Was redest du jetzt von meinem Talent?« Grete brach nun vollends in Tränen aus, sie griff sich mit beiden Händen ins Haar und raufte es, immer heftiger weinte sie, ihre Nase fing an zu laufen. »Ich hasse mein Talent!«, schrie sie. »Sage nie mehr etwas von meinem Talent. Heißt du denn Arthur, heißt du denn Arthur Dickwanst? Dickwanst, Dickwanst.«

»Bitte, Grete, beruhige dich!« Erhard versuchte sich nun gerade aufzusetzen, der frische Bruch schmerzte. Grete warf sich nun neben ihn auf das Kanapee.

»Schau mich an, schau in dieses Gesicht und wiederhole noch einmal, was du eben gesagt hast!«

»Grete, Grete, du weißt doch … Was soll ich sagen?«

Sie schrie gellend auf.

»Was soll ich sagen?«, äffte sie ihn nach. »Was soll ich denn sagen? Du sollst es sagen, Erhard, sag es! Sag es, es, es!« Sie schlug mit den Fäusten auf seinen Oberkörper ein.

»Grete, Grete, hör auf. Es geht nicht, hörst du, es geht einfach nicht. Hör auf! Ich liebe nicht.«

Da hörte sie auf.

»Du liebst nicht?«, fragte sie konsterniert.

»Nein, Grete.«

»Das heißt, du liebst überhaupt nicht?«

»Ich liebe niemanden derzeit, ich weiß nicht, ob ich jemals wirklich lieben kann.«

Grete verwandelte sich, sie war jetzt die Tröstende, die Zärtliche.

»Ach du armer, armer Buschibeck. Du liebst nicht? Du liebst nicht? Ich habe es immer geahnt. Du trägst einen Knoten in dir, den man endlich lösen muss. Das ist es!«

»Das mag sein, Grete«, sagte Erhard. Er war froh, dass ihr Ausbruch ein jähes Ende gefunden hatte, auch wenn er bezweifelte, dass das Gespräch dadurch angenehmer würde.

»Aber da kann ich dir doch helfen! Ich bin doch eine Frau, eine schöne Frau, Monsieur. Eine attraktive junge Frau. Vous comprenez?«

»Nein, Grete, ich fürchte, das ist es nicht, was ich meine.«

Grete kam wieder näher mit ihrem verweinten, geröteten Gesicht, sie küsste ihn auf den Mund, Erhard nahm sie an den Schultern und versuchte sie wegzudrücken, ohne zu grob zu sein. Grete stand auf und zog sich das Kleid, das tatsächlich nur ein Unterhemd war, über den Kopf. Nur ihre Schuhe hatte sie noch an. Sie setzte sich wieder neben Erhard, streichelte seine Wange. Er ließ sie zunächst gewähren, widerwillig, aber sie erregte ihn auch, mit ihrem jungen, entblößten Körper. Sie beugte sich wieder vor und küsste ihn auf die Stirn, auf die Wangen und schließlich auf den Mund. Sie war jetzt ganz nah. Erhard verspürte eine leichte Übelkeit, und er wusste, dass das alles zu nichts führen konnte. Aber er wurde schwächer. Sie griff nach ihrem langen Haar und bedeckte damit Erhards

Kopf, als wollte sie ihn damit zudecken und wärmen. Er wollte sie wieder wegdrücken, aber seine Hände blieben einfach auf ihren nackten Oberarmen liegen, ohne eine Kraft auszuüben. Grete wich wieder ein Stück zurück, nahm Erhards rechten Arm und legte ihn auf ihre Brust.

»Gut so, Erhard, gut so, du wirst es lernen!«

Jetzt war es Grete, die seinen Oberkörper zurückstieß, er sollte sich wieder hinlegen, Grete kniete zwischen seinen Beinen und fing an, sein Hemd aus der Hose zu ziehen und die ersten Knöpfe zu lösen. Erhard fühlte sich elend, das Bein unter der Schiene pochte an der Bruchstelle. Er konnte sich nicht wehren, er lag da wie ein albernes Tier, das alle viere von sich gestreckt hatte.

»Grete! Ich weiß nicht. Liebe ist …«

»Du wirst es lernen, Erhard! Die Liebe!«

Sie war wie besessen, sie riss die Hose bis zur Schiene herunter, nur ein Stück, das reichte ihr. Er sah ihr immer noch leicht aufgequollenes Gesicht, die getrockneten Tränen, den getrockneten Rotz auf ihrem Gesicht. Erhard hatte flackernde Lichtpunkte vor Augen, sein Kreislauf rebellierte, er spürte den Schmerz, war voller Lust. Als er nicht mehr an sich halten konnte, wurden die Lichtpunkte zu Blitzen, dann fühlte er einen kurzen, heftigen Schmerz. Grete war etwas abgerutscht und mit ihrem Knie an sein gebrochenes Bein gestoßen.

Erhard schrie auf, in einer schnellen Bewegung fuhr er hoch und schubste Grete vom Kanapee. Dann hielt er sich den Unterschenkel, der so stark schmerzte wie nach dem Unfall. Er sah Grete, schön wie nie. Drei Flüssigkeiten auf ihrem Gesicht vereint, das dunkelblonde Haar wild, ihre Augen glänzten. Wie eine Alraune, die gerade die Lebenskraft eines Menschen lustvoll aufgesogen hat, und so war es ja auch. Sie war eine Schönheit, war jetzt voller Leben, aber er hasste sie! Er hasste sie von ganzem Herzen.

»Verschwinde!«, schrie er. »Was soll das? Liebe, Liebe ist das alles nicht. Und ich liebe dich nicht, begreif es doch endlich! Und jetzt geh mir aus den Augen.« Stöhnend veränderte er die Position seines geschienten Beines.

»Aber Erhard«, flüsterte Grete, die schon wieder Tränen in den Augen hatte.

»Verschwinde! Verschwinde, bitte!«

Sie hatte ihn noch nie so gesehen. So bestimmt, so sicher.

»Verschwinde!«

Erhard suchte nach seinen Krücken, der Schmerz machte ihn wahnsinnig, wie sah er aus, mit halb heruntergelassener Hose, einem offenen Hemd, er war noch nie so gedemütigt worden. Er hatte eine Schwelle überschritten, aber dieser neue Weg führte ins Nichts, es ging hinab, ins Zwielicht.

»Verschwinde!«, sagte er ein letztes Mal, etwas leiser. Er griff nach den Krücken, die neben dem Kanapee auf dem Boden lagen.

Grete sah ihm noch einmal in die Augen, dann zog sie sich an und verschwand aus dem Zimmer, mit einem lauten Schlag fiel die Tür ins Schloss.

Ich hasse sie, dachte er. Dann rief er nach seiner Mutter. Sie solle den Arzt rufen.

Neue Freunde

Im Frühjahr 1912 wohnte Georg endlich in Innsbruck, im Ostteil der Stadt. Er hatte den Umzug herbeigesehnt, der Winter in Salzburg hatte ihn zermürbt. Wilhelm hatte Gretes Vormundschaft wütend abgegeben, sie war daraufhin ihm zugefallen, ausgerechnet ihm. Eine Woche später war prompt ein Brief von diesem Langen gekommen, darin bat er Georg, einige Gedichte von ihm lesen zu dürfen. Ein Schelm, wer sich etwas dabei dachte. Aber Georg hatte sich vorgenommen, die Fäden in die Hand zu nehmen, er durfte sich nicht beschweren. Franz und Karl hatten ihm also eine neue Wohnung in Innsbruck gesucht, sie hatten sich auch um den Versand der zwei, drei Koffer gekümmert, die Georg mitnehmen wollte. Und schließlich war Erhard mit ihm zum Bahnhof gehumpelt und hatte ihn schulterklopfend in den Zug gesetzt. »Nur Mut, mein Freund, nur Mut!«

Der Mut kam ihm allerdings schnell abhanden, denn der Dienst in der Heeresapotheke raubte ihm alle Kraft. Wie sollte er es hier aushalten? Brutal und gemein war alles, und die Familienstreitigkeiten hatten ihn bis hierher verfolgt.

»Post für den Magister Trakl!«, sagte seine Wirtin Frau Seichert freudestrahlend, sie hielt zwei Briefe in der Hand wie Trophäen. Georg nahm sie widerwillig entgegen und las. Seine Mutter schrieb, dass sie jetzt ganz einverstanden sei, wenn Grete nach Berlin zu Arthur Langen ginge.

Ich habe den Eindruck, dass es ihr besser geht und dass sie auch körperlich wieder robuster ist. Wilhelm hat resigniert, und der Firma geht es derart schlecht, dass sowieso kaum eine andere Lösung in Frage käme. Ich möchte alle Schuld für diesen Streit auf mich nehmen, es tut mir leid. Das Wetter in Salzburg ist übrigens heute sehr freundlich, der Frühling hält Einzug.

Herzlich grüßt
Deine Mutter Maria

Der zweite Brief war eine gerichtliche Vorladung, Georg solle sich ein letztes Mal als Vormund über die Eheangelegenheit äußern. Mit seinem Wort würde alles beendet sein, oder alles würde von vorne beginnen. Er warf die Briefe aufs Bett und verließ die Kammer. Er lief in seinem Viertel umher, Kirchenglocken läuteten in der Ferne. Der schwarze Engel meldete sich zu Wort.

»Jetzt kannst du es ihr heimzahlen, Görgl! Lass kein gutes Haar an ihr, sie hat es doch gar nicht verdient. Liegt allen nur auf der Tasche, weil sie sich für eine große Pianistin hält. Und du hältst dich für einen großen Dichter, das muss eine Familienkrankheit sein. Aber ich weiß, mein Junge, wie man da einen Ausweg findet. Spuck ihr in die Suppe, Görgl, worauf wartest du noch? Spuck ihr in die Suppe, der kleinen Pianistin!«

Aber Georg würde seiner Schwester bescheinigen, dass sie ihre Angelegenheit sehr wohl alleine regeln könne. Sie war schon seit dem zwölften Lebensjahr immer selbständig gewesen, als man sie in ein Internat gegeben hatte. Klammer auf, um sie von ihrem verdorbenen Bruder fernzuhalten, Klammer zu.

Und Grete würde ihrem Vormund beipflichten. Oh ja, sie werde Arthur Langen heiraten. Er ist ein ordentlicher Mensch und imstande, eine Familie zu ernähren. Vor allem: eine Pianistin zu ernähren. Klammer auf, denn darum geht es ihr eigentlich, um das Klavierspielen, nicht um diesen Lustgreis, Klammer zu.

Es kam, wie Georg es vorausgesehen hatte. Im Frühsommer 1912 kehrte Grete nach Berlin zurück, die Heirat sollte am 17. Juli über die Bühne gehen. Georg fuhr nicht hin. Wilhelm fuhr nicht hin. Die Schwestern fuhren nicht hin. Nur die Mutter und Fritz.

Am Abend der Hochzeit stand Georg in seiner Kammer, rauchte und schnippte die Zigarettenstummel aus dem Fenster. Innsbruck und Berlin, zwischen diesen Städten lagen viele Berge und Seen, viele Straßen und Flüsse. Aber wenn Georg aus dem Fenster sah, dann kam es ihm so vor, als würde Berlin gleich hinter dem Maisfeld beginnen, das er jeden Tag vor Augen hatte. Es war in ein rotes Abendlicht getaucht, an den Bergen hing die Nacht, die Konturen waren schneidend klar. Was für ein Licht, und dahinter, dahinter lag irgendwo Berlin, dort wohnte Grete, die jetzt ebenfalls dieses Licht sehen würde. Es war noch längst nicht das Feuer der Hölle, aber vielleicht ein Funke davon. Wieder warf Georg eine ausgerauchte Zigarette aus dem Fenster.

»Steck es in Brand«, sagte er laut vor sich hin. »Steck alles in Brand. Denn es gibt nicht genug Wasser, um dieses Feuer zu löschen.«

*

Lieber Georg!

Dass Du in Innsbruck keinen rechten Anfang findest, bedaure ich. Aber so brutal und gemein, wie Du die Stadt schilderst, ist sie vielleicht doch nicht. Jedenfalls kann ich Dich nur ermuntern, Dich einmal dem Brennerkreis vorzustellen. Ludwig von Ficker hat sich über das Gedicht, das wir ihm geschickt haben, sehr gefreut und es sofort veröffentlicht. Der *Brenner* ist neben dem *Ruf* das beste österreichische Blatt, mit das einzige, das man lesen kann. Herr von Ficker schrieb auch, Du sollst ihn einmal besuchen. Mach das doch! Schaden kann es nicht, und vielleicht erleichtert Dir das die Arbeit im Garnisonsspital, wenn Du abends ein paar gescheite Geister triffst. Ich melde mich wieder.

Herzlich grüßt
Dein E. B.

Georg gab dem Ober seine Karte. »Bitte, für Ludwig von Ficker.« Er verfolgte gespannt, zu welchem Tisch der Ober gehen würde. Das Café Maximilian war nur halb gefüllt, der Raum war hell, es kam viel Licht durch die großen Fenster. Das Max lag im ersten Stock eines Eckhauses, über einem Konfektionshaus für Damen. Es verkehrte hier ein gemischtes Publikum, einige Künstler, aber auch vornehme Bürger, die von einem ausgedehnten Einkauf ausruhten. Alles war in Blau gehalten, die tapezierten Wände und die plüschigen Möbel, es hätte noch ein Fischernetz gefehlt. Es war alles meerwasserblau, als wünschten sich die Besitzer, dass Innsbruck am Meer liege.

Der Kellner stolzierte zu einem Tisch, an dem zwei Männer saßen. Der eine bekam die Karte und musterte sie kurz, dann schien er etwas zu seinem Tischnachbarn zu sagen. Daraufhin sprach er wieder mit dem Kellner, und dann sah er direkt zu Georg hinüber. Der saß auf einem blauen Plüschsofa, er war unruhig, trommelte auf die Armlehne, rutschte hin und her.

Ludwig von Ficker stand nun auf und kam auf Georg zu. Er war ein großer, schlanker Mann mit einem säuberlich gestutzten Schnauzer, der ihn älter wirken ließ, als er wohl tatsächlich war. Er trug einen braunen Anzug aus grobem Stoff, auf der Nase eine randlose Brille, die Georg erst wahrnahm, als von Ficker näher kam.

»Sie müssen Herr Trakl sein! Es ist mir eine Freude! Aber kommen Sie doch zu uns an den Tisch! Es ist noch kaum jemand da, aber das wird im Laufe des Abends schon noch werden.« Georg stand auf, schüttelte von Ficker die Hand und folgte ihm zum Tisch. Der zweite Mann erhob sich, stellte sich vor und lächelte.

»Gestatten, Karl Röck!« Karl Röcks Gesicht hätte ein Bildhauer nicht besser meißeln können, nur die Ohren, die etwas zu weit abstanden, verliehen seiner Anmutung etwas Unregelmäßiges. Das dunkelblonde Haar, das ihm langsam ausging, war kurz geschnitten, hinter einer Brille arbeiteten hellwache Augen, die alles und jeden unaufhörlich musterten und daher wild hin und her sprangen.

Georg setzte sich. »Was für ein Gedicht, dieses *Vorstadt im Föhn!*«, sagte er überschwänglich. »Mir geht der Rattenchor gar nicht mehr aus dem Sinn. Und gegen Ende die Vision mit dem Schiff!«

Von Ficker lachte. »Sie sehen, wir gehen gleich in medias res an unserem Brennertisch. Da geht es oft mehr um Texte als um Menschen.«

»Wie willst du das denn trennen, Ludwig?«

Georg nahm Platz und orderte ein Glas Rotwein.

»Aber Ludwig hat schon recht«, sagte Karl Röck, »es ist unhöflich, gleich über die Künste zu sprechen, ohne sich standesgemäß vorgestellt zu haben. Ich schlage vor, wir erledigen das einer für den anderen. Ich stelle Ludwig von Ficker vor und er mich. Ich bin gespannt, was er über mich zu sagen weiß. Und ob er wirklich immer zuhört, wenn ich etwas erzähle.«

»Aber Karl!«, sagte von Ficker. »Alles, was du sagst, wächst in mir weiter. Bis es groß und stark geworden ist. Und dann gebe ich es zurück an die Welt. Und siehe, dann wird's auch verstanden.«

»Sehen Sie, lieber Herr Trakl, so werde ich hier behandelt. Aber ungeachtet dessen darf ich Ihnen Ludwig von Ficker als einen großen Förderer der Künste vorstellen, der, nebenbei bemerkt, selbst ein ganz passabler Künstler ist.«

»Das hast du schön gesagt, Karl.«

»Nun denn, und er bewohnt mit seiner wunderbaren Frau Cissi eine Villa in Mühlau, den Ort werden Sie sicher noch kennenlernen. Und dieser Ludwig von Ficker wagt es, in dieser Stadt eine Zeitschrift für Literatur herauszugeben. Hora et tempus est. Und seitdem kommen beinahe täglich Dichter in dieses Café und stecken ihm ihre Karten zu. Auf dass er ihr Geschreibsel publiziere …«

Georg verzog das Gesicht. Karl Röck lächelte.

»Aber«, fuhr er fort, »das darf ich sagen, bei keinem war es uns in den letzten Wochen so recht wie bei Ihnen. Sie sind herzlich willkommen.«

»Entschuldigen Sie bitte meinen Freund, Herr Trakl, über die Künste kann er kunstvoll sprechen. Aber der Höflichkeit fügt er damit oft Schaden zu.«

Karl Röck verschränkte die Arme, er spielte jetzt den Trotzigen.

»Das ist also Karl Röck, den ich die Ehre habe vorstellen zu dürfen. Mitarbeiter des *Brenners* und ebenfalls ein ganz passabler Künstler, wie es heißt. Er veröffentlicht unter Pseudonym Essays und Lyrik. Warum er sich hinter einem anderen Namen verstecken muss? Nun, das fragen Sie ihn lieber selbst. Vielleicht deshalb, weil seine Texte bei einigen wegen ihrer politischen Ausrichtung für Unmut sorgen. Er schätzt die Deutschen, müssen Sie wissen.«

»Das ist allerdings misslich«, sagte Georg und zwang sich zu einem Lächeln.

»Nun, nun«, sagte Karl Röck säuerlich. »Jetzt kommen wir aber zu Ihnen, Herr Trakl. Wir wollen alles über Sie wissen. Lassen Sie sich Zeit, der Abend ist noch lang!«

Georg fühlte sich wohl, er kam in Fahrt, der Rotwein mundete. Andere Mitarbeiter der Zeitschrift setzten sich zu ihnen. Darunter war auch Dr. Karl Borromaeus Heinrich, ein verkrachter Lektor, der mit seiner Familie von München nach Innsbruck geflohen war und bei den von Fickers Unterschlupf gefunden hatte. Er hatte einen Roman geschrieben, der sich schlecht verkaufte, ohnehin plagten ihn große Geldsorgen. Er war in miserabler Verfassung, sein Gesicht eingefallen und fahl, die Lippen waren aufgeplatzt. Borromaeus hatte die Eigenart, alle zehn Minuten derart durch die Nase zu schnauben, dass er sich beinahe wie ein Pferd anhörte. Noch in der vorigen Woche hatte er mit einer veritablen Veronalvergiftung in einem Krankenhaus gelegen – Georg fühlte sich gleich zu ihm hingezogen.

Der Brennertisch tagte bis in die frühen Morgenstunden, bis das Café Max schloss. Als der Ober sie zum dritten Mal ermahnte, sie sollten doch besser den Nachhauseweg antreten, standen Georg, Karl und Borromaeus auf, randvoll mit Thesen, Versen und Alkohol. Sie spazierten redend durch die Straßen, bis an den Rand von Innsbruck, bis in die Maisfelder nahe Georgs Wohnung. Die Vögel zwitscherten schon, die drei Männer hatten in ihrem Rausch etwas die Orientierung verloren. Georg schritt energisch voran, die Arme hinter dem Rücken verschränkt, er musste sich immer wieder bremsen und zu den anderen umwenden, um das Gespräch fortzusetzen. Er kannte Karl und Borromaeus erst seit wenigen Stunden und fühlte sich doch aufgehoben. Vielleicht gab es Augenblicke, wo er und das Glück sich zufällig im selben Raum aufhielten, und sie erkannten einander. Es wäre doch ein Leben.

»Ahhh!«, schrie Georg plötzlich wie ein kleines Kind.

»Was denn?«, fragte Borromaeus.

»Da springt er!«

»Wer, Jesus Christus?«

»Mein Dämon!«

Jetzt erkannten Karl und Borromaeus, was ihr Freund meinte. Eine fette, grünblaue Kröte kreuzte ihren Weg. Sie starrte blöd die Fremden an, denn es waren ja Fremde in ihrem Revier, und pustete die Backen auf.

»Seht ihr diese Sternenaugen!« Georg war wie in Ekstase. »Das sind Sternenaugen!«

»Womit er nicht ganz unrecht hat!«, sagte Borromaeus und stieß Karl den Ellenbogen in die Seite.

»Ach, hört doch auf! Ihr ringt selbst einer hässlichen Kröte noch Sternenaugen ab.«

»Jetzt ist er sauer, der Karl Röck!« Georg schien plötzlich wieder auf der Erde gelandet zu sein und Mitgefühl zu haben.

»Ach, ich traue euch überhaupt nicht mehr über den Weg«, sagte Karl. »Aber ich kenne euch ja kaum, also Schwamm drüber. Weiß jemand, wie es nach Hause geht?«

»Welches Zuhause meinst du?«, fragte Borromaeus, der abwechselnd hustete und lachte, er drohte zu ersticken. Dann zeigte er nach oben. »Du meinst doch nicht etwa dieses Zuhause? Die himmlische Heimat?«

»Die himmlische Heimat!«, brüllte Georg, warf sich hin und fing an zu heulen, vielleicht tat er auch nur so. Die Kröte war längst weggesprungen. »O unerreichbares Ziel!«

»Der Sternenhimmel!«, jaulte Borromaeus. »Auch in den Augen einer Kröte ein unerreichbares Ziel.«

»Ihr Trunkenbolde!«, schrie Karl. Auf einmal fing er ebenfalls an zu lachen, er lachte Tränen, so dass man nicht mehr wusste, ob nicht auch er weinte.

Dann machten sie sich auf den Heimweg. Sie liefen in die Morgendämmerung, Borromaeus konnte kaum noch Schritt halten. Er schnaubte bedenklich durch die Nase, als sie Georgs Wohnung erreichten.

»Ein Flascherl habe ich schon noch«, sagte Georg. »Jetzt kommt's schon mit rauf!«

Die beiden Freunde folgten ihm. Und Georg war es, als hätte er schon lange nicht mehr so glückliche Stunden erlebt.

Berlin, 22. September 1917 (Fortsetzung)

Eine Hinterwelt, kann es so etwas geben? Einen geheimen Ort, einen Rückzugswinkel? Dort würde man sich sicher fühlen, man wäre unbehelligt von allem. Ich glaube nicht daran, Georg! Bemerkenswert, wie viele Menschen ihre Hinterwelt finden, sie müssen nur in die Kirche gehen. Oder die Augen schließen und beten. Das können wir nicht mehr. Unser Glaube ist verkümmert, noch bevor er jemals ausgewachsen war. Was bleibt, sind viele bunte Geschichten von den Menschen und ihren kleinen Leben. Die sind es schon wert, dass man sie kennt. Oder dass man sie in Musik oder Dichtung überführt und sie weiterleben lässt. Das Hohelied, Georg, ich kannte es auswendig nach meiner Krankheit. Krankheit, ein letztes Auflachen. Alle nennen dich krank, wenn du einen Teil von dir verlierst. Merkwürdig, denn man selbst ist doch vielleicht gar nicht krank, das Leben in einem ist krank und kann nicht existieren. Und wer hat Mitleid mit diesem kleinen Leben? Niemand, denn man kannte es ja nicht. Der Träger jedenfalls überlebt, wenn er Glück hat. Und ich hatte dieses Glück. Aber was ist das noch für eine Existenz danach, nach diesem Verlust?

Das Hohelied, Georg. Ich konnte es nicht fassen, dass in einer heiligen Schrift solche Sinnlichkeit beschrieben wird, eine solche Sehnsucht nach dem Leben und dem Körper. Wie seltsam, dass diese Zeilen mich so faszinierten, als ich mich selbst zu verlieren drohte. Und dann kamst Du und sagtest mit Salomo: Alle Wasser laufen ins Meer. Georg, ist das vielleicht ein Trost? Dieser Satz ist jedenfalls der einzige, der mir je Trost gespendet hat. Alle Wasser laufen ins Meer. Alle Wasser gehen auf in einem großen Ganzen, das sich nie erschöpft. Und jeder trägt einen Teil dazu bei, das ist eine schöne Vorstellung.

Georg.

Zwei, drei Türen sind es noch, die sich jetzt öffnen, es sind vielleicht die dunkelsten Räume, nachtschwarz, nur ein Kerzenlicht flackert, ein Wachsstummel auf einem Tisch. Staubig ist es, dabei sind diese Zimmer vor nicht langer Zeit bezogen worden. Aber auch bei Räumen ist es wohl so: Manche altern schneller als andere, manche bleiben auf ewig ein Zimmer für Kinder. So wie vielleicht ich auf ewig ein Kind geblieben bin, und Du auch, mein Bruder. Wie oft mussten wir das hören? Der Ernst des Lebens. Ernst-Sein. Aber sagt jemand, der sich ernst nennt, überhaupt noch die Wahrheit? Nur die Kinder sagen die Wahrheit. Kinder müssen sterben, wenn sie nicht erwachsen werden. Wie viele Jahre hat man Zeit dazu? Das ist eine Frage. Es wird jedenfalls eine Zahl geben, die wir beide erreicht haben. Ist das ein Trost?

Georg.

Alles ist so anders geworden, man schaut und schaut – und die geringsten Dinge sind ohne Ende. Und jetzt schauen wir noch einmal auf diese Dinge. Die geringen, die für uns eine ganze Welt bedeutet haben. Wir wünschen uns fort, aber die Hunde bellen in unseren Köpfen, sie erinnern uns daran, wie es mit uns war, wie es hätte sein sollen. Dein Gesicht ganz nah, Georg. Alle Wasser laufen ins Meer. Auch wir halten sie nicht auf.

Teil III
Winter 1913 bis Winter 1914

Eiszeit

Grete hatte sich zu Erhard geschlichen, es war der zweite Weihnachtsfeiertag des Jahres 1913. Salzburg lag unter einer Eisschicht, es war blau gefroren, Schnee fiel nicht. In der Ecke des Zimmers stand ein kleiner, geschmückter Baum, mit einem drolligen Stern auf der Spitze. Erhards Mutter hatte das so hergerichtet, der Stiefvater nur den Kopf geschüttelt.

»Dass du immer noch hinter ihm herläufst! Aber vielleicht hast du ja recht. Er ist wie ein Kind, er ist längst nicht erwachsen geworden. Beileibe nicht!«

Der Raum lag in einem Dämmerlicht, Grete hatte sich ausgezogen und machte sich daran, auch Erhard zu entkleiden. Es war ihm recht und unrecht, es erregte ihn, und es widerte ihn an. Was ihn am meisten peinigte, war diese Heimlichtuerei, dieses Telegraphieren, »Morgen um 8.15 Uhr. Nur eine halbe Stunde. G«. Wie immer versuchte er abzulenken. »Hat er wirklich kein Geld mehr?«, fragte er.

»Ich will jetzt nicht reden, Erhard. Und schon gar nicht über ihn.« Sie nestelte weiter an seiner Kleidung.

Aber es stimmte ja, Arthur war ein armer, gebrochener Mann. Kein halbes Jahr nach der Hochzeit hatte er seine Stellung in der Oper verloren. Nicht eine Klavierstunde hatte Grete seither genommen, der Kontakt zu von Dohnányi war abgebrochen. Das Ehepaar Langen hatte zu Tante Hansen in die Pension ziehen müssen.

»Natürlich werde ick sofort etwas Neues finden, Gretlchen!«, sagte Arthur jeden Tag und lupfte dabei seinen gelben Hut, der immer mehr ausblich. Das ging nun schon ein Jahr so. Dreihundertfünfundsechzig Tage waren das, dreihundertfünfundsechzig Mal hatte Arthur gelogen.

»Jut, jut!«, berlinerte Gretl zurück und machte sich aus dem Staub, bei Frau Hansen hielt sie es kaum eine Stunde am Stück aus. Sie schlief oft auswärts, bei irgendwelchen Freunden, manchmal waren es Fremde. Grete wusste oft nicht, wo sie war, wenn sie am Morgen oder am Mittag erwachte, es dauerte seine Zeit, bis sie Raum und Zeit wiederfand. Arthur hatte anfangs versucht, sie zu zwingen, bei ihm zu bleiben, was sollten denn die Leute sagen, einmal schlug er sie sogar, aber da musste Grete laut lachen. Arthur war puterrot angelaufen, nach dem Schlag hielt er sich die Hand, er, so groß und massig, wie ein kleiner Junge, der eine Dummheit angestellt hat und im Moment der Tat bereits die Strafe erahnt. Und die Strafe war, dass Grete ging, sie ging immer öfter, und sie kam immer seltener wieder. Arthur fraß sich bei seinem Tantchen durch, um eine Stelle kümmerte er sich nicht. Er genoss erst einmal die Freiheit und die Tatsache, dass er eine junge Frau hatte, eine junge, vielversprechende Frau.

Wenn Langen Zärtlichkeit wollte, wurde es besonders schwierig. Entweder entzog sich Grete sofort und floh, einmal hatte sie viel getrunken und wollte ihn gewähren lassen, da rannte er hinaus, weil er verkrampfte. Grete musste daraufhin bitter lachen, sie nahm ein Weinglas und warf es an die Wand, und sie schrie, sie schrie gellend durch das Haus. Sie betastete ihr Haar, das war ganz fettig, sie roch unter ihren Armen, was war aus ihr geworden, neben diesem jämmerlichen, großen Sack, neben diesem leblosen, stinkenden Tier, und sie wurde ja selbst zu so einem Tier, zu einem Tierchen. Und da schrie sie weiter, bis Frau Hansen kam und ihr die Hand auf den Mund presste. »Ruhig, Grete, ruhig. Was sollen denn die Leute denken?«

Endlich war auch Erhard nackt, er hatte so zarte Finger, die jetzt ungeschickt über ihren Körper strichen. Grete war ungeduldig, sie hatten nicht mehr viel Zeit. Arthur wollte zum Essen wieder da sein, zurück von seinen albernen Stadterkundungen, er betrachtete Salzburg wie einen Zoo. Warum überhaupt das Versteckspiel? In Berlin gab sie sich weitaus weniger Mühe, eigentlich war dort bereits alles egal. Erhard ließ sich unendlich viel Zeit, auch das war wieder nur ein Ablenkungsmanöver. Er zierte sich. Er wollte nicht recht, er konnte sich einfach nicht gehen lassen. Es war nicht leicht, ihn zu seinem Glück zu zwingen. Und es fehlte die Zeit dafür.

»Gefällt es dir, Grete?«

Eine Uhr schepperte im Nebenzimmer, es schlug neun.

»Jetzt muss ich gehen, c'est incroyable. Weil du dich immer sträubst. Und am Ende heißt es, es wäre so schön gewesen. Aber bis es zu diesem Ende kommt, vergehen *Äonen.*«

Gretes Gesicht lief rot an. Erhard kannte diese Momente mittlerweile, wenn er jetzt das Falsche sagte, würde sie explodieren. Deshalb gab er klein bei.

»Wir treffen uns morgen, in aller Frühe, Grete. Wenn dein Mann noch schläft. Er ist doch ein Langschläfer, nicht wahr?«

»Er ist ein fauler Hund!«, rief sie.

»Gut, dann abgemacht. Um sieben im Mirabell, dann sehen wir, wo wir hinkönnen.«

Grete schien sich zu beruhigen. »Nun gut, nun gut. À demain, mon chéri. À demain.«

Blitzschnell war sie angezogen, warf ihm noch eine Kusshand zu und schlüpfte aus dem Zimmer. Sie hat so viel Energie, dachte er, nur wohin geht es damit?

Erhard blieb nackt zurück, der Weihnachtsbaum in der Ecke war nur mehr ein dunkler Schatten. Er suchte Zündhölzer, um eine Kerze anzustecken. »Gesegnete Weihnachten«, sagte er, »gesegnete Weihnachten in der Hölle!«

*

Lieber Georg!

Frohe Weihnachten! Aber wie kann man es froh nennen, wenn wir es nicht zusammen feiern können? Ich bin mit Arthur gekommen, selbst er ist enttäuscht, Dich nicht zu sehen. Wie er immer von Dir schwärmt, selbst das regt mich bei ihm auf. Dabei hat er ja recht. Erhard ist ebenfalls hier, das ist unheilvoll wie so vieles. Hier herrscht eine Eiszeit, Georg, in jeder Hinsicht. Eine Selbsterkenntnis gefällig? Hier, bitte: Zu meinem Charakter würde eine knochige Hand mit langen, spitzen Nägeln passen, ich zerstöre mir selbst alles.

Deine Grete
(in a certain mood, wie Wilhelm sagen würde)

*

Als Georg die letzten Verse seines *Helian* gelesen hatte, war ihm beinahe feierlich zumute. Im Kamin knisterte ein Feuer, Zigarettenqualm und der Geruch heißen Weins, der in einem Topf vor sich hin dampfte, hatten das Zimmer erfüllt, die Luft war wie Sirup. Die Gesellschaft hing satt und schwer in den Stühlen, aber es war keine niederdrückende Schwere, es lag so etwas wie Aufbruch in der Luft. Das Jahr 1914 war angebrochen. Ein Jahr, das vielleicht weniger Ungemach und mehr Freude bringen würde. Sie hatten sich auf der Hohenburg zusammengefunden, das Anwesen gehörte Ludwig von Fickers Bruder, der über die Feiertage verreist war.

»Dein *Helian* ist«, sagte Karl Röck, »entschuldige bitte diese apokalyptische Äußerung, jetzt schon so etwas wie dein Vermächtnis, Georg! Und wenn ich recht im Bilde bin, feiert dieses Gedicht gerade sein einjähriges Jubiläum.«

Ludwig von Ficker, der mit seiner Frau Cissi zusammen auf einem Sofa saß, schüttelte energisch den Kopf. »Aber Karl, willst du denn alle schon postum machen und damit aus dem Weg räumen, damit du freie Bahn hast?«

Gelächter.

Der junge Joseph Oberkofler, ein angehender Schriftsteller, lachte immer am lautesten, er war reichlich betrunken vom warmen Metwein. Er hatte ein freundliches Gesicht mit einem strichförmigen Mund, der sich kaum je öffnete, seine Augen schielten beträchtlich.

Georg hatte sich – nach einigen Vierteln Rotem – von Karl überreden lassen, den *Helian* vorzulesen. Es mochte sein bisher wichtigstes Gedicht sein, aber das war ihm ganz gleichgültig, alle Gedichte waren ein Schritt in die richtige oder falsche Richtung, aber immerhin: Sie waren ein Schritt.

»Nähre nicht meine Eitelkeiten, Karl!«, sagte Georg.

Da wurde Borromaeus, der sich die ganze Zeit über still verhalten hatte, als schlafe er, hellhörig. »Wenn ich ganz ehrlich sein soll …«, nuschelte er.

»Das soll man immer sein!«, fuhr ihm Cissi von Ficker dazwischen. Oberkofler lachte grell auf.

»Wenn ich also ganz ehrlich sein soll. Ich hatte gestern, oder war es vorgestern, die Einsicht, dass ich nur meiner Eitelkeit wegen schreibe. Ich will ein Vermächtnis hinterlassen, eine Botschaft, ihr wisst. Und zwar mindestens eine. Wenn ich recht überlege: Unter drei Botschaften mache ich es nicht. Auch ich habe meinen Preis!«

Alle lachten, Borromaeus nahm noch einen Schluck vom Met. »Was bleibet aber, stiften die Dichter!«, brüllte er plötzlich, als sei das die neueste politische Parole. »Und Georg ist wohl der Einzige hier in der Runde, der wegen eines einzigen Gedichts seine Stellung aufgegeben hat. Und das nach nur einem Tag ...«

Wieder lachten alle, nur Cissi von Ficker nicht.

»Ich bezweifle allerdings, dass man das als besondere Leistung feiern sollte«, sagte sie. »Nicht die verlorene Stellung ist die Leistung, sondern das Gedicht.«

»Da haben Sie natürlich völlig recht, liebe Cissi«, sagte Borromaeus. »Aber mir scheint, dass Georg und ich nicht nur in der Dichtung, sondern ebenfalls im Kündigen von Arbeitsverträgen in einen Wettstreit getreten sind. Wie viele waren es denn bei dir im letzten Jahr? Drei? Oder vier? Bei mir waren es drei.« Borromaeus schnaubte wie eine Eisenbahn, dann prostete er den anderen zu. Cissi von Ficker legte die Stirn in Falten.

»Nun, in gewisser Weise stimmt das alles«, sagte Ludwig, »und jetzt habe ich noch meinen lieben Karl an ein Ministerium verloren. Von der Kunst ins Beamtentum. Aber so, wie es aussieht, hält er das aus, nicht wahr?«

»Ich gebe mein Allerbestes!«, sagte Karl eifrig. »Aber das Jahr war nicht nur schlecht. Wir können auf den ersten

Gedichtband unseres lieben Georg anstoßen.« Karl hob sein Glas, und sie stießen auf Georgs erste Sammlung von Gedichten an. Die Gläser klirrten.

Georg war zufrieden, er hatte das Gedicht mit fester Stimme vorgelesen, alles war klar, jedes Wort war nötig und an seinem Platz, keine Silbe störte den Rhythmus. Irgendwo hörte er jetzt eine Turmuhr schlagen, Hunde bellten. Georg wollte jetzt nach draußen, um die Nachtluft zu atmen, die sicher schneidend kalt war. Joseph Oberkofler stand auf, taumelte etwas und suchte seine Jacke.

»Meine Dame, meine Herren. Der Jüngste muss auch als Erster nach Haus!«

Wieder lachten alle.

»Und wie kommt der Jüngste nach Haus?«, fragte der Gastgeber.

»Mit dem Schlitten!«, sagte Georg mit einer Bestimmtheit, die keinen Widerspruch duldete. »Wir fahren auf meinem Schlitten nach Innsbruck runter.«

»Nun, dann werde ich jetzt offiziell diese Jause auflösen, meine Herren, liebe Cissi.« Von Ficker stand auf, er schüttelte jedem die Hand. Borromaeus, der jetzt tatsächlich eingeschlafen war, ließ er sitzen. Auch Karl übernachtete bei den von Fickers, denn sie wollten am anderen Tag eine neue Ausgabe des *Brenners* besprechen.

Georg war für diese Zusammenkunft eigentlich ebenfalls eingeplant, aber ihn zog es noch einmal nach unten, in die Stadt, durch den Schnee, der die dunkelblaue Landschaft erhellte und ihr ein rätselhaftes Schimmern verlieh. Er war ähnlich angetrunken wie Joseph, beide schleppten sich zu dem Rodelschlitten, der mit einem Seilzug und einer Fußbremse gesteuert wurde. Die Abfahrt nach Innsbruck war alles andere als ungefährlich, es ging auf einer vereisten, unbefestigten Straße bergab. Wer von der Straße abkam, fiel einen steilen Abhang hinunter. Georg setzte sich vorne auf den Schlitten, Oberkofler quetschte sich hinter ihm auf das Gefährt. Georg gab dem Ganzen einen Ruck, sie setzten sich langsam in Bewegung. Oberkofler hielt sich geduckt, sie nahmen schnell Fahrt auf. Hunde bellten, schienen näher zu kommen. Wieder war eine Kirchturmuhr zu hören.

Georg erinnerte sich an einen Traum, der ihn in der letzten Nacht heimgesucht hatte. Das war ja eigentlich eine ähnliche Situation gewesen. Er hatte von einem Waldstück geträumt, ein gerader Weg lag vor ihm, er wollte losmarschieren, da näherte sich von vorne ein schwarzer Hund, ein großer schwarzer Hund. Der hatte ein blutiges Maul, als hätte er gerade ein anderes Tier gerissen, er kam schnell näher, er bellte, es klang wie Wolfsheulen. Georg wich zurück, sah, wie sich der Hund näherte, immer schneller lief das Tier, bis es ihn beinahe erreicht hatte. Blutige Lefzen, ein bestialisches Geheul. Dann war er aufgewacht. Er hatte sich geärgert, Georg wusste nicht mehr, ob er da schon wach oder immer noch halb träumend war, er hatte sich geärgert, dass er sich ganz ohne Gegenwehr von seinem Weg hatte vertreiben lassen. Von einem Hund, dessen Gejaule durch Mark und Bein ging, und genau das war es jetzt, was er hörte. Der Schlitten fuhr immer schneller, aber das Bellen und Winseln wurde ebenfalls lauter, als könnten die Hunde mühelos mithalten und sogar aufholen. Diesmal nicht, sagte sich Georg, er hatte vergessen, dass er nicht allein auf diesem Schlitten saß, diesmal nicht, diesmal würde er sich wehren, er fühlte sich durchdrungen von einer Kraft, und diese Kraft stand ihm doch zu, es konnte doch nicht sein, dass ein einziger wilder Hund kam und man wie ein Kätzchen den Weg räumte. Und er lenkte, er zog an den Seilen. Der Schlitten sauste die Straße hinab, am Gluirsch-Eck vorbei, wo erst neulich eine Mutter mit ihrem Kind verunglückt war. Aber *er* fuhr jetzt vorbei, tödliche Sicherheit, vorbei an Stämmen, Steinen und Geröll. Georg lenkte mit traumwandlerischer Sicherheit. Nach Innsbruck, in die Stadt, die dunkel vor ihnen lag. Georg bildete sich ein, dass das Bellen nachließ, er wurde übermütig.

»Schau an, das ist es also schon!«, rief er in die blauweiße Schneelandschaft. »Kaum merken sie, dass man Kraft hat, dass man geführt wird von einer schützenden Hand, geben sie klein bei. Ein umgekehrter Traum! Da wird es gleich ganz still. Ich habe die Fäden in der Hand!«

Georg steuerte das Gefährt in einem atemberaubenden Tempo, aber sicher wie auf Schienen in die Niederung des Inntals. Plötzlich hielt Georg an, sie waren am Ziel. Oberkofler kugelte vom Schlitten, rollte ein Stück weit in den Schnee und rappelte sich dann auf. Es schien, als wolle er sich vor Georg verbeugen, aber dann brach es aus ihm heraus. Er übergab sich in den Schnee. Als er sich wieder gefasst und den Mund mit einem Tuch abgewischt hatte, sagte er: »Danke für die angenehme Fahrt, Herr Trakl. Jederzeit wieder.« Oberkofler schlug die Hacken zusammen, dann ging er seines Weges.

Georg blieb auf dem Schlitten sitzen, er betrachtete in der vom Schnee erhellten Nacht seinen Atem, der ganz ruhig aus seinem Mund strömte. Im Hintergrund war wieder Hundebellen zu hören, aber es wurde immer leiser. Diese Schlacht hatte er gewonnen.

»Ich brech dir deine kleinen, dreckigen Hände, du Hurenbraut! Dann hat sich's mit der Klimperei.« Arthur Langen war in Rage. »Meinst du denn, ick bin blind?«

Grete lachte ihn einmal mehr aus, es war ein teuflisches Lachen, sie hatte keine Angst vor diesem Mann. »Da wärst du doch nie allein drauf gekommen, du Narr!«, ätzte sie. »Das hat dir doch deine Mami Hansen erst erklären müssen.«

»Ach halt doch dein Maul. Ick hätte jut Lust, deine Frechheit aus dir rauszuprügeln!«

»Und machst es ja doch nicht, du dummer Kerl. Auf jeden Fall: Mir reicht es, ich ziehe aus!«

»Und kannst du denn überhaupt sagen, wer der Vater ist, du Hure? Ich sage dir, wer der Vater ist! Berlin ist der Vater, janz Berlin ist der Vater. Du bist eine wandelnde Matratze, mit dir habe ick die Hure Babylon ins Haus jeholt!«

»Oh, jetzt gibt sich der Herr auch noch jebildet, wa?« Gretes Stimme klang schrill, sie hatte rote Flecken im Gesicht, ihr Haar stand wild in alle Richtungen ab, es war wie elektrisiert. Sie hatte nur ein Unterkleid und eine weiße Bluse an.

»Ich breche dir die Finger! Dann spielst du nie wieder einen Ton!«

»Das ist alles, womit du mir drohen kannst? Da lache ich doch! Ich spiele sowieso nie mehr einen Ton, weil es nicht ein einziges Instrument hier gibt und nicht auch nur den Hauch von Geld, um Unterricht zu bezahlen. Du bist der größte Luftikus, den ich kenne. Und ein Bankrotteur.«

Arthur war außer sich. »Das sagt eine Trakl! Mir kommen die Tränen. Welche Firma ist denn so gut wie am Boden, wer kann denn der jeliebten Tochter keinen Klavierunterricht mehr bezahlen? Ihr seid doch die Bankrotteure, nicht ich.«

Er warf wütend seinen gelben Hut in die Ecke, er hatte ihn die ganze Zeit über in der Hand gehalten und zusammengedrückt. Grete ging und hob den Hut auf.

»Wenn das kein schöner Hut ist, ah.« Sie knöpfte sich mit einer Hand die Bluse auf, streichelte mit dem Hut ihre nackte Brust. Langen lief rot an.

»Du Hure! Na los, wer ist der Vater?«

»Spielt das eine Rolle? Tu es sot comme un cochon, mais tu n'es pas un cochon. «

»Hör mit dem Französeln auf! Das ist die Sprache der Huren!«

»So, na dann schau dir das mal an!«

Grete bückte sich und ergriff den Saum ihres Unterrocks, hob ihn hoch und klemmte ihn sich zwischen die Zähne. Dann nahm sie den gelben Hut in beide Hände und zog ihn sich zwischen den Beinen hin und her.

Langen verlor die Fassung. Er sprang auf Grete zu, holte aus und versetzte ihr mit der rechten Faust einen wuchtigen Hieb auf Mund und Nase. Grete ging, nachdem sie Arthur noch einige Sekunden ungläubig angesehen hatte, mit einem dumpfen Schlag zu Boden. Arthur war konsterniert. Er war jetzt wieder wie ein kleiner Junge, der eine Dummheit begangen hatte. Und der im Augenblick seiner Tat bereits etwas von der drohenden Strafe ahnte. Die Tür ging auf, Frau Hansen kam herein.

»Dieses Berlin!«, stammelte sie. »O Gott, Arthur, dieses Berlin! Es ist doch wirklich ein Hexenkessel!«

Fuchsteufelswild. Was war denn das nun wieder für ein Wort? Er war durch die Waggons gelaufen und hatte sich schließlich an ein Fenster gestellt, es aufgeschoben und sich eine Zigarette angezündet. Fuchsteufelswild. Das hatte der Mann eben zu seinen zwei Kindern gesagt.

»Jetzt werde ich aber gleich fuchsteufelswild, wenn ihr nicht aufhört!«

Georg sog so fest an der Zigarette, dass ein leises Quietschen zu hören war. Er war sich nicht sicher, wen er schlimmer finden sollte, den Vater oder die Kinder. Oder dieses Wort. Die Kinder bereiteten ihm fast körperliche Schmerzen mit ihrer Ausgelassenheit. Der Vater mit seinem verzweifelten Versuch, eine Stimmlage zu finden, die nicht die eigene Überforderung entlarvte. Die Fahrt von Innsbruck nach Berlin dauerte lange. Er konnte nicht immerzu stehen und rauchen. Rauchen und stehen. Der Teufel. Der Teufel. Fuchsteufel.

Er schwitzte die ganze Zeit über, immer wieder kamen ihm die Zeilen aus Gretes Telegramm in den Sinn, diese kalte, mechanische Schrift, auf das Papier geschlagen, beinahe wie ein Gedicht.

habe das kind hergegeben
liege krank
viel blut und langen weg
weiß nicht mehr weiter
brauche deine Hilfe
Grete

Das Kind hergegeben. Das Kind. Das war zu viel. Aber mit wem sollte er darüber sprechen? Grete hatte in einem früheren Telegramm behauptet, dass Erhard der Vater sei und nicht Langen, aber Erhard selbst hatte sie nicht informiert, er wusste davon überhaupt nichts. Und er solle ihm um Gottes Willen nichts davon sagen. Auch das war zu viel. Er drückte die Zigarette im Ascher aus, der Zug stotterte nach Berlin. Georg lehnte sich an die Wand, verschränkte die Arme. Das Gestampfe des Zuges schläferte ihn ein, er schloss die Augen. »Das Kind hergegeben. Blut.« Ein fernes Läuten war zu vernehmen, kaum hörbar, weil es sich gegen das Zuggeräusch nicht durchsetzen konnte. Vielleicht eine Kirche in der Nähe. Telegramme. Wörter. »Erhard ist der Vater, nicht Langen. Aber das sollte dir ja weitaus besser gefallen, mein lieber Bruder.« Nein, das tat es nicht! Das musste Grete doch wissen. Telegramme, Wörter, Buchstaben. »Erhard ist der Vater.«

»Und das glaubst du auch noch, Görgl? Entschuldige, dass ich lache. Der hat doch in seinem Leben noch keinen Samen verschossen. Und der Langen kann nicht, das weißt du. Der hat die Verstopfung, ha, ha. Und wer bleibt also übrig? Ach, Görgl, du Tropf. Du weißt doch, wer deiner Schwester all die Dinge eingepflanzt hat, die sie verdorben haben. Ihr seid doch viel zu stolz, um jemand anderen in euren Kreis zu lassen. Du glaubst doch nicht, dass deine kleine Schwester von jemand anderem das kleine Pflänzchen empfangen hat? Du hast sie auf dem Gewissen, kein anderer! Nimm es hin! Du bist es, der kleine Mädchen verdirbt, das ist dein Schicksal.«

Der Zug ruckelte heftig, Georg flüchtete auf die Toilette und nahm ein paar Tabletten, die ihm Franz Schwab aus Wien geschickt hatte. Dabei hatte er sich in den letzten Wochen doch ganz gut im Griff gehabt. Aber solche Telegramme zerstörten alle Anstrengungen, sein Leben war eine einzige Wiederholung. Es dauerte, bis die Pillen zu wirken begannen, es dauerte immer länger, bis der schwarze Engel verstummte. Georg wurde müde. Er setzte sich auf den Rand der Toilette und vergrub den Kopf in den Händen. Es klopfte an der Tür. Nicht schon wieder, dachte Georg.

»Wir erreichen in Kürze Berlin. Bitte geben Sie die Toilette frei.«

Georg stand auf, er musste einige Waggons zurückgehen. Im Gang tollten die Kinder und rempelten ihn an.

»Spendierste uns wat Süßet, Onkel?«

Er hätte sie am liebsten gepackt und aus dem Fenster geworfen, fühlte sich aber zu keiner schnellen Bewegung in der Lage. Er ging einfach weiter, dann war er bei seinem Koffer.

»Geht es Ihnen nicht gut?«, fragte eine Frau. »Sie sehen so blass aus.« Der Zug fuhr in den Bahnhof ein, die Bremsen quietschten.

»Das ist der Frühling«, murmelte Georg, »den vertrage ich einfach nicht.« Dann stieg er vor der Dame aus dem Zug.

*

Es war kühl in Gretes Kammer. Es roch nach Krankheit und Chloroform, nicht mehr nach frischer Farbe wie zuletzt. Frisch getünchte Wände, ein hellblauer Schimmer überall. In einem Korb in der Ecke steckten blutige Laken.

Als Georg eintrat, lag Grete im Bett, leicht aufgerichtet, ein Kissen unter sich. Sie las in einem Buch mit schwarzem Umschlag.

»Georg!«, sagte sie mit leiser Stimme. Sie legte das Buch beiseite. Sie wischte sich mit der Hand über das Gesicht. »Ich bin in Berlin eine richtige Heulsuse geworden, verzeih.«

Georg stellte den Koffer ab und setzte sich zu ihr auf die Bettkante. Er fuhr ihr durchs Haar, das jemand abgeschnitten hatte, es war nur noch schulterlang. Grete war abgemagert, ihre Wangenknochen zeichneten sich deutlich ab, die Haut war faltig und blass, wie aus Pergament. Ihre Augen waren rot, schmale Striche. Georg wusste nicht, was er sagen sollte, es kam ihm alles albern vor.

»Ich weiß schon«, sagte sie nach einer langen Pause. Sie lächelte gequält. »Aber es geht schon besser. Denk dir, gestern habe ich zum ersten Mal wieder gegessen. Ines, das ist meine beste Freundin hier, hat mich gefüttert, und ich habe es nicht ausgespien. Nach so vielen Tagen. Und schau, morgen werden die Laken abtransportiert, und dann bin ich langsam wieder die Alte. Und ich kann so tun, als wäre nichts passiert.«

»Es ist aber etwas passiert, Gretl.«

»Sicher, sicher. Aber du hast damit nichts zu schaffen, Georg. Und ich bin eine Meisterin darin, unliebsame Dinge zu vergessen. Schau mal hier …« Sie beugte sich langsam vor und deutete auf eine Schachtel, die auf einem Beistelltisch neben dem Bett lag. »Meine Apotheke! Es ist alles da, um mich bald wieder zu einem tapferen kleinen Wesen zu machen. Alles da.«

Das Wort »Apotheke« schien Georg zu treffen. Er zuckte leicht, dann hielt er sich die rechte Hand vor die Augen.

»Aber Georg, was ist denn mit dir? Du bist doch gekommen, um *mir* zu helfen. Und jetzt ist es schon wieder umgekehrt.«

»Entschuldige, Grete«, sagte er. Er fasste sich.

»Willst du etwas essen?«

»Ja, Brüderchen. Da drüben auf dem Tisch findest du etwas Brot und Wasser.«

Georg stand auf und holte das Brot, er tunkte eine Scheibe in die Flüssigkeit, damit es für Grete leichter zu essen war. Sie brauchte trotzdem eine Ewigkeit, um das Stück zu kauen. Sie trank ein Glas Wasser, dann sah sie Georg in die Augen.

»Der Frühling, ich kann es gar nicht fassen. Das Leben erwacht und …« Sie stockte. Sie verzog das Gesicht. »Die Schmerzen, das ist das Schlimmste. Jetzt wäre es Zeit für ein wenig Chloroform, denke ich. Zum Nachtisch, sozusagen.«

Georg ging zu ihrer Apotheke, holte eine kleine Flasche heraus und träufelte einige Tropfen der Substanz auf ein Taschentuch. Seine Hände zitterten.

»Das Leben erwacht«, sagte sie, sie schien den Gedanken von vorhin wieder aufzunehmen. »Und manchmal fühle ich mich wie eine Königin, Georg.«

»Ich verstehe nicht.« Er verschloss die Chloroformflasche und stellte sie in den Kasten zurück.

»Ich fühle mich, als würde ein Krieg um mich toben. All das Blut, weißt du. Und jetzt kommen die Helden, um mich zu befreien. Und manchmal glaube ich, dass ich es sogar wert bin. Ja, Georg. Warum sollte ein einzelner Mensch es nicht wert sein, dass seinetwegen ein Krieg entfacht wird?«

Georg reichte ihr das mit Chloroform getränkte Tuch, sie drückte es sich leicht auf die Nase. Grete wurde nun fast übermütig. Sie lachte, hustete.

»Und einer der Helden bist natürlich du, Georg. Das bist du immer gewesen.«

»Jetzt ruh dich aus, Grete.« Er nahm ihre Hand, sie war leblos, kalt.

»Aber das, *weswegen* du gekommen bist, das gibt es nicht mehr, Schorschl. Das habe ich hergegeben. Es ist eigentlich der Krieg um einen Schatten.« Ihr Kopf sank zurück in das Kissen. Sie lachte noch einmal kurz auf. Dann schlief sie ein.

*

Lieber Freund Karl Borromaeus!
Meine Schwester hat vor wenigen Tagen eine Fehlgeburt gehabt, die mit außerordentlich vehementen Blutungen verbunden war. Ihr Zustand ist ein so besorgniserregender, umso mehr, als sie seit fünf Tagen keine Nahrung zu sich genommen hat, dass vorläufig nicht daran zu denken ist, dass sie nach Innsbruck kommt.

Ich gedenke noch bis Montag oder Dienstag hierzubleiben und hoffe bestimmt, Dich in Innsbruck noch wiederzusehen. Teile mir bitte mit, ob Herr von Ficker sich in meiner Militärangelegenheit erkundigt hat … Grüße Ficker herzlich von mir und sei umarmt von Deinem

G. T.

*

Grete saß zwei Tage später vor dem Fenster ihrer Kammer und las in dem Buch mit dem schwarzen Umschlag, das Georg immer das Kreuzbuch nannte. Er lächelte dann, aber sie nahm ihm den Spott nicht ab. Sie glaubte, dass er von

Zeit zu Zeit unter der Last dieses Buchs zusammenbrach. Jedem Dichter musste es doch so gehen. Er hatte es ihr geschickt, aus Innsbruck, als es mit ihrer Krankheit anfing. Dann war er dem Buch hinterhergereist. Eine Karte hatte er beigelegt, sie solle dies nicht missverstehen. Er schicke ihr per Post nicht die Letzte Ölung, sondern einen Sammelband der Aufmunterung, von dem auch er sich gelegentlich etwas Linderung verspreche. Das Neue Testament blieb ungelesen, dafür hatte sie das Hohelied für sich entdeckt, sie studierte es immer wieder, sie kannte es fast auswendig. Wie seltsam nehmen sich diese wenigen Seiten in dem Buch aus, dachte sie. Ein einziger Lobgesang auf die Liebe und auf den Körper, der doch sonst an allem die Schuld trägt. Aber hier nicht. Hier gibt es nur schlichte, aber wunderschöne Bilder, Herrlichkeit und Sehnsucht. Vielleicht war es diese Sehnsucht, die sie so ansprach. Und die Ungeheuerlichkeit, dass diese Sehnsucht erfüllt wurde.

Sie fing an, laut zu lesen, und blickte dabei aus dem Fenster auf die Straße hinaus. Sie sah, dass Georg kam, er lief langsam, er schleppte sich voran. Sie dachte, niemand sieht die Last, die auf ihm liegt. Nur ich. Und niemand wird ihn lieben können, ohne das zu sehen. Nur ich. Aber was half es, dieses Sehen? Es änderte nichts. Es änderte gar nichts, und deshalb schadete man sich immerzu, obwohl man sich helfen wollte. Oder vielleicht wollte man nicht einmal das.

Des Nachts auf meinem Lager suchte ich, den meine Seele liebt. Ich suchte; aber ich fand ihn nicht. Ich will aufstehen und in der Stadt umgehen auf den Gassen und Straßen und suchen, den meine Seele liebt. Ich suchte; aber ich fand ihn nicht. Es fanden mich die Wächter, die in der Stadt umgehen: »Habt ihr nicht gesehen, den meine Seele liebt?«

Da ich ein wenig an ihnen vorüber war, da fand ich, den meine Seele liebt. Ich halte ihn und will ihn nicht lassen, bis ich ihn bringe in meiner Mutter Haus, in die Kammer der, die mich geboren hat.

Als er eintrat, hörte sie nicht auf zu lesen. Georg stand schweigend da, sein Körper nahm fast den ganzen Raum ein. Er zog eine Zigarette aus der Jackentasche, prüfte sie kurz und zündete sie an. Er hörte schweigend zu. Sie wusste, dass es für ihn mehr als eine Unhöflichkeit bedeutete, Lesende zu stören. Als sie geendet hatte, sagte er: »Das Hohelied Salomos. Die Bibel hat auch ihre lichten Seiten. Aber ich mag den Prediger Salomo lieber. Darf ich?«

Er ging zum Fenster und schnippte die halbgerauchte Zigarette hinaus. Dann griff er nach dem Buch. Er musste nicht lange suchen.

Alle Wasser laufen ins Meer, doch wird das Meer nicht voller; an den Ort, da sie herfließen, fließen sie wieder hin. Es sind alle Dinge so voll Mühe, dass es niemand ausreden kann. Das Auge sieht sich nimmer satt, und das Ohr hört sich nimmer satt. Was ist's, das geschehen ist? Eben das hernach geschehen wird. Was ist's, das man getan hat? Eben das man hernach wieder tun wird; und es geschieht nichts Neues unter der Sonne.

Er legte das Buch wieder auf den Tisch, sie schwiegen. Er sah seine Schwester an, die wie ein weißer Schatten wirkte, sie war kaum noch Körper. Sie wirkte wie eine alte Frau, die auf dem Gipfel eines Berges steht und hinunterblickt auf die zurückgelassene Welt. Eine alte Frau, deren dünnes Haar vom Wind zerzaust wird. Kalkweiß, die Haut. Uralt.

»Wo wir beim Wasser sind«, sprach sie in die Stille. »Ines erzählte mir, dass heute am Wannsee ein alter Brauch zu bestaunen ist. Das sollten wir uns nicht entgehen lassen. Und ich glaube, ich habe genügend Kraft. Ich muss einmal raus aus diesem Zimmer, sonst erdrückt es mich.«

»Was für ein Brauch?«, fragte Georg. »Wahrscheinlich ordentlich heidnisch.«

»Die Leute befestigen auf kleinen Holzscheiben Kerzen und setzen sie in der Dämmerung auf dem Wasser aus. Vordergründig, um den Winter zu verscheuchen. Aber Ines sagte, dass man früher die Seelen der Toten damit auf die Reise geschickt hat.«

»Dann muss ich dich nicht fragen, was wir auf die Reise schicken, Gretl.«

*

Am Abend saßen sie in der Tram. Immerhin, Georg saß, er sprang nicht hoch und rannte den Gang auf und ab, wie er es sonst tat. Grete beobachtete ihn. Er war heute schweigsam, er musterte nur die Leute, mit seinem spöttischen Blick. Er wirkte, als könne er nie ernst sein. Dabei war er es immerzu.

»Die Sonne ist fast weg, wir kommen genau richtig. Wann wirst du übrigens abreisen?«

»Ich muss nicht vor Wochenfrist in Innsbruck zurück sein.«

Sie konnte ihm nicht sagen, wie erleichtert sie war, dass er noch blieb. Sie zupfte an ihrem roten Schal, dabei war ihr Hals vollständig bedeckt. Aber sie fror. Der Wagen war halb leer, es wollten, schien es, nicht viele an den See.

Sein silbernes Haar war kurz geschoren, wie stets. Sein Kopf wirkte dadurch mächtiger, als er war, und es verlieh ihm diese Strenge, die so viele abschreckte. Die Härte, dachte sie sich, diese unnachgiebige Härte. Nur seine Stimme konnte diese Härte nicht brechen. Seine Kehle ist süß, und er ist ganz lieblich. Ein solcher ist mein Freund; mein Freund ist ein solcher, ihr Töchter Jerusalems!

»Es tut mir immer gut, ans Wasser zu fahren«, sagte er plötzlich. »Ich weiß nicht, warum das so ist. Als würde ich etwas davon verstehen. Dabei konnte ich nicht einmal die Salzach ergründen.«

»Hat nicht jeder sein Element, Georg? Wir müssten einen Weisen aus dem Orient um Rat fragen. Vielleicht bist du ein See. Tief und unbeweglich. Vielleicht sind alle Dichter nahe am Wasser. Und vielleicht nur, weil es sie beruhigt.«

»Ein See? Sollte ich das als Kompliment auffassen? Guten Tag, ich habe die Ehre, tief zu sein. Und unbeweglich. Und wie sind Sie so positioniert, gnädiger Herr? Gnädige Dame? Eher unten oder eher oben?« Georg blickte sich wild im Waggon um, als erwarte er tatsächlich eine Antwort der Mitfahrenden.

»Ich für meinen Teil sehe mich eher oben!«, sagte Grete.

»Ah, ein Berg, ich sehe schon. Oder doch der Wind, nein, ich würde sagen, Sie sind ein kräftiger kleiner Sturm. Hut ab, das gibt es selten. Habe die Ehre, schöne Frau!« Und er nahm ihre Hand und deutete einen Kuss an.

Sie musste lachen. Ein See, dachte sie. Ein See. Und sie war sich sicher, dass es stimmte.

*

Es ging zum Wasser. Immer geht es zum Wasser, dachte er. Er fühlte sich fremd in dieser Stadt, noch fremder als in Salzburg oder Innsbruck. Aber wen wunderte das, auch davon verstand er ja etwas. Er sah diese Menschen, die sich niederknieten, um Wachs auf kleine Holzplatten zu tröpfeln. Damit die Lichter nicht umfielen und im Wind verlöschten, ehe es Zeit war. Die beiden liefen langsam an das Ufer, die Sonne war schon untergegangen. Alles schimmerte im Kerzenschein, und alles war still, obwohl sich doch viele hier eingefunden hatten. Diese Stille gefiel ihm. Es war keine schlechte Idee gewesen herzufahren. Er drehte den Kopf zur Seite und betrachtete seine Schwester. Immer musste er sie betrachten, denn sie war ja nie gleich, sie veränderte sich mit jeder Minute. Man konnte nie sagen, was für ein Lebewesen sie war, manchmal war sie ein Vogel, manchmal eine alte Frau, die gebückt ging, manchmal sah sie wie ein weißer Engel aus. Und immer leuchtete sie, selbst wenn sie alles Leben verlor, das sie in sich trug. Es war ihr Kind. Jetzt war es ein Licht, das der Wind ausgelöscht hatte.

Sie standen am Ufer des Sees und blickten auf das schwarze Wasser. Es hatte nichts Bedrohliches, es wirkte wie ein dunkler Teppich, auf dem man laufen könnte – an einem anderen Tag, zu einer anderen Zeit. Sie stellten eine Kerze auf eine kleine, flache Holzscheibe und setzten sie auf den See.

»Nun, jetzt überlassen wir alles dem Wind und dem Wasser«, sagte Georg. »Der Winter interessiert uns nicht, denn wir haben es mit den Seelen der Toten zu tun. Gönnen wir uns da nicht zu viel Eitelkeit, Gretl?«

Sie ließ sich für ihre Antwort Zeit. Sie blickte auf das Wasser, die vielen Lichter spiegelten sich in ihren Augen.

Ich beschwöre euch, Töchter Jerusalems, dass ihr meine Liebe nicht aufweckt noch regt, bis es ihr selbst gefällt.

»Du kannst mich gleich auslachen, Georg. Aber es ist mir, als hätte ich mein Herz auf dieses Stück Holz gestellt. Ein Holzscheit für mein Herz, das jetzt davonfährt.«

»Wieso sollte ich da lachen? Das passt gut. Herzen sind Überläufer. Sie laufen und fahren und springen gerne weg. Und ich weiß nicht, ob es ein Glück ist, wenn sie wiederkommen.«

»Ich habe das Gefühl, dass meines nicht wiederkommen wird.«

»Nun, dann sollst du ohne Herz durchs Leben gehen, Gretl.«

Sie nahm seine Hand. So oft hatte sie ihn gehen lassen, hatte sie ihn weggeschickt. Wahrscheinlich, weil sie dachte, das müsse so sein. Weil alle anderen immer sagten, das müsse so sein. Aber jetzt würde sie ihn nicht wegschicken, das hoffte er. Er drückte ihre Hand, als sie ihrem Licht nachblickten. Ganz langsam flackerte es davon, bis es schließlich erlosch.

Sie sah ihn an. Sie reckte sich nach oben. Küsste ihn auf die Wange. Dann sackte sie in sich zusammen.

Erhard und Borromaeus hatten das Abteil für sich, niemand störte sie. Sie hatten also genug Gelegenheit für einen ausgiebigen Plausch über Kunst und Literatur, aber Erhard wollte sich nicht mit seiner Reisebegleitung beschäftigen. Er hielt den Kopf aus dem Zugfenster, der Fahrtwind brannte ihm in den Augen.

Er wollte für sich sein, er wollte in Ruhe mit sich ins Gericht gehen – aber er musste ja froh sein, überhaupt in diesem Zug zu sitzen. Er war enttäuscht, nein, das war viel zu wenig, er war fassungslos, dass Grete ihm nicht geschrieben und er alles nur über den Innsbrucker Künstlerkreis erfahren hatte. Beinahe wäre er in Urlaub gefahren, in die Toskana, und hätte nichts mitbekommen. In den Urlaub! Und jetzt saß er neben diesem Herrn Dr. Heinrich im Zug und kam sich wie ein Verbrecher vor.

Kind. Kind. Kind. Dieses Wort schlug er sich um die Ohren, dieses Wort klopfte er sich in den Schädel, bis es endlich haften blieb. Er hatte die Kontrolle verloren, zweifellos. Er schob das Fenster zu und setzte sich wieder hin.

»Der neue Gedichtband von Georg, wann soll der erscheinen?« Borromaeus ließ ihm keine Ruhe, er wollte Konversation betreiben.

»Im Herbst, hörte ich. Die Auswahl ist jedenfalls getroffen. Nur fragen Sie mich bitte nicht weiter, ich hatte darauf keinerlei Einfluss.«

»*Sebastian im Traum*, was für ein schöner Titel. Und wie bin ich erst gespannt, die Schwester unseres Freundes kennenzulernen. Ich habe ja schon ein bestimmtes Bild von ihr im Kopf, das ich gerne überprüfen will.«

»Ach ja, und wie sieht dieses Bild aus?«

»In meinen Augen ist Grete eine Art Zwillingsschwester, ein weibliches Pendant zu Georg, nur vielleicht noch radikaler, weil sie sich noch mehr ins Leben wirft. Das fasziniert mich! Auch wenn es natürlich bedenklich ist, wenn Sie verstehen, was ich meine.«

»Womöglich«, sagte Erhard bitter, »womöglich verstehe ich das sogar.«

Borromaeus sah ein, dass Erhard nicht plaudern wollte. Er holte ein Buch hervor und tat so, als würde er lesen. Es dauerte aber keine fünf Minuten, und er sprach ihn erneut an. »Wie lange wird die Fahrt noch dauern, lieber Herr Buschbeck?«

»Noch zwei Stunden, fürchte ich.«

»Mit Verlaub, dann werde ich einmal sehen, ob ich etwas zu essen auftreiben kann. Ein Stück Schweinsbraten würde mich über so manches hinwegtrösten.« Borromaeus stand auf, rieb sich den Bauch, schnaubte ganz fürchterlich durch die Nase, nickte Erhard noch einmal zu und verließ das Abteil.

Erhard war endlich allein. Er wippte mit dem Fuß, unaufhörlich hob und senkte er seinen Fuß und trommelte damit auf den Boden. Er saß mit verschränkten Armen da und starrte ins Leere.

»Ich bin ein Trottel!«, sagte er plötzlich laut zu sich selbst. Er stand wieder auf, öffnete das Fenster und hielt den Kopf hinaus. Der Fahrtwind brannte ihm in den Augen. Sie fingen an zu tränen.

*

Grete gab sich alle Mühe zu lächeln, als Erhard und Borromaeus ihr Zimmer betraten. Georg stand mit verschränkten Armen in der Ecke.

»Meine Helden sind gekommen, um mich zu retten«, sagte Grete. »Jetzt sind sie alle da.«

»Habe die Ehre«, sagte Borromaeus.

Erhard starrte Grete an. Er bekam kein Wort heraus. Keiner wusste etwas zu sagen.

»Um nicht völlig nutzlos zu sein, möchte ich einen Vorschlag machen.« Borromaeus versuchte sich als Wortführer. »Wir bekommen ja sonst noch Platzangst in diesem kleinen Zimmer und gehen unserer Patientin gehörig auf die Nerven. Also: Nachdem Erhard und ich unser Hotel geentert haben, kehre ich hierher zurück. Georg und Erhard machen sich auf ins Sturmhaus zu Herwarth Walden. Der gibt heute ein kleines Fest, und wir wurden über drei Ecken dazu eingeladen. Ihr werdet euch wohl fühlen. Vor allem du, Georg, kommst mal ein bisserl unter Leute. Und deine Schwester ist froh, nicht immer dein garstiges Gesicht sehen zu müssen.«

Das war mit Erhard allerdings nicht zu machen, er wollte unbedingt bei Grete bleiben. Georg wiederum war diese Vorstellung nicht geheuer, er begegnete Erhard äußerst reserviert. Aber er wusste, dass er ein Gespräch der beiden nicht verhindern konnte. Er konnte gar nichts mehr verhindern, dafür war es viel zu spät. Und vielleicht wollte er es auch nicht mehr.

Grete stimmte dem Plan ebenfalls zu. Sie lächelte gequält, ihr Zustand hatte sich nach der Episode am Wannsee wieder verschlechtert. Sie saß auf ihrem Bett, den roten Schal um den Hals gewickelt, sie wirkte abgelenkt, als ginge ihr ein Gedanke nicht mehr aus dem Kopf. »Wie dem auch sei«, sagte sie zerstreut, »ein Held bleibt mir. Und das soll mir für heute Abend reichen.«

*

Im Sturmhaus tummelten sich rund zwanzig Leute, allesamt Maler, Schauspieler, Dichter und Kritiker, es wurde diskutiert, gelesen, gestritten und gelacht. Jemand hatte ein Gedicht vorgetragen und es »futuristisch« genannt, an den Wänden hingen Bilder in den sattesten Farbtönen, kämpfende Formen und träumerische Improvisationen. Manche zeigten exotische Motive, Tiere und nackte braune Menschen. Überall lagen Bücher, Kataloge und Zeitschriften herum, die Möbel standen wild im Raum verteilt. Es war stickig und laut, ganz anders als im gediegenen Café Maximilian in Innsbruck.

Borromaeus entwickelte sich zu einem Derwisch und hopste von einem Bild zum nächsten, schüttelte Hände, scherzte und trank ein Glaserl nach dem anderen. Auch er war wohl nicht ohne Grund nach Berlin gekommen, Georg hatte allerdings noch nicht herausgefunden, was wirklich dahintersteckte.

Georg fühlte sich überfordert, das konnte er alles gar nicht unter einen Hut bringen. Er setzte sich also an einen Tisch und widmete sich dem Rotwein. Eine Frau kam hinzu, stellte sich vor und nahm neben ihm Platz. Sie hatte ein sympathisches Gesicht, ihr großer Mund lächelte ihn an.

»Ich habe Ihren *Helian* mit Bewunderung gelesen, mir sind einige Verse immer noch präsent. Das Gedicht ist von einer wunderbaren Religiosität.«

Else Lasker-Schüler hatte Georg sofort erkannt und war zu ihm gekommen, erfreut, diesen Kollegen zu sehen, der sie beeindruckte und mit dem sie eine Art Seelenverwandtschaft empfand. Das Wort »Verwundtschaft« kam ihr in den Sinn, manchmal reichte es, nur einen Buchstaben auszutauschen.

»Ist Religiosität allein schon eine Auszeichnung?«, sagte Georg nach einer langen Pause.

»Entschuldigen Sie bitte diese Ungenauigkeit. Was ich aber meine, ist … Nun, das Gedicht hat etwas Ursprüngliches, es spricht von einem Glauben, der am Anfang noch ganz rein ist, wie in Kinderschuhen. Und diese Ursprünglichkeit verbindet doch alle Religionen, denke ich. Oder vielleicht hoffe ich's auch nur.«

»Aber diese Reinheit wird sofort beschmutzt.«

»Natürlich, Herr Trakl, natürlich. Aber ich erfreue mich an der Vorstellung, dass alles erst einmal sauber war, bevor wir es mit Schmutz beworfen haben. Mir hat es der Ursprung angetan. Das klare Wasser, die reinen Farben, der nackte Mensch. Das hat so etwas Kindliches, Verspieltes, und das haben die Religionen meiner Meinung nach verloren.«

»Der Christ spielt nicht gern.«

»Nicht wahr! Das hat man ihm gründlich ausgetrieben.« Sie strich sich das braune, gescheitelte Haar zurück. Sie lächelte, aber sie wirkte plötzlich abwesend.

Sie wurden von Herwarth Walden und Borromaeus unterbrochen. Walden hatte eine dampfende Teetasse in der Hand, er war erkältet, Borromaeus wirkte immer noch vergnügt, aber die Müdigkeit stand ihm ins Gesicht geschrieben.

»Herr Trakl«, sagte Walden. »Ich sehe, Sie befinden sich bereits in ernsthaften Diskussionen mit der Grande Dame des Hauses. Ich hoffe, es wird nicht zu brenzlig.«

»Im Gegenteil, Herwarth«, antwortete sie an seiner statt. »Wir hatten es gerade vom Spielen.«

»Wer nicht spielt, der nicht gewinnt«, sagte Walden und lachte heiser. »Ich habe gerade mit Borromaeus darüber gesprochen, dass wir noch kein Gedicht von Ihnen im *Sturm* hatten. Das ist eigentlich ein Skandal. Hätten Sie nicht die Güte, uns das eine oder andere einzusenden? Ich hörte auch, ein neuer Band ist in Sicht.«

»Ach, Herwarth«, sagte Else Lasker-Schüler. »Musst du immer mit der Tür ins Haus fallen? Aber mit dieser stürmischen Art hatte er eines Tages selbst mich beeindruckt. Nur ist dieser Tag schon lange her.«

Walden verzog kurz das Gesicht, als würde er sich an diesen Tag erinnern, dann lächelte er wieder.

»Das werde ich gerne tun«, sagte Georg. »Aber verzeihen Sie bitte, ich muss mich nun verabschieden. Meine Schwester, es geht ihr nicht gut. Sie ist noch schwach. Es hat mich sehr gefreut. Herr Heinrich wird sicher noch eine Weile bei Ihnen bleiben, wie ich ihn kenne.«

»Selbstverständlich, Herr Trakl.«

»Und selbstverständlich werde ich noch bleiben«, sagte Borromaeus. »Ich werde Grete heute keine Hilfe mehr sein, fürchte ich. Ich werde aber morgen mit Erhard zu euch kommen. Wir bringen das Frühstück mit.«

»Reizend!«, spottete Georg. Er gab Borromaeus die Hand. Es war gut, dass er gekommen war. Auch wenn es nicht nur die Sorge um einen Freund und seine Schwester sein konnte, die ihn nach Berlin geführt hatte.

Georg reichte auch Else Lasker-Schüler die Hand, sie packte fest zu und lächelte.

»Wir sehen uns in der Flut. Und wer weiß, vielleicht geben wir zwei ganz schwimmtaugliche Fische ab. Sie als Christ natürlich mehr als ich.«

Georg lächelte, es fiel ihm darauf nichts mehr ein. Das

Wasser, ja, das war es. Aber es schien ihm, als würde er niemals lernen, darin zu schwimmen.

*

Grete und Erhard sprachen zunächst kaum. Sie gab ihm ein Glas Wein, in dem sie Tabletten aufgelöst hatte, sie reichte ihm eine mit einer Tinktur bestrichene Zigarette. Grete fühlte sich schwach, aber sie war entschlossen, ihren Plan in die Tat umzusetzen, nachdem ihr Bruder und sein Freund aus der Tür waren. Diesmal würde Erhard nicht weglaufen. Diesmal würde sie ihn halten können.

Als die Rauschmittel ihre Wirkung taten, weiteten sich seine Pupillen. Diesmal würde er nicht weglaufen können.

»Erhard!«, fing Grete an. »Entschuldige bitte diese vielleicht törichte Frage, aber ich meine, da gerade etwas in deinen Augen entdecken zu können. Hast du eigentlich jemals an Selbstmord gedacht?«

»Was soll das, Grete?«

»Entschuldige, das war nur so ein Gedanke. Dabei weiß ich genau, worüber du eigentlich sprechen willst. C'est clair. Du willst von mir Antworten auf deine Fragen bekommen.«

»Das stimmt allerdings«, sagte Erhard müde. »Warum hast du mich in Gottes Namen nicht über deinen Zustand informiert?«

»Meinen *Zustand*?« Sie lachte. »Weil es dich nicht betrifft. Es betrifft eigentlich niemanden, niemanden außer mich selbst.«

»Das verstehe ich nicht, das Kind ...«

»Es konnte nicht leben, Erhard, das hätte ich von Anfang an wissen müssen. Es wäre ein viel zu zorniges und stolzes Kind geworden. Es wäre ein Kind gegen Arthur und gegen dich und gegen Georg geworden. Und man kann doch ein Kind nicht gegen diese Welt zeugen. Und deshalb ist es ganz egal, wer der Vater ist, verstehst du? Diese Frage werde ich dir ohnehin nicht beantworten können. Ich sage mir immer, dass mein Zorn der Vater war. Und mein Stolz. Beide gibt es nicht mehr, beide haben mich verlassen. Und damit hat sich alles erledigt.«

Erhard schwieg. Das Zimmer hatte nun einen bläulichen Schimmer, alles war noch verworrener in seinem Kopf, er hätte nichts trinken dürfen. Er wusste nicht, ob er Grete hassen sollte. Für einen kurzen Moment hätte er sie schlagen mögen, dann war es ihm wieder, als müsse er sie umarmen und festhalten. Im nächsten Moment wollte er sie küssen und berühren. Er hatte die Kontrolle verloren, zweifellos.

»Viele Nächte in der fraglichen Zeit sind in Vergessenheit geraten, Erhard. Aber ich will dich nicht freisprechen. Ich will dich nicht aus der Verantwortung entlassen. Im Gegenteil. Du schuldest mir etwas, und ich fordere nun von dir, dass du diese Schuld begleichst. Und diesmal hast du keine Wahl. Diesmal kannst du nicht einfach vor mir weglaufen mit irgendwelchen Ausflüchten. Die Situation ist nun eine andere!«

Erhard sagte gar nichts mehr, er nickte nur noch. Grete bannte ihn, mit ihren Blicken, mit ihren Sätzen, aber das war nicht schwer. Erhard wirkte wie hypnotisiert. Noch ein Schluck Wein, Grete bewegte sich vor seinen Augen, wie ein Schatten, er konnte plötzlich ihre Konturen nicht mehr genau wahrnehmen. Alles war ein blauer Nebel, ihm wurde kalt. Er spürte einen kühlen Luftzug, der durch das Zimmer ging. Sollte er sie hassen? Vielleicht war das die einzige Reaktion, die ihm noch blieb. Was hatte sie aus ihm gemacht! Er wurde zornig, Grete sprach immer weiter. Er hasste sie.

Ja, er hasste sie, wie er vielleicht noch nie jemanden gehasst hatte. Und er hatte noch nie so geliebt. Aber er konnte das in seinem Zustand nicht mehr voneinander trennen.

Er fühlte etwas in der Hand, es war ein länglicher Gegenstand. Bläulicher Nebel überall, da war ein Schatten vor seinen Augen. War es Grete? War es die verhasste Grete? Die geliebte Grete? Die ihn verletzt, verdorben, verdammt hatte? Er wollte seinen Arm heben. Da bemerkte er, dass er ihn schon längst erhoben hatte.

*

Als Georg die Tür zu Gretes Zimmer aufsperrte, war es, als ertappe er zwei Kinder bei einem ungehörigen Spiel. Seine Schwester und Erhard zuckten zusammen. Grete saß aufrecht in ihrem Bett, das Nachthemd weit geöffnet, unter dem Schal ragten ihre Brüste weiß heraus, ihre Rippen zeichneten sich darunter ab. Ihr gegenüber saß Erhard, auch er mit geöffnetem Hemd, er streckte seine haarlose, abgemagerte Brust ins Mondlicht. Er hielt ein Messer in der Hand, ein einfaches Küchenmesser. Als Georg Gretes Lächeln sah, wusste er, was hier gespielt wurde. Er schrie auf und stürzte sich auf Erhard. Dieser warf, noch bevor Georg bei ihm war, das Messer in eine Ecke. Georg packte ihn, schüttelte ihn und zog ihn aus dem Bett. Erhard lachte gellend auf, »mein Kind«, stammelte er, im nächsten Moment weinte er, er war offensichtlich nicht bei Sinnen. Aber auch das wunderte Georg nicht. Er zerrte seinen alten Freund zur Tür, bis über die Schwelle, bis zur Treppe. Dort ließ er ihn liegen. Dann kehrte er in Gretes Zimmer zurück, wütend und verzweifelt über dieses absurde Theaterstück, das sich kein Narr hätte besser ausdenken können. Und es war ihm, als hätte er sich gerade auf sich selbst gestürzt, als hätte er sich gerade selbst mit seiner ganzen Schwäche, mit seinem Hochmut und seiner Sündhaftigkeit zur Tür hinausgeworfen.

»Du kommst immer zu spät oder zu früh!«, sagte Grete bitter. »Aber ich darf dich beruhigen, es wäre gar nicht bis zum Äußersten gekommen. Ich wollte etwas ausprobieren, Georg, und es hat funktioniert. Und ja, vielleicht wollte ich mich an Erhard rächen. Ich weiß, ich habe kein Recht dazu. Ich zerstöre mir selbst alles. Von wem habe ich das nur gelernt, Georg.« Sie legte sich flach hin und drehte sich von ihrem Bruder weg. Georg wollte etwas sagen, er wollte sie anbrüllen, sie zur Vernunft bringen. Aber er schwieg nur, er trat ans Fenster, zündete sich eine Zigarette an und sah in die Nacht hinaus. Georg hörte von irgendwoher eine Kirchturmuhr schlagen. Als die Glockenschläge verstummt waren, klopfte es an die Tür. Georg wandte sich um, Grete lag immer noch regungslos in ihrem Bett. Wieder klopfte es. Er zögerte kurz, dann ging er zur Tür.

*

Lieber Herr von Ficker!
Wollen Sie bitte, um von meinen nächsten Angelegenheiten zu sprechen, die Güte und Liebe mir erweisen, an Hauptmann Robert Michel zu schreiben (vielleicht ist es wichtig, dass es gleich geschieht) und in meinem Namen um seine freundliche Fürsprache im Kriegsministerium bitten.

Es umarmt Sie innig
Ihr Georg Trakl

»Ist es nicht paradox?«, fragte Karl Röck. »Jetzt ziehst du in den Krieg gegen deine geliebten Russen. An der Seite der Deutschen, die du verachtest. Ich hoffe, du hast nicht deinen Dostojewski im Tornister.«

»Karl!« Ludwig von Ficker fasste ihn am Arm. »Muss man dich denn immer bremsen?«

Aber Karl verstand in politischen Fragen keinen Spaß, er hatte sich schon oft mit Georg darüber gestritten. Georgs Wertschätzung der Russen ärgerte ihn, dabei war es mehr die russische Literatur, die Georg faszinierte, weniger das Land und die Menschen. Von der verbündeten Kriegsmacht Deutschland hielt Georg allerdings nichts, das konnte Karl zur Weißglut und seine großen Ohren zum Wackeln bringen.

Sie standen am Bahnsteig des Innsbrucker Bahnhofs, es spielten sich tumultartige Szenen ab. Hunderte Soldaten warteten auf ihren Zug, Verwandte und Freunde waren gekommen, sie zu verabschieden. Und doch war die Stimmung gelöst. Lieder wurden gesungen, Fähnchen geschwenkt. Man sah kein betrübtes Gesicht, es war, als führe eine große Familie zu einem bunten Fest. Eine Frau hatte Georg eine Nelke an die Kappe gesteckt.

»Sie werden's denen schon zeigen!«, hatte sie gesagt. »Jetzt heißt es die Heimat schützen.«

Österreich-Ungarn machte mobil, Georg war trotz seiner beruflichen Eskapaden sofort beim Militär aufgenommen worden, als er sich freiwillig gemeldet hatte. Ludwig hatte im Hintergrund die Fäden gezogen und einige Fürsprecher gefunden, sein Einfluss war nicht nur auf Künstlerkreise beschränkt. Als Medikamentenakzessist zog Georg also in den Krieg, und er war sich sicher, dass dies der einzig mögliche Weg war. Ob es der *richtige* Weg war, vermochte er nicht zu sagen, darum ging es auch nicht mehr. Es war alles ein Schritt in die richtige oder in die falsche Richtung, aber es war immerhin ein Schritt.

»Jetzt wird sich tatsächlich zeigen«, sagte er zu seinen Freunden, »ob die papierne Welt hält, was sie versprochen hat. Oder ob sie an der Wirklichkeit zerbricht.«

»Da hast du völlig recht, Georg!« Karls Augen funkelten hinter der Brille. »Die Kunst muss sich immer mit dem Leben messen, denn sie ist ja davon nicht zu trennen. Die Zeit der romantischen Elfenbeintürmelei ist längst vorbei.«

»Das ist mir ein wenig zu viel Pathos«, sagte Ludwig. Er wollte zu einer kleinen kritischen Rede ansetzen, da rumpelte der Zug ein. Rufe erschallten, Geschütze wurden herangerollt, irgendwie versuchte man sich zu positionieren. Georg schüttelte seinen Freunden die Hand, Ludwig gab er ein Stück Papier.

»Aber freilich«, sagte er zu ihm, »kein Gedicht kann Sühne sein für eine Schuld.«

Die Soldaten strömten in die Züge, Offiziere versuchten, eine Ordnung herzustellen. Die Waggons wurden mit Kreide bemalt, »Jeder Schuss ein Russ«, Geistliche sprachen ihre Segnungen.

»Weihnachten sind wir wieder daheim, länger wird das Ganze nicht dauern«, sagte ein Kamerad zu Georg, als auch dieser sich in einen Waggon gezwängt hatte. Es hatte Zeiten gegeben, da hatte er sich wegen seines Ekels vor den Menschen nicht einmal in eine Elektrische setzen können. Und jetzt stellte er sich mit grölenden Soldaten in einen kleinen Waggon. Aber er glaubte daran, dass es so sein musste. Und deshalb konnte er es gut ertragen.

Der Zug fuhr eine vertraute Strecke. Es ging auf einen Zwischenhalt nach Salzburg, hier sollten weitere Geschütze geladen werden. Als der Zug eintraf, war der Salzburger Bahnhof wie leergefegt. Ein paar Pferde wieherten, es war brütend heiß, alles war staubig, die Soldaten schwitzten vor sich hin. Georg hatte seiner Familie telegraphiert, dass er einen kurzen Aufenthalt in der Heimatstadt habe. Er durfte wegen seiner Stellung, die der eines Leutnants gleichkam, aussteigen, er traf die Mutter und Fritz in der großen Halle des Bahnhofs. Fritz war schon in Uniform, er konnte den Krieg kaum erwarten. Sein Regiment würde in den nächsten zwei Tagen ebenfalls nach Galizien aufbrechen. Der jüngere Bruder umarmte Georg so freundschaftlich wie noch nie, er strahlte. Maria trug trotz der Hitze ein schwarzes Stoffkleid, das mittlerweile stark ergraute Haar hatte sie wie immer zu einem Kranz hochgesteckt. Auch sie umarmte ihren Sohn, sagte aber nichts.

»Stell dir vor, Georg, jetzt haben wir eine gemeinsame Aufgabe. Der Krieg schweißt uns zusammen, jetzt sitzen wir alle in einem Boot.«

»Hoffentlich geht das Boot nicht unter«, sagte die Mutter und verschränkte die Arme.

»Mama! Wir können nur gewinnen, glaub mir. Ein paar Monate, dann ist der Spuk vorbei. Die Russen sind schwach, und die Franzosen bekommen die Deutschen schon in den Griff.«

Ein Signalhorn ertönte. Die Halle belebte sich langsam, viele Salzburger strömten nun auf den Bahnsteig, um ihre Soldaten zu verabschieden.

»Alle in einem Boot!«, schwärmte Fritz. »Das ist unglaublich!«

Georg fiel keine Parole ein, um den Enthusiasmus seines Bruders zu bestätigen. Widersprechen wollte er ihm allerdings auch nicht.

»Ich hätte es nie gedacht, Schorschl«, sagte die Mutter. »Fritz und Gustl, freilich. Aber dass auch du nun in den Krieg ziehst.«

»Als Medikamentenakzessist bin ich nicht so gefährdet, Mutter.«

»Leb wohl, Georg!«, sagte sie unvermittelt, wie es ihre Art war. Er glaubte, etwas in ihrem Gesicht zu bemerken. Dann wandte sie sich ab und ging gegen den Strom der Menschen aus dem Bahnhof. Fritz lächelte noch einmal, umarmte seinen Bruder, dann ließ er ihn los. Er würde bald nachkommen.

»Ach ja …«, rief er Georg noch zu, als dieser sich schon umgedreht hatte. »Ich habe ein Telegramm von Erhard erhalten. Angeblich ist dein neuer Gedichtband schon erschienen. Nur, wer soll ihn jetzt lesen, frage ich mich.«

*

»Jetzt hört euch das an: ›Ein Liebender erwacht in schwarzen Zimmern. Die Wang' an Sternen, die am Fenster flimmern.‹ Das ist ja zum Totlachen!«

Und alle lachten sich halbtot.

Ein Fetzen Papier wurde herumgereicht, Georg rannte hinter ihm her, er brüllte, er riss die Arme hoch, als wolle er allein sein ganzes Regiment verprügeln. Medikamentenakzessist Fühmann hatte ein Gedicht von ihm entdeckt, zwischen den zwei Büchern, die Georg mit ins Feld genommen hatte. Und jetzt machte es die Runde.

»Der spinnerte Schorschl!«, grölte einer, fast noch ein Bübchen. Georg erwischte ihn schließlich, hob ihn hoch, als wäre er eine Puppe, und schüttelte ihn. Georg schwieg, dann ließ er den Kerl wieder los, das Papier fiel zu Boden. Er hatte es wieder. Seine Kameraden umkreisten ihn, selbst Fühmann, mit dem er sich bisher gut verstanden hatte. Die Soldaten grinsten, sie waren froh um jede Ablenkung, denn morgen, hieß es, gehe es in die Schlacht.

»Der Trakl versteht aber keinen Spaß! Jetzt haben wir ihn ein bisserl geuzt, mein Gott, was ist schon dabei«, sagte Fühmann.

Georg, immer noch kreidebleich und zitternd, wollte erst auf ihn zugehen, doch er ließ ab. Es hat keinen Zweck, sagte er sich, er wurde langsam wieder ruhiger.

Als ein Offizier kam, fand das kleine Spektakel ein Ende. Georg trottete davon, weg vom Feldspital, am Fluss entlang. Er sah sich um: was für eine Landschaft, er befand sich in einer fremdländischen Steppe. Der Sommer hatte die Felder verbrannt, doch man merkte, dass der Herbst sich langsam ausbreitete. Das Blau des Himmels war nicht mehr so klar, beinahe gräulich, wie verwaschen. Die Sonne stand schon früh tief und dunkel, sie rollte über die galizische Landschaft hinweg. Und neben den verbrannten Feldern gab es immer wieder kleine Oasen, Wälder, purpurfarbene Seen. Sie lagen in einer Ruhe, als wüssten sie nichts von den Menschen, die bald die Erde mit ihrem Blut tränken würden. So hatte sich Georg immer biblische Landschaften vorgestellt, es war verblüffend. Und er konnte sich keinen anderen Ort für eine Schlacht vorstellen. Seine Kameraden hatten recht, ein Papier hatte hier nichts zu suchen, damit konnte man hier nichts ausrichten.

Georg würde es allerdings nicht lassen können. Er würde auch diesmal versuchen, Wörter für diese Landschaft zu finden. Er musste Wörter für alles finden, es war wie eine Sucht. Er setzte sich auf den Boden, mitten in einem verdörrten Feld. Er kramte das zurückgewonnene Papier hervor, wendete es und kritzelte etwas mit einem Kohlestift darauf.

*

»Am Baume baumelt der Bauer. In der Scheune stöhnt der Soldat. Wenn das nicht das Zeug zu einem großen Gedicht hat, Görgl. Es ist zum Schießen.«

Georg versuchte, seiner Arbeit nachzugehen. Arbeit nannte man es, aber viele Wörter hatten hier ihre Bedeutung verloren. In einer Scheune lagen rund neunzig Verwundete der dritten kaiserlich-königlichen Armee, Georg hatte sie allein zu versorgen. Medikamente hatte er kaum noch, er irrte in dem Bretterschuppen umher, injizierte die letzten Tröpfchen beinahe wahllos in die Körper der Soldaten, die vor Schmerzen brüllten, wimmerten, heulten oder nur noch stumm starrten. Die russische Armee war stark, überlegen, heute war erneut mit einer Niederlage zu rechnen. Die Stabsärzte waren nahe der Front, auch Fühmann war ausgerückt.

Die Ärzte hatten die ganze Nacht hindurch operiert, bevor sie abgezogen wurden. Ringsum lagen Haufen von abgesägten Extremitäten, es roch nach Verwesung, nach Chloroform, nach Schweiß und nach Dreck. Ratten wuselten durch die Scheune, die nur durch ein paar wenige

Kerzen und Lampen erleuchtet war. Georg öffnete Verbände, manche Wunden verströmten einen süßlichen Geruch, sie hatten bereits weiße, eitrige Ränder, das Verbandsmaterial wurde knapp.

»Herr Doktor, Herr Doktor!«, so wurde Georg immer wieder genannt, die Soldaten konnten nicht mehr unterscheiden, wer oder was er war.

»Der Doktor kommt bald wieder«, versuchte er zu trösten. Er setzte Spritze um Spritze, aber dann waren die Medikamente aus. Das Geschrei hob wieder an, er konnte es nicht ertragen. Die Schreie und das Flehen der Kameraden, dieser Qual ein Ende zu machen. Georg war wie in Trance. Er wollte weggehen, aber vor der Tür ließ es sich auch nicht aushalten. Dort hingen Menschen in den Bäumen, einheimische Ruthenen, die man aufgeknüpft hatte.

Georg war sich sicher, dass sein ganzes Leben auf diesen einen Moment ausgerichtet war. Jetzt wusste er, was es hieß, sich den Dingen immer nur annähern zu können, ohne sie jemals zu erreichen. Hier war das Resultat: Die papierne Welt war untergegangen. Alles andere war eine Illusion.

Plötzlich gab es in der Scheune einen Knall, ein Soldat hatte sich in den Kopf geschossen. Die Wand dahinter war mit Blut und Hirn besudelt. Der Soldat daneben hielt sich weiter die Ohren zu, Georg beugte sich zu ihm hinab und sah ihm ins staubige Gesicht.

»Ich höre nichts mehr, ich kann nichts mehr hören!«, wimmerte der Mann. Georg holte seine Feldflasche hervor und gab ihm einen Schluck. Dann packte er die blutüberströmte Leiche und zog sie aus der Scheune. Er wuchtete sie auf einen Stapel lebloser Körper neben dem Tor, für ein Begräbnis war jetzt keine Zeit.

Der Dorfplatz sah gespenstisch aus. Zerrissene Tornister lagen herum, Erntegeräte, Kleidung, Abfall. Und überall Leichen, gefallene Soldaten und die Bauern, die man aufgehängt hatte. Schwere Wolken waren herangezogen, es würde bald regnen. Hunde bellten hysterisch, sie übertönten fast das nahe Dröhnen des Krieges.

Georg lehnte an der Scheunenwand, seine Kappe fiel zu Boden. Er scherte sich nicht darum.

»Das alles ist entsetzlich!«, sagte eine Wache zu ihm. Der Mann hatte das bereits hundertmal zu ihm gesagt.

»Es ist unerträglich«, antwortete Georg mechanisch. Auch er wiederholte sich.

Dann ein Rufen, Signale, ein Häuflein Soldaten kehrte aus dem Feld zurück. Geschlagen. Es gab neue Verwundete, immerhin war Fühmann unversehrt geblieben. Er hatte noch ein paar Medikamente. Sie gingen in die Scheune zurück, Fühmann setzte eine Injektionsnadel in ein Bein, dann die gleiche Nadel in einen Arm. Ein Arzt kam, er war völlig erschöpft, aber er wollte seine Arbeit fortsetzen.

»Wo ist meine Säge?«, fragte er Georg. »Die Schrapnellkugeln rufen mich schon.«

*

Liebe Grete!

Wo bist Du, meine Schwester? Ich bin in Jerusalem. Im Heiligen Hain. Ich laufe auf den schwarzen Straßen. Und es ist mir, es ist mir, ich weiß nicht, wie. Grodek ist ein biblischer Ort, wusstest Du das? Und wir haben ihn verloren, wir ziehen uns in die Karpaten zurück. Ich sehe Dich manchmal, Du läufst durch die Reihen der Soldaten und hast ein tröstendes Wort. Und Du sprichst manchmal zu mir. Du trägst ein weißes Gewand, beinahe durchsichtig bist Du. Meine Stimme hingegen tröstet niemanden mehr, sie ist eine Klagende geworden. Sie klagt und klagt, dabei weiß sie nicht, wen sie anklagen soll.

Ich vermisse Dich.

Hast Du Nachricht von Erhard?

Aus der Ferne betrachtet erscheint alles immer in einem anderen Licht. Früher war es eine Gotteslästerung zu sagen, dass das menschliche Auge getäuscht werden könne. Aber man muss nur verreisen, um zu sehen, dass die Wahrnehmung ein naives Kind ist. Und jetzt tut es mir leid, dass ich Erhard nicht mehr geschrieben habe. Und jetzt ist es zu spät.

Grete, willst Du ihm ein paar Zeilen schreiben?

Vielleicht sehen wir uns Weihnachten wieder. In Salzburg, im steinernen Haus. Dann erzähle ich Dir alles und danke Dir für Deinen Trost, meine kleine Dämonin. Nein, für Deinen Trost danke ich Dir in jedem Fall. Ob wir uns wiedersehen oder nicht.

Herzlich
Dein Bruder
Georg

*

Die Straßen waren im Dauerregen schlammig geworden. Es herrschte Chaos, mit weißen Tüchern bespannte Fuhrwägen blieben stecken und stauten sich. Pferde scherten aus, gerieten in Panik. Kommandos und Gegenkommandos schallten durch die Luft.

»Wie ein Hühnerhaufen!«, maulte Fühmann. »Wie in einem Hühnerhaufen.«

Georg hatte schon seit Stunden nicht mehr gesprochen. Er fieberte, fühlte sich schwach.

Und es regnete, es regnete die ganze Zeit. Georgs Einheit hatte die Stadt Mosciska erreicht, hier versuchte man sich zu ordnen. Am Abend saß Georg etwas außerhalb des Marktplatzes mit einer Handvoll Soldaten zusammen. Die anderen aßen, Georg saß nur da, bleich, er zitterte leicht, was bei seinem massiven Körper immer bedrohlich wirkte.

»Jetzt komm schon, Görgl! Du weißt, dass du es tun musst. Du weißt, dass heute der Tag gekommen ist. Dein großer Tag! Jetzt ist es Zeit, Abschied zu nehmen. Leb wohl, Georg. Es war mir eine Freude, dir helfen zu können. Aber jetzt warten neue Aufgaben auf mich.«

Georg stand plötzlich auf, nahm eine Pistole, die ein Soldat vor sich auf den Tisch gelegt hatte, und sagte, er müsse sich entschuldigen, es sei jetzt an der Zeit, sich zu erschießen. Er rannte los, aus der Stadt hinaus, ein paar Schritte in die herbstlichen Wälder. Er blieb stehen, hielt sich die Waffe an den Kopf, da wurde er zurückgerissen. Ein Schuss fiel, er ging ins Leere. Georg wurde auf den Boden geworfen, er schrie und schlug um sich. Aber es war zu spät.

»Das wird Konsequenzen haben«, sagte Fühmann. Und er sollte recht behalten.

»Erhard, du bist auch hier. Das wusste ich allerdings nicht.«

Grete und Erhard trafen in Ludwigs Wohnung aufeinander, im Hochparterre der Rauchvilla in Mühlau, nicht weit von Innsbruck. Es war finster im Hausflur, durch die Fenster kam nicht viel Licht herein. Draußen begann es zu schneien, seit Tagen lag die Gegend in einer Art Winterstarre.

Grete fröstelte, sie nestelte an ihrem roten Schal, den sie auch im Hause trug. Erhard, elegant gekleidet wie immer, stand vor ihr und rührte sich nicht. Er sah an ihr vorbei, starrte aus dem Fenster, die Augen zusammengepresst. Diesmal ist er es, der leicht zu lesen ist, dachte sie. Unversöhnlich, mein Erhard, ein Herz aus Stein.

»Grete«, sagte er plötzlich und sah dabei immer noch aus dem Fenster, »dass du hier bist, wundert mich gar nicht, ich hätte es wissen können. Aber um es dir gleich zu sagen: Wir sind nicht hier, um unsere Angelegenheiten zu besprechen. Deshalb, ich bitt dich, lassen wir das. Keine Theaterszene, keine Dramatik. Dass ich deine Briefe nicht beantwortet habe, geschah nicht ohne Grund.«

Jetzt sah er sie an, Grete konnte seinem Blick ohne Mühe standhalten.

»Wie immer formvollendet, mein Erhard. Angelegenheiten nennst du das. Aber ich darf dich beruhigen. Mir steht nicht der Sinn danach, und es fehlt mir auch jede Kraft, mir über uns Gedanken zu machen. Es gab dafür viele Augenblicke, aber du hast ja lieber den Rückzug angetreten. Und jetzt gibt es wirklich Wichtigeres zu besprechen! Georg …«

In diesem Moment öffnete sich am Ende des Flurs eine Tür, Ludwig von Ficker trat heraus. »Ah, Sie sind ja beide schon auf dem Weg zu mir. Aber kommen Sie doch, kommen Sie doch. Im Wohnzimmer ist es wenigstens wärmer als hier im Gang.«

Grete und Erhard nahmen an einem Tisch Platz. Ein Kaminfeuer hatte den großen Raum etwas erwärmt, aber Grete zitterte immer noch leicht. Ein Pult stand nahe dem großen Fenster, darauf ein aufgeschlagenes Buch. Bücher lagen auf und neben einem schwarzen Sofa, ein massives Regal offenbarte nichts anderes als braune Buchrücken. Es war eigentlich ein Lesezimmer, ein Raum der Stille, aber Grete wirkte sehr unruhig, sie drehte sich mit dem Finger eine Locke ins Haar. Dabei trommelte sie mit der anderen Hand auf die Tischplatte.

Dass Ludwig auch Erhard zu sich gebeten hatte, hatte sie überrascht. Aber das war nicht entscheidend, denn zwischen ihnen war nichts mehr. Erhard hatte auf ihre Briefe, auf ihre Versuche, sich zu entschuldigen, nie geantwortet. Er hatte mit ihr gebrochen, und sie musste das akzeptieren. Sie war zu weit gegangen, in Berlin war sie definitiv zu weit gegangen. Aber vielleicht musste man das manchmal, um eine Entscheidung herbeizuführen. Aber das würde Erhard nie verstehen. Er saß kerzengerade auf seinem Stuhl, er war wie versteinert. Er ist immer noch schön, dachte sie, viel zu schön. Er wird sicher bald heiraten, es wird schon noch eine andere Grete geben, die besser zu ihm passt. Und dann wird er die Trakls schnell vergessen haben. Keine Angst, armer Erhard, du wirst keine Konsequenzen zu befürchten haben. Dein Leben wird in Reinheit und Güte weitergehen, wie es dir bestimmt ist.

Ludwig stand auf, nahm einen Schürhaken und stocherte damit im Feuer. Er wollte etwas sagen, stockte, dann schüttelte er den Kopf. Er zog ein Stück Papier aus der Tasche und gab es an Erhard weiter.

»Ich hatte von Georg eine Feldpostkarte bekommen. Es war die erste Nachricht seit längerer Zeit. Es war klar, dass meine Post ihn nicht im Feld erreicht hatte.« Er schob das Papier zu Erhard hin.

»Die Karte trägt den Vermerk ›Krakau, Garnisonsspital Nr. 15, Abteilung 5‹, sie ist von ihm selbst geschrieben. Aber bitte lesen Sie!«

Erhard las:

Verehrter Freund!
Ich bin seit fünf Tagen hier im Garnisonsspital zur Beobachtung meines Geisteszustandes. Meine Gesundheit ist wohl etwas angegriffen, und ich verfalle recht oft in eine unsägliche Traurigkeit. Hoffentlich sind diese Tage der Niedergeschlagenheit bald vorüber. Die schönsten Grüße an Ihre Frau und Ihre Kinder. Bitte telegraphieren Sie mir einige Worte. Ich wäre so froh, von Ihnen Nachricht zu bekommen.

Herzliche Grüße
Ihr ergebener
Georg Trakl

Ludwig stocherte wieder im Feuer, dann musterte er seine Gäste. Er bemerkte, dass Gretes Augen glänzten. Erhard wirkte gefasst. Er legte den Schürhaken weg und setzte sich wieder. Dann begann er zu erzählen.

*

Ludwig traf am 24. Oktober frühmorgens in Krakau ein. Nachdem er sich in einem kleinen, von Soldaten bewohnten Hotel einquartiert hatte, lief er sofort ins Garnisonsspital. Er traf auf zwei Ärzte und äußerte den Wunsch, Georg mit nach Innsbruck zu nehmen. Dort könne er sich besser erholen als im Spital, so nahe der Front. Die Ärzte waren höflich, gingen darauf jedoch nicht ein. Wenigstens durfte er Georg sehen.

Eine Schwester brachte ihn dann zu ihm. Sie standen vor einer schwarzen Tür, die Frau wies auf ein Guckloch. Ludwig sah hindurch.

»Ist er das?«

Ludwig nickte. Die Schwester sperrte auf, er betrat den Raum. Sein Freund saß in einem weißen Krankenkittel auf dem Bett. In der Zelle roch es unangenehm, nach Tabak und nach Schweiß. Die Fenster waren verschlossen, man hatte Gitterstäbe davor angebracht. Georg wirkte in diesem kleinen Raum, auf dem winzigen Bett sitzend, wie ein großes Kind, das die Masern hat. Er saß trotzig da, das Gesicht rot angelaufen, die Arme hielt er verschränkt. Als Ludwig eintrat, lächelte er immerhin. Im zweiten Bett lag ein Mann mit einem gewaltigen Schnurrbart und schnarchte. Er ließ sich von den anderen nicht stören.

»Nun, wie geht es Ihnen?«

»Ich habe den Verdacht, dass man mich hinhält«, sagte Georg. »Schon oft wurde über meine Entlassung gesprochen, aber davon war in den letzten Tagen keine Rede mehr. Und ich weiß wohl, woran es liegt. Die Ärzte haben sicher Gedichte von mir gelesen. Die Briefe werden hier geöffnet, bevor sie verschickt werden. Jetzt halten die mich wohl endgültig für einen Spinner.«

Ludwig versuchte, Georgs Bedenken zu zerstreuen. Aber er hatte selbst auch den Eindruck gewonnen, dass die Ärzte nicht mit offenen Karten spielten.

Am Nachmittag durften sie im Garten spazieren gehen. Es war kalt, Georg hatte sich einen Mantel übergeworfen. Nachdem sie einige Schritte gelaufen waren, erzählte Georg vom Krieg. Und er erzählte von dem Versuch, sich das Leben zu nehmen.

»Seit diesem Schuss ruhen meine Dämonen. Als hätte die Kugel wenigstens sie getroffen. Ob mir das jetzt Hoffnung machen soll, weiß ich allerdings nicht.« Georg blieb stehen, die Hände ließ er auf dem Rücken, wie er es immer tat. Er hob den Kopf und sah an Ludwig vorbei in den grauen Himmel.

»Sie werden mich vor ein Kriegsgericht stellen, ganz sicher. Wegen meiner Feigheit, wegen meiner Mutlosigkeit vor dem Feind. Ich habe immer versagt, wenn mich das Leben anging. Und der Krieg ist das ganze jammervolle Leben, er ist die Essenz des Jammers gewissermaßen.«

Ludwig berührte ihn am Arm.

»Nein, mein Freund, nein. Sie haben sich ja wieder gefasst, nicht? So geht es doch vielen Soldaten im Krieg. Und die kann man deswegen nicht gleich erschießen. Ich werde alles daransetzen, Sie in den nächsten ein, zwei Tagen hier herauszubekommen. Das verspreche ich Ihnen!«

Georg sagte nichts darauf.

Inzwischen hatte die Dämmerung eingesetzt, es wurde noch kälter, sie gingen in das Spital zurück. Georg blieb stehen. Er wollte etwas sagen, aber Ludwig schüttelte schon vorher den Kopf. Er brachte Georg in seine Kammer zurück, bald darauf wurde das Essen serviert. Georg griff unter das Bett und holte eine Bierflasche hervor. Er lachte.

»Ich habe auch hier bereits meine Kontakte. Möchten Sie auch eine? Das wertet das Essen doch bedeutend auf.«

Georg gab dem zweiten Patienten im Zimmer ebenfalls eine Flasche, die Miene des Mannes hellte sich auf, er blieb aber wortkarg. Sie tranken das Bier, dann verabschiedete sich Ludwig und ging in sein Hotel zurück.

*

Am nächsten Nachmittag wiederholte Ludwig seinen Besuch. Georg lag im Bett, nur langsam, mühsam richtete er sich auf, als sein Freund eintrat. Der Zimmernachbar schlief schon wieder, von oben hörte man Schreie, wilde Flüche, das Getrampel von Menschen. Georg zeigte auf den Schlafenden.

»Er ist ein alter Dragoner-Leutnant. Der Krieg scheint ihn schläfrig zu machen, andere wühlt er über die Maßen auf.« Ludwig sah etwas verächtlich zu dem Mann hinüber. »Ich habe übrigens nicht viel geschrieben im Feld. Wollen Sie etwas hören?« Georg kramte ein Buch hervor, in das ein paar Papierfetzen eingelegt waren. Zwei davon zog er hervor, er las mit seiner leisen, beinahe heiseren Stimme. Ludwig war erschüttert, er wusste darauf nichts zu sagen, dabei konnte er sonst aus dem Stegreif ganze Vorträge über Georgs Gedichte halten.

»Wäre das was für den *Brenner*?«, fragte Georg endlich. »Aber vielleicht wäre es besser, in diesen Tagen etwas hellere Verse abzudrucken.«

»Nein, nein, ich werde die Gedichte gerne im nächsten Heft veröffentlichen. Es soll im Frühjahr erscheinen, das wird aber davon abhängen, ob wir den Krieg dann hinter uns haben. Vielleicht muss ich selbst noch einrücken.«

Georg schüttelte den Kopf. »Das wäre fatal!« Er nahm wieder das Buch zur Hand und schlug es auf. »Es sind Gedichte von Johann Christian Günther. Kennen Sie den?«

»Nein, leider nicht.«

»Er ist bereits mit siebenundzwanzig Jahren verstorben. Aber was er geschrieben hat, ist schonungslos und unverzeihlich herb. Man sollte ihn nicht vergessen, den Günther.« Georg las ein paar Verse.

Soll ja mein jäher Fall den Körper niederstürzen,
So lass mir Zeit und Schmerz auf deine Brust verkürzen
Und nimm den freien Geist mit Arm und Mitleid auf!
Wem irgend noch von mir ein Ärgernis geblieben,
Dem sei der Spruch ans Herz wie mir an Sarg geschrieben:
Oft ist ein guter Tod der beste Lebenslauf.

Georg schloss daraufhin die Augen, der Raum verfinsterte sich, es herrschte Zwielicht. Ludwig stieß mit einem Fuß gegen die leeren Bierflaschen vor Georgs Bett, woraufhin der Leutnant kurz erwachte.

»Ihr dämlichen Kunstschwätzer!«, meckerte er. »Ihr dämlichen Kunstschwätzer!« Er räusperte sich kurz, hustete, und dann schlief er wieder ein.

»Haben Sie noch Rauschmittel?«

Georg lachte. »Ich bitt Sie, wie sollte ich denn ohne auskommen? Sie erfüllen ihren Zweck, und ohne sie wäre das Leben nur ein schlechterer Tod.«

Dann kam die Visite. Einer der Ärzte, mit denen Ludwig am Vortag gesprochen hatte, trat vergnügt herein. Nachdem er Georg und den Dragoner-Leutnant kurz in Augenschein genommen hatte, sprach er mit Ludwig vor der Tür noch ein paar Worte.

»Ich hoffe inständig, dass ich Herrn Trakl möglichst bald zu einem Erholungsurlaub mit nach Innsbruck nehmen kann. Ich glaube nicht, dass sich sein Befinden hier so schnell bessern wird, wie das in seiner vertrauten Umgebung möglich wäre.«

Der Arzt blieb bester Laune, obwohl ihm Ludwig etwas belehrend und besserwisserisch vorkommen musste.

»Sicher, sicher, Herr …«

»Von Ficker.«

»Wir haben schon vor einigen Tagen über diesen Fall beraten. Aber dann kam dem Patienten eine Erkältung dazwischen, so dass wir gezögert haben. Hat er Ihnen davon gar nichts erzählt?«

»Nein.«

»Eine Angina, wir konnten ihn in diesem Zustand unmöglich entlassen. Wenn es sich jetzt aber wieder gebessert hat, werden wir die Situation neu beurteilen können. Ich bin ganz zuversichtlich. Aber jetzt muss ich, Sie verstehen …«

Er schüttelte Ludwig lasch die Hand, wandte sich ab und ging in das nächste Zimmer. Ludwig öffnete wieder die schwarze Tür, trat ein und setzte sich zu Georg an das Bett.

»Sie brauchen gar nichts repetieren. Mit den Ärzten können Sie mir gestohlen bleiben. Die sagen das heute so und morgen so. Die schwarzen Schwerter der Lüge!«

»Recht hat er, der Kunstschwätzer«, kam es von der anderen Seite. Der Leutnant war wieder aufgewacht.

»Georg, ich werde morgen leider abreisen müssen. Aber ich werde in Wien noch einmal versuchen, etwas für Ihre

Entlassung zu tun. Und der Arzt klang heute wirklich sehr zuversichtlich, was dies anbelangt. Wir müssen ihm einfach vertrauen.«

»Vertrauen?«, fragte Georg.

Dann legte er sich wieder hin und verschränkte trotzig die Arme. Es war finster im Raum und beinahe still, selbst vom ersten Stockwerk drang kaum ein Laut nach unten. Ludwig stand auf, es war Zeit zu gehen.

»Wir werden uns bald wiedersehen, lieber Freund! Das garantiere ich.«

Georg antwortete nicht.

Ludwig ging zur Tür, er drehte sich noch einmal um. Er konnte in der Dunkelheit nicht ausmachen, ob Georg die Augen bereits geschlossen hatte oder ob er ihm nachsah. Ludwig nickte noch einmal in den dunklen Raum, dann wandte er sich ab.

Die schwarze Tür fiel hinter ihm ins Schloss.

Berlin, 22. September 1917 (Fortsetzung)

Es kann doch nicht sein, dass man um nichts willen die letzte Konsequenz ziehen muss. Es kann sein, Georg, und es wird sein. Es ist ja gar nichts dabei, wie lange habe ich mir darüber Gedanken gemacht. Ich fühlte mich ganz unruhig und gehetzt wie ein Tierchen. Aber langsam stellt sich eine Ruhe ein, die mir eine letzte Kraft geben wird. Ich habe eigentlich gar keine Wahl – nein, keine Angst, ich werde Dich nicht mehr mit dem großen Wort »Schicksal« belästigen, es ist eher, wie soll ich sagen, eine Stimmung, ein Gespür dafür, dass der richtige Zeitpunkt gekommen ist. Alle Türen sind offen, und schau, die letzte ist tatsächlich ein Ausgang. Es braucht Mut, um über die Schwelle zu gehen, natürlich.

Ich musste ja herzhaft lachen, als mir zu Ohren kam, dass Karl Röck überlegt hatte, mich zu heiraten. Der eine Freund wollte mich nicht lieben, der nächste heiraten. Um mich da rauszuholen, um mich aus dem Sumpf zu ziehen. Mehr Dir zuliebe als mir zuliebe, versteht sich. Aber dann muss Röck gemerkt haben, dass ich doch keine Doppelgängerin von Dir bin, dass es da große Unterschiede gibt. Dein Genie ist zwar gefallen, Georg, wie meines, aber es hat doch hie und da ein Blatt Papier gestreift und seine Spuren hinterlassen. Meine Musik hingegen hat der Wind längst in alle Richtungen verstreut, es bleibt nichts davon. Deshalb wird man sich an mich nur der Schlamperei wegen erinnern, und wegen der Exzesse. Wenn überhaupt! Erkennst Du meinen Stolz?

Erhard hat sich, nachdem Du gegangen warst, wieder in seine Arbeit vergraben, ich habe ihn kaum mehr gesehen. Ich war natürlich nicht die richtige Frau für ihn, armer Erhard, ich habe ihn überfordert, ein ums andere Mal. Vielleicht habe ich ihn geliebt, weil ich Dich geliebt habe. Die Liebe ist etwas Schönes, Gewaltiges, nicht? Sie schleudert uns hin und her. Sie lässt uns aufatmen und droht uns zu ersticken. Sie ist bunt und duftet, sie schmeckt nach Trauben. Ich habe nie mehr über die Liebe erfahren als im Hohelied, aber das habe ich Dir schon so oft gesagt. Du hast immer nur den Kopf geschüttelt und gelächelt. Geantwortet hast Du nichts.

Was wird hinter der letzten Tür sein, Georg? Ich glaube, es ist an der Zeit nachzusehen. Vielleicht ist es ein größerer Raum, vielleicht ist es nur ein Loch, in das ich meinen Kopf stecken kann, um ihn zu kühlen. Jetzt habe ich den Mut, mein Bruder, jetzt kann ich es tun. Die Hunde sind längst verstummt, es ist alles ganz klar.

Alle Wasser laufen ins Meer, Georg, erinnerst Du Dich? Diese Vorstellung gibt mir jetzt Trost, wenn ich gehe. Und natürlich hoffe ich, Dich bald wiederzusehen in diesem großen Meer. Georg. Alle Wasser laufen dorthin.

Es ist Zeit!

Georg.

Und es wird künftig keine mehr geben.

Deine Grete

Quellen, Zitate und Dank

Dem Essay »Vor Feuerschlünden« von Franz Fühmann verdanke ich wichtige Impulse und Kenntnisse.
Franz Fühmann: Vor Feuerschlünden. Erfahrungen mit Georg Trakls Gedicht. Rostock: Hinstorff 1984.

Im Folgenden sind nur die Quellen und Texte aufgeführt, aus denen direkt zitiert wurde:

Hans Weichselbaum: Georg Trakl. Eine Biographie mit Bildern, Texten und Dokumenten. Salzburg: Otto Müller Verlag 1994.

Georg Trakl: Das dichterische Werk. Auf Grund der historisch-kritischen Ausgabe von Walther Killy und Hans Szklenar. 16. Auflage. München: dtv 2001.

Briefe und Telegramme werden, sofern sie auf realen Dokumenten beruhen, aus der Biographie von Weichselbaum und aus dem Band: Erinnerung an Georg Trakl. Zeugnisse und Briefe. 3. Auflage. Salzburg: Otto Müller Verlag 1966, zitiert.

Das Kapitel »Der Abschied« ist angelehnt an die Erinnerungen Ludwig von Fickers an die letzte Begegnung mit Georg Trakl.

Ludwig von Ficker: Der Abschied. In: Erinnerung an Georg Trakl. Zeugnisse und Briefe. 3. Auflage. Salzburg: Otto Müller Verlag 1996, S. 195–218.

Friedrich Nietzsche: Also sprach Zarathustra. In: Das Hauptwerk. Band 3. München: nymphenburger 1990.

Das Hohelied Salomos:
3. Kapitel, V. 1–4
5. Kapitel, V. 16
8. Kapitel, V. 4

Der Prediger Salomo
1. Kapitel, V. 7–9

Psalm 86
Psalm 130

Ein besonderer Dank geht an:
T.B.B.
Tom Kraushaar
Michael Zöllner
Frank Wegner
Stephan Askani
Hans Weichselbaum
Martin (und damit ist nicht der Autor gemeint) – für jedes Buch der richtige Saft
Gerry[3]
Nora